보바리 부인이
탱고를
배웠었다면

보바리 부인이

TANGO 탱고를

배웠었다면

글·사진 송경화

와이겔리

나는 취미가 다양한 편이다. 독서를 취미라고 할 수 있을지는 모르지만 교사인 아버지의 영향으로 주변에 책이 그득했기에 지금도 대부분의 지식을 책을 통해 받아들이고 독서 후에는 늘 메모를 해둔다. 혼자 여행을 다니기 시작하면서부터는 결혼 후 그만둔 그림을 다시 시작해서, 유화 작품으로 단체전에도 여러 번 참가했다. 그런데 나에게는 가족에게도 비밀로 하는 광적인 취미가 따로 있으니 바로 춤이다.

처음 배운 춤은 동네 주민들과 함께한 댄스스포츠였다. 크루즈 여행에 필수라며 강제로 끌려가다시피 하여 아파트 에어로빅실에서 배우게 됐지만 이후 오랫동안 살사를 췄다. 옛날 드라마나 영화의 춤바람 난 주부처럼, 시장 보러 가는 척하며 살사 모임에 갔다가 두부나 호박 등 반찬거리를 사 들고 오기 일쑤였고, 그림 그리러 화실에 갔다가 돌아오는 길에, 아이를 학원 데려다주고 데려오기까지의 막간의 시간에 살사를 췄다. 옛날 드라마에서 낮 시간대에 춤을 즐기는 그녀들과는 달리 나는 주로 밤이나 주말을 활용했다. 살사나 아르헨티나 탱고는 직장을 다니는 젊은 사람들이 많아서인지 강습이나 모임도 대부분 밤이나 주말에 있어 직장을 다니면서 충분히 즐길 수 있었다.

어느 날, 집의 아이가 책을 써 보라고 했다. 긴 여행에서 돌아오면 정리해 두는 습관이 있는데, 내가 쓴 여행 수첩을 보여준 적이 있어서인 것 같았다. 쓰기만 하면 교정은 자신이 책임지겠다는 무책임한 말에 넘어가, 출판할 책을 쓴다는 게 무엇인지도 모르는 상태에서 쓰다 보니 두 배 가까운 분량을 써버렸다. 2014년부터 팬데믹 전인 2019년까지, 한 해만 빼고 매년 여름마다 한 달씩 북유럽을 혼자서 여행했으니 쓸거리는 차고 넘쳤다.

하지만 글을 쓰면서도 나 자신을 어느 정도 드러내야 할지 늘 고민이 되었다. 평소 '비밀이 있는 삶이 아름답다'라는 생각을 인생관 비슷하게 가지고 있어서인지, 여행기도 수필이니까, 수필 속에서 은연중 드러나는 솔직한 감정을 주변 사람들이 읽는다고 생각하면 소름이 돋았다.

이런 고민 때문인지 『혼자이고 싶어서, 북유럽』이란 제목의 책을 출간한 후 많은 사람의 지지와 격려를 받았지만, 더는 책을 쓰지 않겠다고 결심했다. 그림도 그려야 하고 탱고도 춰야 하는데 시간도 부족하고 글쓰기는 나와 어울리지 않는 일인 것만 같았다. 이제는 책을 쓰지 않겠다고 하니 여행기 쓰기를 권했던 아이는 그림을 예로 들며 이렇게 말했다.

"엄마가 처음 그림 그릴 때 잘 그렸어요? 그런데 지금은 그때보다 훨씬 잘 그리잖아요. 책도 그럴 거예요. 계속 써 보세요."

나보다 더한 독서광이어서 책 이야기도 자주 나누는 여동생은 한술 더 떴다. 언니는 할 이야기는 많은데 재미없게 쓰는 게 문제라며 이참에 책 쓰기

워크숍에 등록해서 제대로 방향을 잡아보라며 나를 압박(?)했다. 동생이 대신 신청한 후 얼른 등록하라고 하도 성화를 하는 바람에 수업을 들으며 처음으로 책이 발간되는 과정도 알게 되었다. 그리고 주변의 권유로 이번에는 '나의 춤 인생'을 소재로 책을 써 보기로 했다. 춤에 관한 책들이 있기는 하지만 전문적인 댄서나 강사가 아닌 일반인이 자신의 힘들고 찌질한 경험을 솔직하게 털어놓은 책은 거의 없어 솔깃하기도 했고, 탱고를 추면서부터는 너무 힘들어 '데스노트'처럼 이것저것 써서 컴퓨터에 저장해둔 내용도 많았기 때문이다. 하지만 그건 책으로 내서는 안 될 이야기였다. 그리고 책을 써서는 안 되는 중요한 이유는 따로 있다

우선 살사를 시작하면서부터 지금까지, 춤과 관련해서 만난 사람들은 내가 교사라는 사실을 전혀 모르고 있다. 누구에게 손해를 입히는 악의적인 거짓말은 아니기 때문에 직업을 철저히 숨겨왔고, 그래서 생긴 '생각 없이 맹한 이미지'를 오히려 즐겨왔다고 하는 편이 맞을 것이다.

더 중요한 문제는 가족들이 모른다는 점이다. 탱고를 제대로 시작해야겠다고 마음먹었을 때 아이는 벌써 대학생이 되었고, 남편은 늘 그래왔듯이 자정이 넘어서 퇴근했기 때문에 말할 필요조차 없었지만, 말해서는 절대 안 되는 사람이기 때문이다. 쉽게 말하면 아이조차 내가 모든 춤을 끊은 줄 알고 있다.

지금도 정기적인 모임을 갖는 직장 동료들도 살사 이후에는 내가 춤을 그만둔 줄 알고 있다. 내 이미지가 안 좋아지는 것 같아 어느 날부터는 사람들이 물어올 때 춤을 끊었다고 거짓말을 했다. 그러면 그들은 그 좋은 걸 왜 그만뒀냐고 하며 아쉬워했다. 하지만 오랜만에 만난 동료들도 첫마디가 "아직도 춤춰요?" 하며 우스꽝스럽게 어깨를 들썩거리는 걸 보면 마음이 무너졌

다. '더 예뻐지셨네요. 아이는 잘 커요?' 등 다른 인사말도 많을 텐데 늘 "아직도 춤춰요?"가 첫마디였다.

그래서 고민하던 어느 날, 소설가 김영하가 쓴 『말하다』라는 책을 우연히 읽게 되었다. 그러다가 어느 구절에서 눈길을 멈췄다. 작가가 바로 나에게 말하기 위해 그 구절을 쓴 것만 같았기 때문이다.

중요한 것은 자기를 억압하고 있는 것들에 대해서 자유롭게 발언하는 거예요. 저는 거기서 기본적 희열이 비롯된다고 생각해요. 해방감.
선생님이 쓰라는 주제에 대해서만 쓸 때, 아이들은 전혀 즐거움을 느낄 수 없죠. 그렇다면 결국 금지된 것을 써야 해요. 선생님이 쓰지 말라는 것을 써야 합니다. 저는 가끔 학생들에게 그렇게 얘기했었습니다. 책상 서랍에 숨겨놓을 수밖에 없는, 그런 글을 써라. 부모가 보면 안 될 것 같은 글. 반대로 말하자면, 부모한테도 보여주고 싶고 선생님한테도 보여주고 싶은 글에는 뭔가 문제가 있다는 거죠.
— 김영하, 『말하다』(136쪽)

용기를 내어 책상 앞에 앉자 거짓말처럼 마음속에 쌓여있던 수많은 이야기가 무더기 지어 나왔고, 나는 이 책을 단숨에 써 내려갈 수 있었다.

한 권의 책이 될 만큼 글이 완성되어 갈 무렵이었다. 알고 지내던 분에게, 춤에 관한 책을 출간해보려 한다고 이야기를 했다. 그런데 어느 날 그분이 조심스럽게 다가와 말했다. "엠마 님, 책을 조금 더 있다가 출간하지 그래요?" 나는 그의 말을 정확하게 알아들었다. 나를 생각해서 하는 말로, 탱고에 관한 책을 쓰기에는 춤 실력이 못 미친다는 이야기였다. 맞는 이야기다. 하지만 개구리 올챙이 시절 모른다는 말이 있듯이 상급자가 되면 탱고 입문자에게 공감하는 마음이 사라질 수 있다. 실제로 탱고를 시작했을 때 힘든 걸 이야기하면 상급자들은 주로 이런 반응을 보였다. "뭘 그런 걸로 고민해요." 그런 것들이 죽을 만큼 힘들어 탱고와 멀어지고 포기하고 싶게 만드는데도 말이다.

고민을 책을 통해 해결하는 평소의 나답게, 탱고를 추면서 느낀 기쁨과 슬픔을 솔직하게 쓴 책을 찾아보았지만 없었다. 심지어 '아무튼' 시리즈에도 발레나 스윙은 있는데 탱고는 없었다. 그래서 아직 미숙하긴 하나, 춤을 배우고 싶거나 탱고에 입문한 단계에 있는 사람들에게 뭔가 공감을 통한 위로와 희망을 주고받고 싶어 이 글을 끝까지 완성할 수 있었다. 비웃음을 받으면 어떡하나 하는 마음도 있었지만 '뭐 어때, 고수가 되면 올챙이 적 심정을 잊어버릴 수도 있으니 지금 써야 해.'라는 당당한 마음가짐으로 글을 완성하자고 마음을 다잡았다. 그리고 우연히 아침 영어 방송에서 들은, 루즈벨트 대통령 부인 엘리사 여사님의 말씀에 큰 용기를 얻어 글을 완성할 수 있었고, 편안한 마음으로 부에노스아이레스로 떠날 수 있었다. 그리고 탱고를 춰 왔기에 그곳에서 수많은 아름다운 밤들을 만날 수 있었다.

"옳다고 생각하는, 하고 싶은 일을 묵묵히 하는 편이 낫다. 왜냐하면 어차피 비판할 사람은 비판하니까."

숙소에서 내려다본 아바스토 전경

산텔모 거리의 악사들

차례

산텔모 디펜서 거리의 탱고 공연

(1장)

탱고의 도시
부에노스아이레스와
양조위

— 탱고를 추다 보니
　어느덧 나는
　부에노스아이레스에
　와 있었다

Tango is like Life.

같이 걷고 또 엇갈리게 걷는 탱고는
그래서 인생이라고 하는 걸까.

바 수르와 로드리고 1

나에게 부에노스아이레스는 양조위와 보르헤스, 그리고 탱고의 도시다. 이건 좋아하고 알아간 순서다. 그런데 이번 여행을 통해 또 하나가 생겨났다. 바로 로드리고의 도시다. 부에노스아이레스에 온 지 일주일 만에 나는 어떤 남자와 사랑에 빠졌고 그는 내 가슴을 단숨에 흔들어버렸다. 그의 이름은 로드리고다.

그의 이름을 알게 된 건 우연이다. 부에노스아이레스에 도착한 지 일주일 후인 토요일이었다. 아르헨티나 탱고를 배우는 사람이면 누구나 가 보고 싶어 하는, 탱고가 발생한 지역으로 유명한 라 보카 La Boca로 갔다. 라 보카에서도 가장 원색적으로 화려하게 칠해진 곳이 카미니토 Caminito (작은 길이라는 뜻) 거리다. 전설의 탱고 가수 카를로스 가르델이 〈카미니토 Caminito〉라는 곡으로 공전의 히트를 치자, 이 곡 작곡가가 큰돈을 벌어 철도 부지로 예정되어 있던 100m 정도의 이 지역 땅을 사버려 지금까지 보존되고 있는 곳이다. 집들은 초라하지만 원색적인 색깔로 화려한데, 여기에는 여러 설이 있지만 이 지역에 살던 가난한 선원들이 조선소에서 쓰던 페인트를 퇴근 때마다 병에

2022년 9월 부에노스아이레스에서 열린 '문디알 탱고 대회' 결승전

조금씩 담아와 칠하다 보니 알락달락해졌다는 이야기가 가장 낭만적이다.

사람이 많이 모여드는 주말이 아니면 치안이 좋지 않고 남미 4대 우범지역 중 하나라는 으스스한 사전 정보에 따라, 홀로 여행 중인 나는 사람이 많은 주말 오전에 택시를 타고 이동했다. 그러나 예상과는 달리 거리는 너무나도 평화로웠다. 마라도나와 카를로스 가르델 사진이 붙어있는, 오래된 카페에서 커피를 마시고 카미니토 거리의 알락달락한 집들 사이를 걸어가는데 누군가가 영어로 말을 걸어왔다. 탱고 춤 포즈를 잡아주는 퍼포먼스를

라 보카(La Boca) 지구 카미니토 거리의 상징적 건물

하고 돈을 받는 일을 하는 남자였다. 이런 일을 하면 보통은 호객 행위를 하는 티가 나는데 그는 너무나 자연스럽게 이런저런 말을 걸어왔다. 보통의 아르헨티나 사람들과 달리 영어도 어느 정도 하니 사진을 찍을 생각은 없었지만 자연스럽게 대화를 나누게 됐다.

그에게 탱고 이야기를 하며 이틀 전 '바 수르 Bar Sur'에서 찍은 사진을 보여주니 사진 속 남자를 안다고 했다. 그의 이름은 '로드리고'로 이곳 라 보카의 레스토랑에서 일한다고 말했다. 분명히 레스토랑에서 '워크'한다고 했으니까 그 이야기를 듣고 '아, 밤에는 탱고 바에서 공연하고 낮에는 레스토랑에서 웨이터로 일하는구나.' 하고 생각하며 안부를 전해달라고 부탁했다. 그리고 아르헨티나 탱고 댄서들은 낮에는 택시 기사나 식당 종업원 등으로 일하다가 밤에는 재능을 살려 탱고 공연을 하는구나 하고 막연히 생각했다. 대화 도중에 그는 자신도 일하러 가야 한다고, 손님을 잡기 위해 떠났는데 지켜보니 손님이 없었다. 잠시 생각한 후 그의 친절에 보답하기 위해 탱고 포즈 사진을 찍기로 했다. 어려운 탱고 동작인 '살또 salto(점프 동작)'까지 자연스럽게 포즈를 취하니 파트너 여자분이 칭찬을 해줘 탱고를 배운 보람이 느껴져 흐뭇해졌다. 대가로 2,000페소(1만 원 정도)를 줬지만, 돈이 아깝지 않은 즐거운 시간이었다.

카미니토의 상징이 되는 모퉁이의 건물 앞으로 갔다. 사진에서 자주 봐오던 그대로 아름다운 건물이었다. 그곳은 사진을 찍는 사람으로 늘 혼잡한데 그 건물을 기준으로 네 갈래의 길이 나 있어 가 보지 않은 다른 길로 접어들었다. 이미 지나온, 그림이나 기념품을 파는 길과는 달리 탱고 공연을 하는 레스토랑도 보이고, 보카 시장도 있는 가장 번화한 거리였다. 그 길을 걸어가면 건물 사이사이에 난 좁은 길이 보이는데 올망졸망한 예쁜 가게들도 구경할 수 있고 계단으로 올라가 건물 안으로 들어가 볼 수도 있다. 보카 시장도 구경하고 가죽으로 된 앞가방과 기념품도 구입한 후 레스토랑의 공연을 보았다, 그런데 댄서의 모습이 눈에 익었다. 남자 댄서가 바로 '바 수르 Bar Sur'의 그분이었다. 순간 가슴이 쿵쿵 뛰었다.

부에노스아이레스에 오기로 결정하고 여행을 떠나기 전 꼭 하고 싶은 일이 세 가지 있었다. 소설가 보르헤스와 양조위의 향기를 느껴보고, 탱고를 추는 부에노스아이레스의 현지 밀롱가*를 체험해보고 싶은 것이 바로 그것이다. 영화 〈해피 투게더〉에는 더는 갈 곳이 없을 만큼 나락으로 떨어진 양조위와 장국영이 연인 사이로 나오는데 그들이 살았던 곳이 바로 이 '라 보카' 지역과 가까운 곳의 허름한 쪽방이다. 무위도식하는 장국영과는 달리 양조위는 돈을 벌기 위해 애를 쓰는데 탱고 바인 '바 수르' 앞에서 호객하거나 단체 관광객들을 안내하는 일도 그중 하나로 영화의 많은 분량을 차지하는 중요한 스토리다. 장국영이 자꾸 탱고 바로 양조위를 찾는 전화를 해대니 주인이 야단치는 장면도 나오는데, 인적이 끊어진 늦은 밤 적막한 가게 밖 바닥에 쭈그리고 앉아 그가 담배를 피우는 모습이 너무나도 애잔해 보였다. 결국 그는 주인을 주먹으로 치고는 그곳을 그만둔다.

〈해피 투게더〉를 보는 내내 내 눈에는 양조위만 보였다. 〈화양연화〉나 〈색계〉에서의 기름지게 빗어 넘긴 멋진 머리는 아니었지만, 스포츠머리에 초라한 흰 잠바를 입고 웅크리고 있는 모습에서도 눈을 뗄 수 없는 매력이 흘러넘쳤다. 그러나 역시 그의 매력은 붉고 흐린 조명 아래서 최고로 강렬하다. 고개를 15도 가까이 숙이고 담배를 피고 있는 모습은 눈물 고이도록 애잔하고, 달려가서 어깨를 감싸 안고 위로해주고 싶은 마음을 억누를 수 없게 한다. 예전부터 그를 광적으로 좋아해서 그가 출연한 영화 비디오를 서랍 가득 애장하고 있는 나로서는, 부에노스아이레스를 간다면 '바 수르'는 꼭 가야만 하는 곳이었다.

'바 수르'가 있는, 라 보카 옆 산텔모 지역은 탱고와 떼어놓을 수 없는 곳

---

* 탱고를 즐기기 위해 사람들이 모이는 장소. 홍대 인근의 안단테, 오뜨라, 오나다, 오초 등이 유명하다.

'바 수르(Bar Sur)'의 굳게 닫힌 문. 인적이 끊긴 저녁 8시 무렵의 '바 수르' 전경과 바 안에서 바라본 바깥 전경

100년이 넘은 탱고 바 '바 수르(Bar Sur)'의 악사들

이다. 아직도 오래된 탱고 바가 남아있는, 낡았지만 이 도시의 진정한 모습을 보여주는 곳이 산텔모로 과거 스페인이나 이탈리아에서 일자리를 찾아 이곳으로 이주한 백인 하층민들이 라 보카와 이웃한 이곳에 주로 거주했다고 한다. 낮에 가 본 산텔모는 디펜서 거리의 유명한 일요시장으로 관광객이 넘쳐났지만 어려운 경제사정으로 인해, 과거에는 멋졌을 건물들은 쇠락함과 초라함을 숨길 수가 없었다. 그래서인지 도저히 사람들이 살 수 없을 것 같은 건물도 수두룩했다.

'바 수르'의 공연 시간은 밤 9시에서 새벽 1시까지였는데, 우범지역이라 밤에는 걸어가지 않는 것이 좋다고 해서 우버를 타고 8시 30분에 도착했다. 늦지 않은 시간임에도 맞은편 카페 한 곳에만 불이 켜져 있고 인적이 끊어진 거리에는 사람이라고 나밖에 없었다. 다행히 경찰이 바 앞에서 순찰하고 있어 위험하다는 생각은 들지 않았다. 가게에도 인기척이 없는데 누군가 재빨리 문을 열다가 다시 닫는 듯한 느낌이 들었지만, 빨리 도착했기 때문에 사진도 찍으며 기다렸다. 이야기를 나누던 여자 경찰이 내가 이 바의 예약 손님임을 알고 노크를 해줘서야 가게에 들어갈 수 있었다. 안경을 끼고 다소 깐깐하게 생긴 여주인이 예약 명단에서 내 이름을 확인하고는 얼른 문고리를 잠갔다. 보니까 인기척이 느껴지면 커튼을 살짝 젖혀서 확인해보고는 문을 열어주고는 얼른 잠그는 식이었다.

나는 이곳이 정말 마음에 들었다. 예상보다 좁고 아담한 실내도 마음에 들었고, 악사들과 탱고 가수의 노쇠함도 100년이 넘었다는 낡아가는 바 분위기와 딱 맞아 눈물겹도록 멋졌다. 레트로한 감성을 물씬 풍기는 스탠드와 영화 속 양조위가 받던 그 전화기, 창문과 테이블도 그랬다. 악단은 콘트라베이스와 바이올린, 피아노로만 이루어지고 반도네온은 없었다. 탱고 음악의 구슬픈 선율은 독일 하층민들이 이주해올 때 가져온 반도네온의 역할이 큰데 구슬프고 암울한 음색이 탱고 분위기와 딱 맞아떨어져 탱고 음악의 상징이 되었다. 하지만 평소에도 탱고 음악을 들을 때 현악기 소리를 좋아해서인지 반도네온이 없는 것이 오히려 더 고급스럽게 들렸다.

피아노를 치시는 분은 키가 작아서 피아노를 치고 있으면 잘 보이지 않았는데, 유명한 탱고 음악 작곡가 '오스발도 푸글리에세 Osvaldo Pugliese'가 살아있다면 저런 모습이 아닐까 싶을 정도로 깐깐해 보이고 잘 웃지도 않으셨다. 하지만 바이올린과 콘트라베이스 연주를 하시는 분들은 아니었다. 늙으셨지만 키가 크고 여전히 멋진 모습으로 다양한 연주를 들려주셨고, 악기를 뜯어서 여러가지 소리를 내는 방법까지 친절하게 알려주셨다. 무엇보다도 좋았던 것은 스페인어만 할 줄 안다면 끊임없이 수다를 나눌 수 있을 정도로 그들 모두 손에 닿을 듯한 가까운 거리에 앉아있다는 점이다. 실제로 바로 옆에 앉은 젊은 여자분들은 다음 연주가 시작될 때까지 끊임없이 대화를 나누었다.

최대 20명은 앉을 수 있는 자그마한 바에 손님이라곤 7명밖에 없으니(그나마 2명은 늦게 왔다가 일찍 나감) 노래를 부르던 가수 할아버지가 동영상을 찍던 내 손에서 폰을 치우기도 했다. 찍지 말라는 의미로. 이분도 키가 크셨는데 뽕짝 조의 탱고 노래를 여러 곡 부르셨다. 요즘 노래의 리듬과 느낌이 다르니 탱고를 모르는 사람은 지루해할 수도 있지만 나는 그 음악에 맞춰 춤을 춘다고 생각하고 들으니 좋기만 했다. 중간중간 음식도 나왔다. 식전 음료로 와인이나 커피를 주문할 수 있는데 만두처럼 생긴 엠빠나다와 견과류 안주도 나왔다. 스테이크는 없었지만, 떡볶이 같은 맛과 분위기의 스튜도 나왔는데 양이 많아 다 먹을 수 없을 정도였다. 바로 옆의 브라질에서 온 부부는 메뉴판을 가져다 달라고 하더니 와인을 주문했는데, 여자분이 와인을 두 손으로 잡고 가슴에 대 보는 것이 특이했다.

드디어 기다리던 탱고 공연이 시작되었다. 이곳처럼 역사와 전통이 있는 곳에서 공연하시는 분들이라 수준이 있을 거라고 생각은 했지만 기대 이상이었다. 일단 댄서의 나이가 어리지 않아서 좋았다. 그리고 큰 키의 여자 댄서와는 달리 남자 댄서의 키가 크지 않아서 더 좋았다. 젊고 키 크고 멋진 미모인 분들의 공연은 괜히 주눅 들게 하고 나 자신이 하찮게 느껴지게도 하는데 그러지 않아서이다. 그래서 편안하고 행복하게 공연을 즐길 수 있었다.

부에노스아이레스에 와서 이미 문디알 탱고 결승과 한 차례의 탱고 공연을 보면서 춤을 출 때 표정이 얼마나 중요한지 새삼 느꼈지만, 희로애락, 특히 슬픔을 억누르고 있는 댄서의 표정이 없다면 춤은 아무것도 아니었다. 여자 댄서는 나이가 어려서인지 기량은 뛰어나지만 마냥 밝은 표정이었지만, 남자 댄서는 아니었다. 위에서 내리쬐는 조명으로 드러난 그의 표정은 압권이었다. 미간의 미세한 주름과 꽉 다문 입술에는, 늙었다고는 할 수 없지만 인생이 무엇인지 알만한 나이가 된 사람 특유의 슬픔이 묻어있었다. 심장이 조여드는 황홀한 탄식 속에서 그의 공연을 지켜보았고, 공연이 끝날 때마다 참았던 숨을 몰아쉬었다.

2022년 문디알 결승전에 진출하여 피스타 부문 대한민국 역대 최고 성적을 거둔 한국 댄서들
(런던홍&쏠)

바 수르와 로드리고 2

'바 수르 Bar Sur'에서는 공연이 끝나면 댄서들도 연주자나 가수처럼 관객과 대화를 나눴다. 부에노스아이레스에 있는 동안 네 번의 탱고 공연을 보았고 '바 수르'보다 더 비싼 곳에도 가 보았지만, 댄서들과 대화를 나눈 곳은 이곳이 유일했다. 스페인어라고는 하나도 모르는 나는, 나만 건너뛴 가수에게 서운했던지라 구글 번역기에 할 말을 쓰고 기다렸다. "저는 서울에서 왔어요. 탱고 배운 지는 4년 정도 됐어요."라고 써서. 말은 통하지 않지만, 그는 그걸 읽고 미소를 지었다. 또다시 연주와 노래가 이어지고 다시 탱고 공연이 시작되기 전이었다.

갑자기 남자 댄서가 내 앞에 오더니, 손은 내밀고 고개를 끄덕이며 춤을 신청하는 것이 아닌가. 거절했으나 거듭 신청하여 얼떨결에 잠바만 벗고 나갔다. 갑자기 일어난 일이라 엄청나게 당황했지만, 다행히 떨리지는 않았다. '이 무슨 일이고!' 하며 기쁨을 감추지 못하고 리드를 따랐지만, 운동화를 신고 있어서인지 발끝에 힘이 잔뜩 들어가 엉망으로 추었다. 그러면 안 되는데. 자리에 돌아와서야 제정신이 돌아왔다. 내가 춘 춤곡이 영화 〈여인의 향기〉에 나왔던 바로 그 음악이라는 것도 그때 깨달았다. 영화에서 주인공 알파치노는 레스토랑에서 낯선 여인에게 춤을 신청한다. 둘이 탱고를 출 때 나오는 음악이 세계에서 가장 유명한 탱고 음악인데 탱고의 황제 카를로스 가르델이 직접 만들고 불렀던 〈포르 우나 카베자 Por Una Cabeza〉다.

그리고 그의 아브라소°가 생각났다. 공연용 춤을 추는 에세나리오°° 댄서들은 팔 힘이 엄청나다는데 그의 리드는 부드럽고 포근했다. 팔로우를 잘못해도 기다리면서 나에게 맞춰줘 멋진 남자에게 배려받고 사랑받고 있다는 낭만적인 기분이 내내 들었다. 그리고 무엇보다도 키가 나랑 맞아 서로의 호흡을 느낄 수 있는, 나에게는 최고의 파트너였다. 옆에 계신 분에게 촬영을 부탁하고 간 폰을 보고서야 원피스 위에 축 늘어지는 흉한 카디건을 입은 걸 알았으니 당황을 하긴 한 것 같다. 그러나 예상과는 달리 영상 속 내 춤은 나쁘지 않았다.

양조위가 좋아서 '바 수르'에 왔는데 영화 같은 일이 나에게 일어나다니. 그 이전에도 좋았지만, 탱고를 춘 이후에는 마치 꿈을 꾸고 있는 것만 같았다. 다시 몇 번의 공연과 연주와 노래가 반복되었고 다른 커플들은 와인을 많이 마셨다. 그리고 나도 기분이 좋아져 와인 한 잔을 시켰다. 그리고 또다시 영화 같은 일이 일어났다. 음악이 흘러나오는 가운데 그가 또다시 나에게 춤을 신청한 것이다. 나는 안 하겠다고 손을 마구 저었다. 젊은 두 여자분도 있고 부부도 둘 있는데 또 나에게 신청할 줄은 꿈에도 생각하지 못했기 때문이었다. 하지만 그는 단념하지 않고 손을 내밀고 내 승낙을 기다렸다. 주변 사람들이 손뼉을 쳐대니 할 수 없는 일이었다. 음악이 느리고 긴장한데

● 안는 것. 가슴을 맞대는 포옹.
●● 화려한 안무가 특징인 쇼 공연을 위한 탱고.

다가 두 번째니까 잘해야 한다는 부담감에서인지 아까와는 달리 실수를 몇 번 했지만 그는 나를 그의 리드대로 끌고 가지 않고 기다려주었다. 가슴이 터질 것 같은 무한한 떨림 끝에 춤이 끝나고 자리에 돌아온 나는 기쁨과 안도감에 거의 제정신이 아니었다.

그때 사진을 찍어달라고 부탁한, 옆자리의 브라질에서 왔다는 부부가 뭐라고 말을 건넸다. 부인이 내 사진을 몇 장 찍었는데 이메일로 보내주겠다는 것이다. 그 부부의 친절함으로 나는 영원히 간직하고 싶은 소중한 영상과 사진을 얻을 수 있었다. 그들은 휴가차 이곳에 왔다고 하는데 남편은 순수한 백인이고 아내는 약간 중남미스런 매혹적인 외모였다. 짙은 립스틱에 영화 〈패왕별희〉의 주인공처럼 아이라인만 해도 3cm는 그려 올렸고 얼굴 피부 몇 곳에 금속을 박아 넣기도 했다. 대부분의 아르헨티나인과는 달리 그들은 영어도 잘해서 브라질에는 한국인이 많이 살고 있다는 이야기, 킴이라는 한국인에게 태권도를 배우며 한국에 무척 가고 싶어 한다는 아들 이야기 등을 나누었는데 그 친절한 부부도 이곳에서의 잊지 못할 추억 중 하나다.

부부와 여자 둘도 가버리고 옆의 부부와 나 해서 관객이 3명인 채로, 탱고 공연을 마지막으로 목요일 밤의 쇼는 끝났다. 연주하시는 분들과 가수 할아버지는 서서 우리를 따뜻이 배웅해주었다. 언제 이곳을 다시 올 수 있을지는 모르지만, 왠지 아쉬운 마음에 다가가 따뜻하게 포옹을 하고 헤어졌는데 내 귓가에 "You are a good dancer."라는 칭찬의 말을 속삭여주었다. 그날 밤 집으로 돌아온 나는 잠을 이룰 수가 없었다. 이런 걸 후폭풍이라고 하나. '바 수르'에서 탱고를 출 때의 그 감흥으로 가슴이 벅차올랐다. 그건 토요일 산텔모에서 탱고 거리공연을 볼 때와는 느낌이 완전히 달랐으며, 홍대 밀롱가와도 완전히 다른 기분이었다. 그 포근함이란…. 그래서 그다음 날

'바 수르(Bar Sur)'에서
탱고를 추다

수면 부족으로 눈이 붉게 충혈되었으나 피곤하기는커녕 달뜬 상태로 여기저기 쏘다녔다.

그런데 '바 수르'의 그 댄서를 토요일 라 보카에서 다시 만난 것이다. 웨이터로 일하지 않을까 하는 내 예상과는 달리 그분은 그곳 레스토랑에서 공연을 하고 있었다. 라 보카 지역은 탱고가 처음 발생한 곳이고 보카 주니어 팀의 홈구장도 있는, 마라도나가 자라난 곳이어서 부에노스아이레스에서 가장 유명한 관광 명소다. 코로나의 여파인지 탱고 공연하는 레스토랑은 두 곳뿐인데 주말에 그중 한 곳에서 탱고를 추고 있으니 엄청난 실력을 가진 분임에 틀림이 없다. 흐뭇하기도 하고 반가운 마음에 인사나 하고 가려고 기다렸다. 밝은 대낮에 본 그의 모습은 조명이 천장에서 강하게 내리쪼이던 '바 수르'에서보다 훨씬 젊어 보였다.

공연이 끝나고 휴식 시간에 다가가니 그가 놀라며 나를 알아보았다. 확실치 않아 폰의 사진을 보여주었더니 당연히 안다고 말한 후 손을 내밀며 고개를 끄덕였다. 처음에는 그것이 무엇을 의미하는지 못 알아들었다. 여주인, 여자 댄서까지 나서서야 나랑 무대에서 탱고를 추자는 제안을 했다는 걸 알게 되었다. 순간 당황했지만 안 될 일이었다. 목요일 '바 수르'에 갈 때는 공연을 보러 간다고 나름 원피스를 입었지만, 오늘은 몸뻬 같은 펑펑한 바지와 티셔츠 차림에 운동화를 신고 있었다. 더 가관인 것은 모자를 눌러쓰고 선글라스까지 끼고 있어 머리도 납작하게 눌리고 콧등에 자국까지 선명하게 나 있는 터였다.

안 된다고 강하게 거부했으나 결국 계속 손을 내미는 그의 눈빛에 이끌려 수많은 사람 앞에 섰다. '바 수르'는 나를 포함해서 관객이 7명뿐이었지만 이곳은 실내와 노천카페까지 있는 큰 곳으로 토요일 점심시간이라 손님들도 북적이고, 거리에는 지나가는 사람들로 발 디딜 틈이 없었다. 사람들에게 한국에서 왔다고 나를 소개하니 박수 소리가 터져 나왔다. 이틀 전 서울에서 왔다고 구글 번역 내용을 보여준 적이 있는데 그는 그것을 아직도 기억하고 있었다. 청중에게 고개 숙여 인사하고 그와 눈빛이 마주치는 순간 이상하게도 세상에 그와 나 둘뿐인 것 같은 기분이 들었다. 떨렸다면 다만 그와 다시 탱고를 추게 된 것 때문이었다. 주위의 아무것도 눈에 들어오지 않고 느껴지지도 않았다. 나에게는 오직 음악과 그만 있었다. 여전히 그의 아브라소는 부드러웠고 리드는 포근했다. 음악도 내가 좋아하는 빠른 곡이라 심지어 흥겹기까지 했다. 어찌나 몰입했던지 중간에 박수 소리가 터져 나온 것도 동영상을 보고 나중에 알았다.

이렇게 해서 졸지에 나는 부에노스아이레스에서 공연을 세 번이나 한 사람이 되어버렸다. 서울에서도 못 해본 공연을 이곳 부에노스아이레스에서. 이제 부끄럽기도 하여 얼른 그 자리를 빠져나왔는데 길거리에서 지나가는 사람 중에서 나를 알아보고 아는 척하는 사람들이 많아 연예인처럼 손을 흔들어주기도 했다.

이상하게 로드리고와의 춤은 후폭풍이 강하다. 일단 카페로 들어갔다. 흥분을 가라앉히기 위해서다. '금사빠'란 말처럼 나는 금방 사랑에 빠진 것 같다. 로드리고를 또 보고 싶지만 이제 부끄러워 그곳에 못 간다. 상업적인 목적이라고 해도 상관없다. 탱고는 아브라소를 하는 순간 안다. 나랑 잘 맞는 사람인지. 내가 싫었으면 '바 수르'에서도 두 번씩이나 까베*를 하지는 않

---

* 까베세오=까베, 눈짓으로 춤을 신청하는 행동.

라 보카의 일상적인 모습(탱고와 축구)

앞을 것이다. 젊은 아가씨들도 둘 있었는데. 탱고는 그런 춤이다. 춤이 나와 안 맞으면 외모가 출중해도 다시는 추고 싶지 않은.

체코 작가 밀란 쿤데라가 쓴 『참을 수 없는 존재의 가벼움』이란 소설에 인상 깊은 구절이 있다. 사랑하는 사람을 만나는 것조차 운명이 아니고 우연의 연속이라고. 만일 '바 수르'를 안 갔다면 로드리고를 못 만났을 것이고 탱고 공연이라는, 내 인생에서 절대로 일어날 수 없는 일이 연속해서 일어나지도 않았을 것이다. 그러나 모든 것들이 꼭 우연만은 아닐 것이다. 양조위를 좋아해서 그가 일하는 자그마한 탱고 바를 갔기 때문에 가까이서 로드리고를 만날 수 있었다. 그리고 그동안 열심히 탱고를 춰왔기에 '바 수르'에서 두 번이나 춤을 출 수 있었고, 라 보카에서도 그런 나를 알아보고 함께 탱고를 춘 것이다.

그날 밤 여동생에게 "로드리고와 사랑에 빠진 것 같다."라고 문자메시지를 보냈더니 이런 대답이 왔다.

"로드리고하고 사랑에 빠지면 안 된다. 알헨 남자 못 믿는다 캤다."

부에노스아이레스에서의 로드리고를 향한 나의 사랑은 탱고에 대한 나의 열망이었다.

카페 토르토니에서 생긴 일

걱정했던 일이 드디어 일어나고 말았다. 폰을 소매치기당한 것이다. 아니, 빼앗겼다고 하는 게 정확한 표현일 것이다. 남미 하면 누구나 치안이 좋지 않은 지역이라고 생각하고 나 역시 다르지 않았다. 아르헨티나도 다르지 않아 부에노스아이레스를 다녀온 지인 중에는 폰은 물론 여권까지 소매치기당한 사람들도 적지 않아 내심 불안은 했다. 어떤 젊은 여자분은 5년 전에 그곳에 갔을 때 강도만 4번을 당했다고 하고 어떤 남자분은 강도가 뒤에서 안고 골목으로 끌고 가 모든 걸 다 빼앗겼다고도 했다.

그림을 그리기 위해서 화질이 좋은 사진이 많이 필요했던 나는 여행을 앞두고 항상 최신 폰으로 교체하곤 했는데 이번에도 예외 없이 화질과 광각, 줌 기능까지 최고인 고가인 폰으로 바꿔 가져갔다. 그리고 은근히 걱정되어 모든 유튜브와 블로그를 뒤져 소매치기 수법들을 꼼꼼히 읽었다. 대로변에서 가까운 쪽으로 가방을 메고 가다가는 오토바이 탄 사람들이 채 간다는 이야기, 오물을 의도적으로 뿌리고 닦아주는 척하며 물건을 훔친다는 이야기는 어디에나 있었다. 사람이 드문 위험한 곳은 가지 말아야 하며, 라 보카 같은 유명한 관광지도 오후 4시 이후에는 반드시 빠져나와야 한다고도 했다. 우버 택시를 잡거나 버스나 지하철 노선을 확인하려고 폰을 꺼내는 것도 하지 말아야 할 행동 중 하나였다.

그래서 다른 폰을 하나 더 가져가기로 했다. 구형 모델이니 소매치기가 노리지도 않을 터이기 때문이었다. 그리고 셀카를 찍을 때도 구형 모델을 사용하여, 최대한 새 폰은 꺼내지 않기로 마음먹었다. 그날그날 행선지를 미리 정한 후 출력해간 자료를 구형 폰으로 찍어 다녔다. 길을 물어보거나 환승을 할 때를 대비해서였다. 모든 게 완벽했다. 사진을 찍을 때면 사방을 살펴 길에서 떨어지고 지나가는 사람이 없는 곳을 이용했으며, 전철을 타는 통로를 이용할 때도 행인이 있을 때만 가운데 껴서 이동했다. 사진을 찍고는 가방 깊숙한 곳에 넣어 다니던 중 마음에 드는 앞가방을 사게 되었다. 그 가방은 정말이지 마음에 드는 것이 지퍼가 두 개고, 크기가 넉넉하여 위에는 새 폰, 아래에는 구형 폰을 넣기 딱 좋았다. 그동안 일일이 꺼내고 넣기가 번거로웠는데 앞가방에 폰을 넣어서 다니니 정말 편리했다.

아르헨티나에서 지금도 성녀처럼 추앙받고 있는 영부인 에바 페론이 묻혀있는 부촌 속 공동묘지인 레콜레타에 다녀올 때였다. 그날은 수요일인데도 공휴일인지 오전 11시 가까운 시간에도 서울의 지하철 2호선 출퇴근 시간만큼 혼잡했고, 오후 4시 지하철 환승역은 피란열차를 기다리는 것처럼 사람들로 미어터졌다. 부에노스아이레스에는 지하철역이 많지 않고 노선도 단순하여 사람들이 모여들면 그럴 수밖에 없을 듯하다. 그런데 그런 분위기와 어울리지 않게 스피커에서는 나이트클럽에서나 나올 듯한 신나는 음악이 고막이 찢어질 듯 울려 퍼졌다. 그 상황이 너무 웃긴 나는 구름 같은 인파와 음악을 영상에 담기 위해 나도 모르게 새 폰을 꺼냈다. 물론 오가는 인파를 조심하면서 구석으로 가서 조심스럽게 꺼냈다가 앞가방에 넣었지만.

잠시 후 도착한 지하철은 발 디딜 틈이 없었다. 하지만 마음이 바빴던 나는 기필코 올라타리라 결심하고 안으로 발을 디뎠다. 그 순간 누가 뒤에서 나를 밀었다. 돌아보니 마음씨 좋게 생긴 중년 아줌마였다. 그분은 뒤로 넘어질 것 같은지 나를 꼭 껴안고는 뒤로 잡아당겼고 순간적으로 나는 균형을 잃으며 가방을 잡고 있던 두 팔로 앞사람을 잡았다. 잠시 후 열차는 출발했고 뒤를 돌아보니 이상하게도 그 아주머니가 없었다. 그때야 뭔가 이상해 앞가방을 확인해보니 폰이 사라졌다. 폰을 꺼냈다가 넣는 곳을 지켜보다가 뒤에서 타는 척하며 빼간 것이다.

망연자실했다. 새 폰을 꺼낸 잘못이 크지만 내가 당한 수법은 블로그나 유튜브에서 한 번도 들어본 적 없어 방심하다가 당한 것이다. 버스를 17시간이나 타고 가서 만난 이구아수 폭포 사진은 물론 모든 사진이 다 사라졌다. 노트북을 가져갔음에도 사진을 옮겨놓지 않은 스스로를 탓해봤자 상황은 끝났다. 이제 숙소로 돌아가 여권을 갖고 구형 폰에 다시 유심을 끼우는 것 외에는 방법이 없다. 그나마 다행인 것은 예비로 가져온 폰이 있어서이다. 그리고 새 폰이 너무 무거워 브라질 이구아수 폭포부터는 구형 폰을 셀카봉에 끼워 찍어 셀카는 남아있다. 그리고 지인들에게 카톡으로 보낸 사진과 영상이 몇 개라도 남아있기에 그게 어디냐고 스스로를 달랬다. 하지만 상심한 마음이 어찌나 컸던지 다음 날은 꼼짝도 하지 않고 숙소에서 앓아누웠다.

이곳저곳 관광을 끝내고 이제 귀국할 때까지 8일 정도는 밀롱가에 가서 탱고에만 전념하기로 마음먹었는데 나는 다시 관광객 모드로 돌아갔다. 관광지에 아시아인은 주로 나 혼자만 돌아다니는 경우가 많아 자의식이 강한 나는 아는 척하는 사람을 만나면 보여주려고 구글 번역기로 캡처도 했다. "폰을 소매치기당해서 사진을 찍기 위해 다시 이곳에 왔어요."

그런데 캡처한 글은 본래 목적과는 달리 현지인의 동정심을 유발하는 데 상당한 효과가 있었다. 현지인도 수시로 소매치기를 당한다는데 그래서인지 그들은 언어는 통하지 않지만, 눈빛과 표정으로 나를 따뜻하게 위로해주었고 심지어 라 보카에서는 무료로 탱고 동작을 취해 사진을 다시 찍어주기도 했다.

　사진을 다시 찍기 위해 5월가(街)에 있는 카페 토르토니를 방문했을 때의 일이다. 그곳은 탱고 황제 카를로스 가르델뿐 아니라 내가 좋아하는 소설가 호르헤 보르헤스 작품 속에도 자주 등장하는 곳으로 세계에서 가장 고전적이며 우아한 카페라는 평을 듣는 곳이다. 나는 작가 때문에 그 나라를 좋아하는 성향이 있는 것 같다. 오르한 파묵 때문에 터키가 좋아졌고, 반일 감정이 한참일 때도 나쓰메 소세키로 인해 일본을 미워할 수 없었다. 나는 탱고보다 보르헤스를 먼저 알았고 좋아했고 그래서 오래전부터 부에노스아이레스에 오고 싶어 했다. 보르헤스는 부에노스아이레스를 너무나 사랑한 사람으로 "나는 부에노스아이레스를 너무나도 좋아하기에 다른 사람들이 이 도시를 좋아하는 것을 원치 않는다. 이것은 질투와도 같은 것이다."라는 말도 남겼다. 탱고를 배우기 시작하면서부터는 그가 탱고도 얼마나 좋아했는지 알게 되었고 그래서 더 좋아졌다. 그는 탱고를 '부에노스아이레스의 위대한 대화'라고 불렀으며 실제로 몇몇 탱고 곡에 붙일 시어를 직접 쓰기도 했다.

　다른 날과 마찬가지로 카페 앞에는 몇몇 여행객이 입장을 기다리며 줄을 서 있었고 커튼이 쳐져 속을 들여다볼 수 없는 카페 출입문은 굳게 닫혀 있었다. 그때 문이 열리고 손님을 카페 안으로 안내하시는 분이 나오시더니 나를 보고 깜짝 놀라셨다. 그 상황을 예상한 나는 폰에 캡처한 내용을 보여줬다. 그런데 그분이 갑자기 나를 안으로 들어오라고 하는 것이었다. 아직 내 차례가 아닌데도. 그리고 출입문 옆 코너로 데려가더니 여기가 안전하니 여기에 대기하고 있으라고 하면서 마스크를 내리더니 셀카를 찍자고 하는 게 아닌가? 멋모르고 내 뒤를 따라 들어온 다른 여자분은 밖에서 기다리라고 내보내면서. 안내해주는 자리가 마음에 안 들어 중앙의 다른 테이블을 달라고 하자 기다리라고 말한 후 직접 치워주고, 주문한 음료가 나오기를 기다려 사진까지 찍어주었다.

약간 반칙이긴 하나 뜻밖의 배려에 행복해진 나는 폰을 상실한 상황도 그리 나쁘지 않다는 생각마저 들었다. 물론 그건 대낮부터 마신 오렌지 향의 칵테일 한 잔 때문일 수도 있지만. 짬을 내 다가온 그는 여종업원과 내 상황에 관해 이야기하면서 궁금한 걸 물어봤다. 한국인은 모두 그렇게 뜨거운 커피를 마실 때도 빨대를 사용하는지. 웃음을 터트리면서 나는 아니라고 했다. 치아 변색을 막기 위해 나만 그런다고.

이제 산텔모 일요시장을 다시 가 사진을 찍기 위해 자리에서 일어선 나는 화장실 앞에서 처음으로 아시아인을 만났다. 외모가 한국인 같아 말을 걸었더니 필리핀인이었고 부인은 전형적인 필리핀인이었다. 그들은 탱고나 탱고 가수 카를로스 가르델, 소설가 보르헤스에 대해서도 전혀 모르는 채로 그냥 유명한 카페니까 방문한 터였다. 그들에게 이 카페에 대해 열심히 설명해주고 있는데 나를 자리로 안내해준 분이 다시 다가왔다. 탱고를 출 줄 아냐고 물어 그렇다고 했더니 다짜고짜 카페 화장실 앞에 위치한 별실로 나를 데려갔다. 그곳은 월요일부터 토요일까지 매일 밤 유료 탱고 공연이 열리는 유명한 장소인 '알폰시나 홀 Alfonsina Hall'이다. 느닷없이 무대 위로 끌려간 나는 그 필리핀 아저씨에게 영상을 부탁하고는 음악도 없이 탱고를 췄다. 리드는

① 카페 내부에 있는 여류 시인 알폰시나(좌)와 보르헤스(우)의 동상

② 작가 보르헤스와 탱고 가수들이 자주 가던 유서 깊은 카페 '토르토니'에 줄 선 사람들

③ 산텔모 일요시장의 커피 행상

밤마다 탱고 공연이 열리는 카페 토르토니의 알폰시나 홀에서 탱고를 추다

카페 토르토니에서 생긴 일

뻣뻣했지만 이런 곳에서 춤을 추다니 이 무슨 일이고 하며 너무 즐겁게 탱고를 추고 무대에서 내려왔다.

그런데 그분이 나보고 기다리라고 하는 것이었다. 작별 인사를 하고 떠나려는데 또다시 기다리라고 말한 후 잠시 후 와서는 이렇게 말했다. 퇴근 시간이 4시인데 이곳으로 꼭 오라고. 함께 저녁을 먹고 밀롱가를 가자고 했다. 나는 저장된 사진을 보여주며 오늘 밤 이분이랑 마라부라는 밀롱가를 가기로 약속했다고 말했지만, 그는 막무가내로 4시까지 이곳에 꼭 와서 자신과 함께 밀롱가에 가야 한다고 몇 번이나 말했다. 실제로 약속이 있어 당연히 오지 못하지만 하도 신신당부하는 바람에 생각해보겠다고 말하고 그 자리를 빠져나왔다. 다시 찾아간 토르토니에서 생긴 해프닝은 부에노스아이레스에서 폰 분실로 인해 생긴 행복한 기억 중 하나로 영원히 남을 것 같다.

부에노스아이레스 탱고, 밀롱가 맛보기

탱고를 배워 본 적이 없는 클래식 애호가가, 오직 탱고 때문에 부에노스아이레스를 일부러 찾아가서 공연을 관람하고 탱고가 발생한 라 보카나 산텔모 지역을 방문한 후 탱고와 관련된 자신의 경험을 쓴 책을 읽은 적이 있다. 저자는 시종일관 감탄사를 연발하며 탱고에 가까이 다가가고 싶어 한다. 책을 다 읽고 저자가 너무나도 안타까웠다. 만약 탱고를 출 줄 알았으면 어땠을까. 그랬다면 부에노스아이레스의 뜨거운 심장에 더 가까이 갈 수 있었을 텐데 하는 마음에서였다. 연인을 사랑하지만, 눈으로만 뜨겁게 사랑하고 손 한 번 잡아보지 못한 그런 사람을 바라보는 심정이라고 해야 할까.

3주간 부에노스아이레스에 머물며 네 번의 탱고 쇼와 수많은 길거리 공연을 보았지만 시종일관 내 마음을 사로잡은 것은 소규모 공연이었다. 스테이크를 써는 코스 요리의 정찬을 끝낸 후 본 화려한 탱고 쇼도 나에게는 길거리 공연만 한 감흥도 주지 못했다. 화려한 탱고 쇼의 관객들은 주로 투어버스를 타고 온 관광객들이었으며, 그들의 눈을 즐겁게 해주기 위해 무대는 화려하고 댄서들의 동작은 마치 서커스단같이 일사불란하고 현란했다. 이

'카페 엔젤리토스(Cafe de los Angelitos)'에서의 화려한 탱고 공연

화려한 탱고 공연을 본 카페 엔젤리토스. 커튼 뒤 큰 홀에서 탱고 공연을 한다

런 쇼를 위한 탱고를 '에세나리오'라고 하는데 잘 모르는 사람들은 탱고는 모두 그런 것으로 생각할 수 있다.

　규모가 큰 탱고 공연을 두 번이나 본 후 나는 '바 수르Bar Sur'에서와 같은 작은 공연이 다시 보고 싶어졌다. 소설가 보르헤스와 탱고 가수 카를로스 가르델이 자주 드나들던 또 다른 '카페 엔젤리토스Cafe de los Angelitos'를 갔을 때이다. 차분하고 격조 있는 카페 토르토니와는 달리 이곳은 화려하고 빛나 보였다. 카페의 하얀 벽은 이곳을 자주 방문한 명사들의 사진들로 빼곡한데 작가 보르헤스뿐 아니라 탱고 가수 카를로스 가르델도 있었다. 출생지인 부에노스아이레스 아바스토 지역에 그의 이름을 딴 '카를로스 가르델 역Carlos Gardel Subte'이 있을 정도로 유명한 그는 1917년 〈나의 슬픔의 밤〉

을 발표한 후 계속 히트곡을 내어 마라도나, 에바 페론과 더불어 지금도 아르헨티나인들이 가장 존경하는, 전설적인 탱고 가수가 되었다. 난해하지만 아름다운 탱고 음악으로 명성이 자자한 오스발도 푸글리에세의 젊은 시절 사진도 눈길을 끌었다. 노년의 깐깐한 모습과는 달리 젊은 시절의 그는 대단한 꽃미남이었다.

사진이 걸린 벽 뒤, 자그마한 무대처럼 생긴 곳에서 차를 마시는 사람들이 보이고 뒤에 아담한 자주빛 커튼이 있어 웨이터에게 물었더니 밤에 그곳에서 탱고 공연을 한다고 했다. 담당 직원을 내 자리로 불러 예약을 하면서 기대에 부풀었다. 무대가 자그마하니 드디어 내가 원하는 소규모 공연을 다시 볼 수 있겠구나 하는.

공연하는 날 픽업하러 온 전용차를 타고 카페에 들어서는 순간 어리둥절해졌다. 공연 전 식사 시간이 임박했는데 여전히 손님들이 차를 마시고 있었기 때문이다. 그런데 직원은 나를 카페 뒤쪽 통로로 안내를 하는 것이 아닌가. 믿을 수 없게도 커튼 뒤쪽에 큰 규모의 무대와 객석이 별도로 마련되어 있었고, 단체 관광객으로 빈 좌석이 없을 정도였다. 앞자리를 원했으니 턱을 한껏 쳐들어야 무대를 볼 수 있는 예약석으로 안내되면서 카페에서 본 자그마한 무대를 보고 오판했음을 재빠르게 인정을 해야만 했다. 결국 나는 두 시간에 걸쳐서 코스요리를 먹고 요란하기만 한 탱고 쇼를 한 시간 동안 관람했다. 역시 나처럼 혼자 온, 시애틀에서 왔다는 탱고를 출 줄 모른다는 옆 좌석의 남자는 감격에 겨워 어쩔 줄 몰라 했다. 나는 그에게 '바 수르'에 대한 정보를 주며 그곳에 꼭 가 볼 것을 권했다. 그곳에서는 손이 닿을 듯한 위치에서 인간적인 얼굴을 한 공연자들이 밤 9시부터 새벽 1시까지 4시간이나 공연을 한다고, 가격도 이곳보다 저렴하다고.

탱고의 발생지 부에노스아이레스라고 어디에서나 길거리 탱고 공연을 볼 수 있는 것은 아니다. 산텔모 지역의 디펜서 거리에 가야만 제대로 볼 수 있다. 라 보카에서는 레스토랑 두세 곳에서 공연해서 서서 볼 수는 있지만, 호객 행위로 맘 편하게 보기는 힘들다. 맘 놓고 편하게 어딘가에 기대어 거리 공연을 볼 수 있는 곳은 디펜서 거리의 거의 끝에 있는 '도레고 광장 Plaza Dorrego'이 제격이다. 건장한 체격의 중년 남자의 현란한 발재간이 있는 춤도 재미있지만, 탱고에 대한 설명(물론 스페인어여서 하나도 알아들을 수 없지만)은 제법 아카데믹한 분위기를 풍기기도 한다.

하지만 서울에서와 마찬가지로 부에노스아이레스 탱고의 진수는 밀롱가다. 나에게는 밀롱가에서 추는 탱고가 진정한 의미의 탱고라는 뜻이다. 탱고는 외로움 속에서 생겨났다고 한다. 일자리를 찾아 스페인이나 이탈리아 등에서 부에노스아이레스로 온 하층민 남자들은 주로 라 보카나 산텔모 지역에 거주했는데 외로움을 달래기 위해 남자들끼리 부둥켜안고 스텝을 밟으며 서로를 위로했고 그렇게 슬프게 태어난 춤이 탱고다. 〈해피 투게터〉에서 여휘로 분한 양조위가 장국영을 끌어안고 외로움에 몸부림치며 탱고를 추듯이.

밀롱가에서 만난 부에노스아이레스 남자들은 하나같이 리드가 부드러웠다. 여기 남자들의 리드가 세다는, 서울에서 들은 말은 어떻게 해서 나온 말인지 이해가 되지 않을 정도였다. 평소 그곳 할아버지들과 탱고를 춰 보는 게 로망이었던 나는 나이 드신 분이 까베를 해오면 즐거웠다. '밀롱가 파리아 Milonga A La Parrilla'는 밤 11시나 되어서야 밀롱가가 시작되어서인지 젊은 층이 많았는데 나이가 많이 드신 어떤 분이 미소를 지으며 까베를 해왔다. 그는 자신이 너무 늙었다고 영어로 나에게 말했지만 그건 전혀 문제가 되지 않았다. 어쩌면 반세기 동안 이곳에서 탱고를 추신 분이니 그분의 리드는 부드

산텔모 디펜서 거리 '도레고 광장(Plaza Dorrego)'의 남자 댄서와 관객들

러웠고, 간초 Gancho (고리라는 뜻으로 상대방의 다리를 자신의 다리로 거는 동작)
까지 어느 한 동작 완벽하지 않은 것이 없었다. 그래서 탱고를 추는 동안 마
치 먼 나라의 왕자님과 춤을 추고 있는 듯한 환상 속에 빠져들었다. 서울의
밀롱가에서 나이 드신 분의 리드가 평소 뻣뻣하다고 느꼈던 나는 이제 확실
히 알게 되었다. 옛날에는 탱고가 그런 식으로 춰서 예전처럼 추는 게 아니라
그냥 못 추는 거였다.

'밀롱가 마라부 Milonga Salon Marabu'는 산텔모 지역에 있다. 위험한 지역이
어서인지 수요일 방문한 날은 출입문의 경비가 삼엄했는데 한 번 나가면 다
시 들어가기가 힘든 곳이다. 이곳에서도 나이 드신 분과 까베가 되어 춘 탱
고가 나에게 최고의 딴따*였다. 가까운 곳에서 섬광처럼 이루어진 까베였는
데 리드가 부드럽기 짝이 없었다. 한 딴따 4곡 사이사이, 다음 곡이 시작될

부에노스아이레스의 밀롱가 중 가장 아름다웠던 '발마세다(Balmaceda)'

때까지 현지인들은 시끄럽게 수다를 떨었지만, 그는 스페인어를 전혀 못 하는 나를 매번 꼭 안아주었다.

화요일에 간 밀롱가 '엘 베소Milonga El Beso'는 무슨 일인지 몸집이 좋은 중장년층이 홀을 가득 메우고 있었다. 운 좋게 까베가 되었는데 그분이 바로 서울에서 말로만 듣던 럭비공 몸매였다. 등 위쪽이 둥글게 돌출되었는데 가슴도 똑같아 옆에서 보면 완전 럭비공 모양이기 때문이었다. 탱고는 그렇게 잘 추는 편이 아니었지만, 가슴이 폭신폭신하니 쿠션감이 있어 아브라소할 때 느낌이 그렇게 좋을 수가 없었다. 배가 나와서 몸매가 동그스름한 건

● 딴따=4곡. 탱고에서는 한 명의 파트너와 4곡을 연속해서 춤춘다. 발스나 밀롱가 춤은 3곡이 한 딴따이다.

많이 봤지만, 등과 가슴이 알라딘처럼 둥글게 나오다니, 이곳 밀롱가에서 경험한 또 다른 신세계였다.

아르헨티나는 20세기 초까지는 손꼽히는 경제 강국이어서인지 수도인 부에노스아이레스에는 남미의 파리라고 불릴 정도로 멋진 건물들이 많았고, 지금은 많이 쇠락했지만, 여전히 멋진 건물들을 많이 볼 수 있다. 그러니 밀롱가가 열리는 곳도 그런 곳이 많을 것이다. 가본 모든 곳이 마음에 들었지만, 부에노스아이레스 밀롱가 중에 가장 아름다운 곳은 '밀롱가 발마세다Milonga Balmaceda'였다. 천장이 높은 것은 다른 곳과 마찬가지지만 앙증맞고 예쁜 샹들리에와 초록과 보라의 부분 조명까지 모든 게 완벽해 앉아있는 사람들을 돋보이게 만들어 중세시대의 어떤 성 안에서 무도회가 열리고 있는 듯한 느낌을 주었다. 그리고 벽에는 부드러운 색감의 대형 유화들이 빼곡히 걸려 한층 더 그런 분위기를 자아냈다. 그곳은 현지에서 간 네 번째 간 밀롱가로, 연속해서 똑같은 분을 보게 되어 입구에서 눈인사를 했는데 그가 나에게 까베를 했다. 이틀 전에 간 밀롱가 '엘 베소Milonga El Beso'에서 공연도 했으니 현지에서도 실력을 인정받는 댄서임에 틀림없다. 그는 포근함과는 또 다른 탱고의 매력을 느끼게 해줬으니 기교적으로도 완벽했다. 빠르고 한 번도 받아본 적이 없는 난이도가 높은 동작을 하는데도 휘둘리는 느낌이 전혀 없어, 힘을 빼고 몸을 맡기기만 하면 자연스럽고 편안하게 팔로잉할 수 있었다.

그런데 부에노스아이레스라고 모든 밀롱가가 핫한 건 아니었다. 25년이나 되었다는, 월요일에 간 '클럽 그리셀Club Gricel'은 오후 6시부터 밀롱가가 일찍 시작되는데 무슨 일인지 모두 노년층밖에 없고 상급자들은 오지 않은 것 같았다. 핫했던 수요일 '밀롱가 마라부Milonga Salon Marabu'도 일요일 밤에는 탱고 입문자들이 많았다. 그러니 셀 수도 없을 만큼 수많은 밀롱가가 있는 이곳에서는 현지 밀롱가 사정을 잘 알고 있는 분을 가이드 삼아 밀롱가에 가는 것이 짧은 여행에서는 현명하다는 주위의 조언에 따른 것이 결과적으로는 탁월한 선택이었다.

짧은 기간이지만 밀롱가를 여기저기 다니다 보니 문득 이런 생각이 들었다. 우리랑 달리, 어떻게 보면 낡아빠진 옛날 노래와 춤일 수도 있는 탱고를 이곳 사람들은 왜 이렇게 사랑하는 걸까. 단지 역사와 전통을 지키기 위해서인가? 오래 머무르지는 않았지만, 이곳에서 폰을 소매치기도 당하고 유심을 바꾸는 사소한 일에도 긴 줄을 서서 기다려야 하는 짜증스러운 상황 등을 경험했다. 식물원 입장료는 공짜지만 관리할 돈이 없는지 모든 온실 문이 굳게 닫혀있어 들어갈 수 없었다. 지하철 요금은 싸지만 거의 굴러다니는 수준으로, 범죄가 발생할 여지가 있는 지하철역의 출입구는 밤 8시에 벌써 굳게 셔터가 내려져 있어 사람들과 함께 출입구를 찾아 헤매었다. 인플레이션이 1년에 거의 50%에 육박하니 미래에 대한 희망을 잃어버린 사람들은 돈이 생기면 그냥 다 써버린다고 한다. 그리고 도난을 방지하기 위해 도서관 서가에도 책이 안 보였고 사물함에 모든 짐을 맡기고 필기구 정도만 들고서야 도서관 안으로 들어갈 수 있었다.

그러니 따뜻한 시선과 포근한 아브라소가 있는 탱고 밀롱가가 아니면 이곳 사람들 중 영혼이 여린 사람들은 어디에서 삶의 고통을 위로받을 수 있을까 하는 생각이 문득 들었다. 그러니 태어나서 하루도 행복하다고 느껴본 적이 없는 나도 그들처럼 춤에, 탱고에 빠져들 수밖에 없는 운명이었다. 외로움 속에서 생겨난 춤이 탱고이니까.

영화 〈더티 댄싱〉에서 살사를 추는 장면

2장

어느 날 춤이
다정하게 다가왔다

True life is lived when tiny change.

작은 변화가 일어날 때 진정한 삶을 살게 된다.

— 톨스토이

비운의 댄스스포츠 선생님

— 크루즈 여행의 유혹에 댄스화를 샀습니다

살사*와 아르헨티나 탱고** 등 춤(커플 댄스)의 세계에 빠져들게 된 것은 다소 충격적인 사건에서 비롯됐다. 여느 날처럼 스포츠센터에 운동하러 갔을 때였다. 잘 알고 지내는 분이 슬픈 표정으로 다가와 댄스스포츠 선생님께서 갑자기 교통사고로 죽었다고 전하며 선생님의 신상에 관한 이야기도 들려주셨다. 당연한 이야기지만 그동안 운영되던 수업도 할 수 없다는 소식도 함께. 그 순간 젊고 아름답지만 늘 얼이 나간 듯 우울한 표정이었던 그녀의 모습이 떠오르면서 슬픔과 함께 뭔지 모를 죄책감이 내 가슴을 억눌렀다.

누구에게나 흑역사는 있다. 나의 댄스댄스한 생활에서도 흑역사가 있으니 살사와 탱고를 배우기 전에 댄스스포츠를 배운 사실이다. 가본 적은 없지만 콜라텍이라는, 다소 저렴한 느낌이 드는 곳에서 연배가 높으신 분들과 함께 즐긴다는 바로 그 춤이다. 아파트에서는 커뮤니티가 형성되기가 보통

● 쿠바에서 생겨난 빠른 춤곡.
●● 아르헨티나 현지 발음은 '땅고'이나 이 책에서는 '탱고'로 지칭.

은 어렵지만 내가 사는 곳은 조금 다르다. 2층이 입주민 전용 스포츠센터로 골프연습장, 수영장, 헬스장이 있고 사우나실도 있어 헬스 후 샤워하러 들르기도 하면서 주민들과 자연스럽게 가까워질 수 있다. 그곳에서 주도권을 잡고 계시는 분들은 주로 중년의 전업주부들이셨고 활발하신 분들이 많았다.

아이가 초등학생이었던 어느 날 나는 뜻밖에 그분들의 러브콜을 받게 되었다. 그때나 지금이나 사회성이 젬병인 건 마찬가지여서 사교성이 뛰어난 옆집 아주머니에게 끌려갔다고 하는 것이 정확한 표현일 것이다. 어떤 러브콜이냐 하면 2층 에어로빅실에서 댄스스포츠 강사를 모셔다가 강습을 할 건데 같이하자는 것이었다. 월 50만 원 강사비는 수업하는 사람들이 3만 원씩 내면 되고 스무 명 정도 모집할 거니까 남는 돈은 친목을 도모하는 비용으로 쓰면 된다고 했다. 사는 형편이 다들 나쁘지 않아서인지 해외여행 경험이 이미 많으신 그분들은 크루즈 여행을 할 때 춤이 필수라며, 댄스스포츠 강습에 대한 기대에 부풀어있었다. 댄스스포츠가 뭔지 들어본 적도 없었던 나는 크루즈 여행에 필수라는 말에서 영화 속 멋진 장면들을 떠올렸다. 커다란 배에 있는 넓은 홀에서 우아한 드레스 차림으로 춤을 추는 멋진 남녀의 모습을. 그리고 강습을 함께 듣겠다고 했다.

드디어 강습이 시작되었다. 한양대 무용학과를 졸업하셨다는 여선생님은 유치원생인 두 명의 자녀가 있는 데도 긴 생머리의 매력적인 외모셨다. 하지만 표정은 어딘가 어둡고 말수가 적었다. 주부들을 대상으로 수업을 하려면 재미있는 농담도 하고 명랑하면 더 좋을 텐데, 거울 앞에서 말없이 춤만 추셨고 뒤에서 우리는 막춤에 가까운 춤을 추며 엉망으로 따라했다. 유리문을 통해 우리들의 모습을 동네 주민들이 힐끗 쳐다보거나 못마땅한 표정으로 구경하시곤 했는데, 그 이유를 나중에 알게 되었다. 물을 좋게 하려고 50

대 이상인 분들은 강습에 참여하지 못하게 해서 그분들이 괘씸한 표정으로 쳐다보았다는 것을.

댄스스포츠도 커플 댄스이기 때문에 남녀가 있어야 한다. 하지만 우리는 100% 순수한 여자들뿐이어서 키가 좀 크고 춤을 배워 본 적이 있는 사람들은 남자 역할을 했다. 나는 거기서 가장 어렸기 때문에 선생님의 파트너로, 자연스럽게 여자 춤만 배우게 되었다. 처음에는 뭘 신고 춤을 췄는지 기억도 나지 않지만, 나중에는 운동화처럼 발등에 끈을 매는 투박한 검정 댄스화를 단체로 구입했다. 처음에는 20명 이상이 참가해 북적거렸지만, 점점 사람들의 수가 줄어들었다. 하지만 그 대신 남아있는 사람들은 끈끈한 관계를 이어갔다. 강습비 드리고 남은 돈으로, 혹은 따로 돈을 걷어서 노래방을 가기도 하고 저렴한 호프집에서 마카로니나 옥수수 뻥튀기를 안주 삼아 맥주잔을 기울이기도 했다. 노래방에서는 모두 음악에 맞춰 둘씩 손을 맞잡고 자이브를 췄다.

'락엔 키카킥 키카킥'이라는 정체를 알 수 없는 리듬에 맞춰 여자들끼리 흥겹게 자이브를 추면서 즐거운 나머지, 춤을 배우기를 잘 했다는 생각마저 들었다. 일가친척 하나 없는 객지에 살면서 아이를 키우던 나는 정에 굶주려 있었을 수도 있다. 거의 자정이 되어서야 퇴근하는 남편을 기다리며 집 안에서 조용히 독서를 하는 게 유일한 취미였던 그 당시에는 동네 아주머니들의 사랑을 받으며 노래방에서, 호프집에서 웃고 떠들던 시간은 분명 즐거운 순간이었다. 강원도에 여행 갔다가 나이트에서 자이브를 춰서 주변 사람들의 이목을 집중시켰다는 어떤 분의 무용담을 들으며 그 당시 일산에서 유명했던 터널 나이트클럽을 함께 가자는 이야기도 했다. 모두 함께 가서 자이브를 추면 '다 죽었어.' 하고 주변을 압도할 수 있을 거라는 이야기를 하며 함께 깔깔 웃었다.

하지만 이렇게 행복한 날들도 그리 오래가지는 않았다. 여자들의 약속은 쉽게 깨어지는 걸 옛날부터 많이 봐 오기는 했지만, 어느 순간부터 사람들이 급속도로 빠져나가기 시작했다. 이해가 안 되는 것은 아니었다. 춤도 결국 즐거워지자고 추는 것인데 어느 수준이 되면 바이엘에서 체르니로 넘어가듯 난이도가 확 올라가니 골치가 아플 수도 있다. 알고 보니 댄스스포츠는 하나의 춤이 아니고 자이브, 룸바, 차차차, 삼바 등 여러 가지 다른 춤을 뭉뚱그려 지칭하는 말이었다. 완전히 다른 성격의 춤을 주 1회 이것저것 배우다보니 어려워져 흥미가 확 떨어진 것이다. 자이브만 배울 때는 즐거웠는데. 그리고 또 다른 문제가 있었다. 크루즈 여행을 위해 춤을 배운다면 여자 춤을 배워야 하는데 우리의 강습에는 남자가 없었다. 누군가는 남자 역할을 해야 하기 때문에 남자 역할을 하는 사람은 불만이 많았고 두 가지 역할을 모두 배우려면 헷갈려, 춤을 배우는 것이 수학 문제 푸는 것처럼 골치 아프고 어려워진 것이다.

급기야는 강습생이 6명밖에 남지 않았다. 나야 뭐든지 한번 시작하면 폐강될 때까지 진득하게 다니는 편이고 여자 춤만 배웠기 때문에 강습을 계속 들었지만, 나머지는 가까운 시일 내로 정말 크루즈 여행을 하려고 마음먹었던 사람들만 남았다. 문제는 강습비였다. 최소한 17명은 되어야 약속한 강습비 50만 원을 맞춰 줄 수 있었다. 나는 N분의 1로 나누자고 제안했지만 몇몇 사람들은 생각은 달랐다. 선생님도 문제가 있다는 것이다. 좀 재미있게 해서 수강생을 유지해야 하는데 그러지 못했다며, 백화점 문화센터에서도 이 선생님 수업은 수강생이 자꾸 줄어든다고 했다.

마지막 강습비를 주던 날이 지금도 눈에 선하다. 수업이 끝난 후 함께 낙

지집으로 가 대표 회원이 강습비 봉투를 미리 건네고 저녁을 먹었는데, 웃고 떠드는 우리와는 달리 식사하는 내내 선생님의 표정은 분노로 일그러져 있었다. 명문대 무용학과를 졸업하고 백화점 문화센터에서 강습을 하다가 주민들이 요구해서 출장까지 와서 강습해오고 있는데, 약속한 50만 원은커녕 18만 원이 든 봉투를 건네받았으니 자괴감과 분노가 들었기 때문인 듯했다. 바로 앞에 앉은 나는 너무 미안해서 고개를 들지 못했다.

같은 동네 주민이어서 내 생각만 계속 주장할 수 없어서 결국은 뜻에 따랐지만, 우리들은 몇만 원을 아끼기 위해서 약속을 어기고 상대의 자존감에 깊은 상처를 준 것이다. 지금도 그때 그 집에서 이사하지 않고 계속 살고 있어서 댄스스포츠를 함께 배웠던 사람들과 마주치곤 하는데, 그때도 이해가 되지 않았지만 지금도 이해가 되지 않는 것들이 있다. 일주일에 몇 번씩이나 골프를 치고 사업체까지 가지고 있는 분들이 돈에 대해서 더 악착같은 모습을 보였다.

함께 저녁 식사를 한 며칠 후 헬스장에 내려갔다가, 강습을 들을 때 가장 활발하고 목소리가 센 분을 만났다. 알만한 서울 근교의 골프장 회원권을 소지하고 집도 몇 채나 있는데도 18만 원만 건네자고 강하게 밀어붙이신 분이었다. 그분이 슬픈 표정으로 말했다. "댄스스포츠 선생님이 돌아가셨다"고, "차가 전봇대를 들이박아 즉사했다"라고 말했다. 무용 학원도 운영하다가 실패하고 백화점 문화센터에서 댄스스포츠를 가르치는 강사 생활을 하고 있었는데 남편이 건달에 백수라는 이야기도 했다.

그 이야기를 듣고서야 선생님의 얼이 나간 듯한 어두운 표정을 이해할 수 있었다. 신비하도록 아름답고 어릴 때부터 무용을 하며 곱게 자란 순수한 여자가 건달의 꾐에 넘어가 결혼을 한 것이다. 돈 한 푼 벌어오지 않는 백수 남편 대신 두 아이를 기르기 위해 이곳저곳 뛰어보지만, 그 어디에도 희망이 없어 차라리 스스로 죽음을 택한 건 아닐까. 지금도 나는 그런 생각이 들곤 한다. 그리고 그녀가 세상을 하직하는 슬픈 이유 중의 하나를 우리 주민들이 제공한 건 아닌지 지금도 죄책감이 든다. 다음 생에는 그분이 더 아름다운 모습으로 태어나 행복하기만 한 삶을 살았으면 좋겠다고 생각하며 잠시 명복을 빌어본다.

몰포드 아저씨와 영화 〈더티 댄싱〉

— 토요일 밤에는 살사를

지인 중에 건축 디자이너인 몰포드 아저씨가 있다. 고향은 미국 시애틀이나 홍콩에 사신다. 홍콩을 다녀온 사람이라면 누구나 엄청나게 높은 빌딩들이 숲을 이루고 있는 센트럴로 간 다음, 피크트램을 타고 빅토리아산으로 올라가 야경을 감상했던 경험이 있을 것이다. 급경사의 트램을 타고 조금만 올라가면 산 중턱에 아파트가 보이는데 여기가 홍콩에서 가장 악명 높은, 고가의 아파트들이다. 몰포드 아저씨는 이곳에서 필리핀인 가정부하고만 살고 계신다. 부인과 이혼하고 자식도 없이 혼자 살아서인지 영화 감상이 유일한 취미인 그는 한국 영화에도 상당히 조예가 깊어 〈서편제〉나 〈봄 여름 가을 겨울〉 등 한국 고유의 문화나 정서가 드러난 영화를 특히 좋아하셨다.

남편을 따라 홍콩에 갈 때 그를 두어 번 만났는데 내가 교사라는 걸 알고 난 뒤부터는 학교나 교사가 나오는 DVD를 엄청나게 보내줬다. 그 DVD를 보는 건 상당한 고역이었는데 이유는 대사는 프랑스어, 일본어, 중국어 등이고 자막은 영어였기 때문이다. 그리고 영어가 대사인 경우에는 자막도 없었다. 짧은 영어 실력으로 영상을 보며 자막을 해석하느라 머리가 터질 것 같았지만 어쩌다 한국에 오시면 만나기도 하기에, 보내준 영화를 안 볼 수도 없었다. 전쟁에 반대하는 일본 여교사의 집에 2차 세계 대전에 끌려가 장애인이 된 제자들이 방문하니 슬퍼서 우는 이야기, 발전하기 전 중국을 배경으로 도시로 팔려간 제자를 다시 데려오기 위해 그곳까지 찾아가서 힘들게 떠돌다가 드디어 구출해오는, 어리고 철없는 여교사 이야기 등 재미는 없지만 잔잔한 감동을 주는 그런 영화들을 보며 도대체 어디서 저런 영화들을 찾아냈는지 신기할 정도였다.

하지만 〈더티 댄싱〉이라는 영화는 예외였다. 가족들과 함께 쿠바로 와서 고급 숙소에 머물고 있는 여주인공 케이티가 그곳에서 낮은 임금을 받고 일하는 쿠바 청년 하비에르와 가까워지면서 함께 춤을 추는 모습이 특히나 인상적인 그 영화는 자막을 굳이 해석하지 않아도 이해하기 쉬웠다. 제목을 보고 오해를 했었는데 춤과 관련된 더러운 이야기가 아니고 백인들에게 차별당하는 쿠바인들의 모습이 영화 곳곳에 녹아 있어, 왜 쿠바인들이 반미적인 정서를 갖게 되었는지도 잘 보여주는 괜찮은 영화였다. 특히 현지인들이 즐겨 찾는 바^{Bar} '라 로사 네그라'에서 온몸이 땀에 젖도록 두 주인공이 황홀하게 춤을 추는 장면이 인상적인데 그 춤이 바로 살사다. 하지만 영화를 볼 당시에는 그 춤이 정확하게 무엇인지도 몰랐다.

댄스스포츠 선생님이 갑작스런 사고로 돌아가신 뒤로 이제 댄스댄스한 생활은 끝이 났다. 하지만 그동안 갈고닦은 실력을 그냥 썩혀버리기에는 아까웠고, 모처럼 동네 주민들과 즐겁게 지내다가 강습이 없어지니 외롭기도 했다. 뭐든 빠지지 않고 열심히 하는 성격인 나는 완전하지는 않지만, 자이브, 룸바, 블루스까지 착실하게 익혀온 터였다. 그래서 어느 날 결심을 했다. 다른 선생님을 찾아가야겠다고. 돌아가신 선생님께서 바쁘실 때 수업을 대신 맡아주신 분이 같은 백화점 문화센터에서 강습을 하신다고 들은 적이 있어 무작정 찾아가니, 그곳에는 초급반밖에 없다며 자신이 운영하는 개인 스튜디오로 오라고 했다.

그곳에서 강습을 듣는 분들도 전부 여자였다. 마흔이 다 되어가는 남자가 한 명 있긴 한데 지능이 낮아 연세가 많으신 약사 엄마와 함께 춤을 추었다. 아들과 자신의 건강을 위해 육십 대 후반의 엄마가 머리가 벗겨지기 시작하는 아들과 댄스스포츠를 배우며 함께 춤을 추다니 참으로 대단하신 분이셨다. 나와 그 모자를 뺀 나머지 분들은 강사 자격증을 따기 위해 남녀 역할을 바꿔가며 정말 열심히 하셨고, 실제로 동사무소 문화센터 등에 강사 자리를 얻기도 했다. 하지만 나는 점점 춤에 대한 흥미가 사라지고 지루하기만 했다. 원래 그런지는 모르겠지만 댄스스포츠도 커플 댄스인데 짜인 루틴대로만 춤을 가르쳐주고, 순서를 외워서 춤을 췄다. 거짓말 아니고 졸면서 춤을 춘 적도 많았는데 그래도 춤추는 데는 문제가 없었다. 퇴근 후 피곤한 몸으로 먼 거리를 일부러 찾아가면서까지 하고 싶지 않아 두어 달 후에 그만두기로 결심했다. 아파트에서 강습 받던 때와 달리 사람들과 어울리는 재미도 덜해서 더 그런 생각을 했던 것 같다.

하지만 그 결심은 번번이 무산되었다. 왜냐하면 선생님(원장님)께서는 내가 그만둔다고 생각하니 잠이 안 온다고까지 하시며 너무나 잘 해주셔서 다시 마음이 약해졌기 때문이다. 그리고 나도 외로웠기 때문에, 이곳이나마 갈 곳이 사라지는 것이 두렵기도 해서 차일피일 미루며 계속 강습을 들으러 다녔다. 그래서 자이브, 룸바, 삼바, 차차차까지 어느 정도는 할 수 있게 되었다.

그러던 어느 날 탈의실 문에 A4 종이가 붙어있는 걸 보았다. 살사라는 어떤 춤에 관한 이야기인 것 같았고, 토요일 밤 7시에 강습과 정모가 이곳에서 열린다는 내용이었다. 일단 한번 가보기로 했다. 그래서 찾아간 그 모임은 '토요일 밤의 열기' 바로 그 자체였다. 동호회 이름은 '일라클(일산 라틴댄스클럽의 준말)'로 그때는 일산에서 거의 유일한 살사 동호회였다. 일산에서 홍대로 바로 가는 경의선 철도도 개통되기 전이라 20대 어린 친구들도 보였고, 삼사십 대 남녀들의 열기로 뜨거웠다. 그 동호회가 마침 내가 댄스스포츠를 배우고 있던 곳을, 토요일만 빌려서 쓰고 있었던 것이다.

나는 이곳이 마음에 쏙 들었다. 왜냐하면 처음으로 나이가 비슷한 사람들과 남녀가 함께하는 커플 댄스를 배울 수 있었고, 템포가 빠른 살사 음악이 너무나 좋았기 때문이다. 첫날부터 바로 강습을 신청해 춤을 배우면서 살사가 쿠바에서 생겨난 춤과 음악을 동시에 가리킨다는 것도 알게 되었다. 쿠바라니! 체 게바라만 알았는데, 이렇게 재미있고 열정적인 살사가 쿠바 사람들이 추는 춤이라니! 그래서 첫 수업을 받자마자 바로 쿠바 여행이 꿈이 되어버렸다.

강습을 들으며 살사에서는 여자를 살세라, 남자를 살세로라고 한다는 것도 알게 되었다. 댄스스포츠 강습에서는 실명을 사용했는데, 살사에서는 별칭을 사용한다고 해서 '엠마'라는 별칭도 새로 만들었다. '보라'라는 별칭을 가진 분이 강습을 했는데 활기찬 목소리와 몸짓에 내 안에 억눌려 있었던 에너지가 스멀스멀 기어오르는 느낌이었다. 까무잡잡한 피부와 늘씬한 미모의 보라 님은 남미에 살다가 오셨다는데 그래서인지 열정적이고 직선적인 성격이었다. 약간 센 여자 이미지라고나 할까. 그래서 더 좋았다. 틀린 부분을 바로잡아 줄 때도, 엄격하고 카리스마 넘치지만, 따뜻한 엄마처럼 늘 웃으면서 "엠마 님!" 하고 고쳐주었다. 오래전이긴 하나 보라 님을 생각하면서글서글한 미소와 유연한 웨이브가 떠오르는데, 고수분이 방문해서 보라 님과 함께 살사를 출 때면 넋을 잃고 바라보게 했다.

　토요일 초급 수업이 끝나면 많은 사람이 방문했고, 그것을 정모라고 했다. 정모 때는 프리댄스를 시작하기 전에 간식 시간이 있었고, 바닥에 옹기 종기 둘러앉거나 서서 떡볶이나 치킨 등 다소 무거운 간식을 자유롭게 먹으며 많은 이야기를 나누었다. 초급 수업을 함께 받은 사람들끼리는 한 기수가 되는데 학교 동창생들처럼 끈끈한 전우애를 느꼈고 선배님들은 서로 한 수 가르쳐주려고 안달이었다. 그래서 살사로 통칭하는 살사, 바차타, 차차, 메렝게도 조금씩 배우기 시작했다.* 그리고 홍대에 살사 바**가 있다는 것도 알게 됐다. '보니따'와 '마콘도'라는 이름이 자주 거론되었는데 특히 바차타에 빠진 사람들은 마콘도에서 밤을 새운다는 이야기를 옆에서 들으면 마치 먼 우주를 여행하고 온 사람들의 무용담을 듣는 것 같았다.

　살사 강습을 처음 듣기 시작할 때는 나름대로 자신이 있었다. 왜냐하면 춤이라곤 처음 배우는 생초보도 많은데, 그래도 1년 이상 먼저 댄스 세계에 발을 들여놓았기 때문이다. 그런데 댄스스포츠를 배운 것이 오히려 내 발목을 잡았다. 수업 후 프리댄스 시간에 선배 살세로들은 나와 잡아보고는 팔의 힘(텐션)이 너무 세서 리드하기 힘들다고 했다. 매번 힘을 빼려고 노력하다가 깨달았다. 댄스스포츠를 배운 것이 살사를 잘하는 데 오히려 방해가 되고 있다는 것을.

　댄스스포츠 수업을 하면서 나는 거의 선생님과 춤을 추었다. 선생님들은

───────
● 살사를 배우면 살사, 바차타, 차차, 메렝게를 동시에 배운다.
●● 살사를 출 수 있는 장소.

초보들을 자신이 의도한 대로 움직이게 하려고 팔로 세게 리드한다. 그리고 늘 정해진 루틴대로만 춤을 추었기 때문에 똑같이 팔에 힘을 주어도 전혀 문제가 되지 않았다. 하지만 살사는 '소셜댄스'*다. 정해진 루틴이 없이 상대방이 보내는 신호에 따라 빠르게 반응하여 여러 동작을 해야 하는데, 팔에 힘을 빼야 상대방의 신호를 잘 받을 수가 있다. 그런데 늘 힘을 빡 주고 있으니, 나와 한 번 살사를 추고 난 선배들은 잘 잡아주지 않았다. 그럴 땐 역시 동기가 최고였다. 같은 초보끼리, 배운 동작을 열심히 연습하며 우리도 언젠가는 홍대의 살사 바라는 곳에 가볼 수 있을 거라는 희망에 부풀었다.

연말 크리스마스 즈음에 초급 과정을 이수한 기념으로 살사 공연과 파티를 했다. 파트너를 정해 주중에도 열심히 연습했는데 공연이 임박해오면서 복장을 정하는 것도 재미있었다. 오랜 기간 검색하고 의견을 모은 후 결정된 파티복은 거의 속옷 수준의 빨강 미니원피스와 검정 망사스타킹이었다. 망사스타킹을 태어나서 처음 신어보았다. 살세라 머리를 바닥까지 떨어뜨렸다가 들어올리는, 거의 서커스 수준의 하이라이트 장면까지 충분히 연습한 후 파티 장소를 따로 빌려서 한 공연은 성공적이었다. 가족들에게 살사를 배우고 있다고 이야기를 하지 않았던 나와 달리 부모님과 부인, 자녀들, 심지어 회사 동료들까지 총출동한 동기들도 있었다.

공연도 끝나고 살사에 대한 열정이 어느 정도 식을 무렵에 본 영화가 〈더티 댄싱〉이었다. 공연 동안 열심히 연습했는데도 팔로잉 실력이 그다지 나아

---

* 사교댄스. 정해진 순서 없이 자유롭게 추는 커플 댄스.

영화 〈더티 댄싱〉의 마지막 장면.
살사 바 '라 로사 네그라'에서의 살사댄스

지지 않았고, 정모에서도 나는 여전히 인기 없고 춤추기 힘든 살세라였다. 의기소침해 있던 그즈음에 그 영화는 뭔가 살사에 대한 환상을 갖게 만들었다. 자유로운 영혼이 되어 낯선 도시에서 낯선 사람과 땀을 흠뻑 흘리며 살사를 출 수 있는 내가 되고 싶었다. 살사 스피릿이 스며들었다고나 할까. 댄스스포츠를 배운 것 자체를 완전히 잊어버리기로 하고 팔에 힘 빼는 것부터 시작해서 수많은 땀을 흘린 결과 나는 조금씩 인기 있는 살세라가 되어갔다. 그리고 MT나 다른 지역의 살사 파티 등에도 적극 참여하면서 아는 살세로들도 점점 늘어나, 드디어 라틴 소셜댄스 세계의 당당한 일원이 되었다. 그리고 실사를 진정으로 즐길 수 있게 되면서부터는 가정과 직장에서의 힘든 일들을 그 순간만큼은 완전히 잊을 수 있게 있었다.

무료함을 걷어차는 가장 빠른 방법인 살사댄스 맛보기 I

• 살사댄스란?

살사 음악이나 가요, 팝 등 4/4박자에 맞춰 추는, 쿠바에서 생겨난 커플 댄스

• 배우는 곳

생각보다 많은 곳에 살사 동호회가 있어 접근성이 좋다

• 살사 동호회나 살사 바에서 주로 추는 라틴 소셜댄스

살사, 바차타, 차차, 메렝게(두 박자)

• 장점

스트레스 해소와 다이어트에 최고. 격렬한 춤이긴 하나 음악에 맞춰 추니 몇 시간을 춰도 힘들지 않은, 최고의 유산소 운동임

치마가 너무 짧아요, 선생님

— 내가 좀 그렇지

교사 생활을 하다 보면 나를 특별히 좋아하는 마니아들이 1년에 몇 명씩은 꼭 생긴다. 개중에는 국어 교사가 꿈인 감수성 풍부한 여학생들도 있고, 국어를 수학처럼 명료하게 가르치고 싶어 했던, 깔끔한 요점 정리를 좋아하던 학생들도 있었다. 그런데 마니아 중에서 남학생은 한 명도 없었다. 그들은 도무지 국어를 과목으로 취급하려 들지를 않았다. 한국어를 말할 줄 알면 되고, 맞춤법이 틀리면 스마트폰이나 컴퓨터에서 다 알려주는데 국어 시간이 왜 필요하냐는 식이었다. 그래서 성적이 꼴찌인 남학생들도 시험 공부를 할 시간이 있다면 수학을 공부했다. 그들은 수학을 공부하는 것이 남자다운 모습이라고 생각하는 것 같았다. 그래서 국어 교사와 중학교 남학생들 사이에는 휴전선 비슷한, 도저히 넘어갈 수 없는 벽이 존재했다. 시나 소설 수업을 하며 눈물을 애써 삼키는 나의 모습을 그들은 외계언어를 읽는 듯한 어리둥절한 표정으로 쳐다보곤 했다.

사람마다 슬픔의 코드가 달라서인지 같은 교과서로 가르치는 국어 교사들 사이에도 눈물샘을 자극받는 작품들이 다 달랐다. 나는 「사랑손님과 어머니」를 가르칠 때 특히 힘들어했었는데, 항상 이 부분에서는 울음이 복받쳐 교실을 빠져나와야만 할 때가 종종 있었다.

> 아저씨의 사랑을 옥희 어머니가 받아주지 않자 아저씨는 짐을 싸서 떠나게 된다. 아저씨가 떠난 후 어머니는 옥희를 보고 뒷동산에 소풍을 가자고 말한다. 드디어 기차가 경적을 울리며 지나가고, 손뼉을 치면서 즐거워하는 옥희 옆에 선 어머니는 창백한 얼굴에, 말 한마디 없이 기차가 더 이상 보이지 않을 때까지 지켜보고 서 계신다.

일제 강점기가 배경이니 남들의 이목이 두려워서 차마 재혼할 수 없어 아저씨의 사랑을 거절한 소심한 24세의 어머니. 옥희 어머니의 성격을 볼 때 이제 사랑하고 사랑받는 여자로서의 삶은 끝난 것이다. 소심한 옥희 어머니의 내적 갈등과, 늘 이성에게 마음을 제대로 열지 못했던 나의 슬픈 연애사가 오버랩되어 수업 중임에도 눈물을 펑펑 쏟은 것이다. 그리고 24세는 슬프게도 내가 결혼한 나이이기도 했다.

가르치기 힘들어했던 또 하나의 작품은 박완서 작가의 「옥상의 민들레꽃」이라는 소설이다. 주인공은 누나와 형이 있는 셋째이면서 막내인 조숙한 유치원생이다. 자신이 애써 만들어 엄마에게 선물한 꽃이 음식물 찌꺼기랑 함께 버려져 있는 것을 본 주인공, 자신을 괜히 낳았다고 친구에게 전화하는 엄마의 통화 내용을 엿듣고 옥상으로 간다. 세상을 시끄럽게 하기 싫어 밤에 조용히 떨어져 죽으려고 기다리다 그만 잠들어버린 주인공이 잠에서 깨어나 본 건 옥상의 민들레꽃이었다. 척박한 시멘트 틈에 악착같이 뿌리를 내리고 꽃을 피운 것을 보고 생각이 달라진 주인공이 다시 집으로 돌아온다.

그때 엄마는 이렇게 말한다.

"만약 너에게 무슨 일이 있으면 나도 살지 않으려고 했다."

나는 이 꼬마가 부러웠다. 어린 시절, 평소에는 체벌하지 않던 어머니지만 자매들끼리 싸워서 시끄러워지기만 하면 늘 빗자루를 집어 들었다. 맷집이 센 둘째 언니와 여동생은 그냥 몇 대 맞고 마는데, 겁이 많았던 나는 늘 밖으로 도망을 갔다. 사방이 어두워지고 밤은 점점 깊어지는데 엄마는 절대로 찾으러 오는 법이 없었다. 아버지를 기다려보지만, 술을 드시는지 퇴근이 늦으시고, 무섭고 지치고 졸려 담 모퉁이에 쪼그리고 앉아있으면 밤늦게 큰언니가 와서 방으로 몰래 데리고 오곤 했다. 담벼락 아래의 어린 시절의 나를 생각하니 자기연민에서인지 이 부분에서는 수업 중임에도 늘 눈물이 왈칵 쏟아졌다.

어느 날 수업을 마치고 복도를 지나가는데 나의 마니아 중 한 명인 어떤 여학생이 씩씩거리며 말을 걸어왔다. 국어 선생님께서 나이에 비해 옷을 너무 어려 보이게 입는다고 남자아이들이 내 흉을 봤다는 것이다. 이 말을 듣고 빙그레 웃음이 나왔다. '아무 생각 없이 사는 줄 알았는데 너희들도 눈이 있구나.' 하는 생각에서였다. 살사에 정신없이 빠져있는 동안 내 옷차림도 정말 많이 변했다. 오죽하면 동료 교사들이 붙여준 내 별명이 '레이스 언니'였을까. 그래서 머리가 하얗게 세고 신경질적인 외모의 빼빼 마른 교장 선생님까지도, 나만 보면 송 선생님이라고 부르는 대신 '레이스 언니'라고 불렀다.

가슴이 많이 파인 상의에 짧은 치마, 무릎이나 허벅지까지 오는 타이츠 차림으로 출근했고, 의상의 어느 한 곳에는 반드시 레이스 장식이 있었다.

가까운 일본을 다녀올 때면 시부야 뒷골목의 가게까지 찾아가 그곳 여학생들 틈에 섞여 레이스가 부착된 검정 밴드 스타킹을 골랐으며 그것들이 나의 머스트 아이템이었다. 그래서 "남학생들이 설레서 잠 못 자겠어요."라고 말하며 언니뻘인 나의 옷차림을 웃으면서 간접적으로 비난하던 여교사들도 있었다.

댄스스포츠와 달리 살사를 출 때는 특별한 의상이 필요 없다. 공연할 때를 제외하고는 누구나 평상복을 입고 그냥 춘다. 하지만 살사 곡들은 대부분 빨라서 몇 곡만 춰도 땀이 비 오듯 쏟아져, 자연히 짧고 노출이 심한 옷을 입을 수밖에 없다. 또 사심이 가득한, 조금은 야한 옷을 입어줘야 살세로의 눈길을 끌 수 있어 점점 그렇게 옷차림이 바뀐다. 옷을 살 때면, 살사를 출 때도 입을 수 있는 옷으로 고르다 보니 출근복까지 점점 짧은 치마와 가슴이 많이 파인 상의 차림이 되어 그것이 남학생들의 눈에도 보인 것이다. 그래서 그 당시 내 옷장에는 긴 옷이라고는 청바지도 없었다. 오죽하면 남학생 하나가 어느 날 이렇게 말했다.

"선생님께서 바지를 입고 출근하시면 저는 치마를 입고 등교할게요."

그다음부터 나는 그 남학생을 많이도 놀려먹었다. 만나기만 하면 "내일 나 바지 입고 올 거야." 했고 그러면 그 남학생은 "살려주세요." 하고 싹싹 비는 시늉을 했다.

그런 복장을 하고 가장 열정적으로 춤을 추던 시절은 처음 들어간 일라클 동호회가 사라지고, 우여곡절 끝에 새로운 동호회가 생겨났을 때였다. 거의 〈더티 댄싱〉의 주인공에게 빙의하는 경지에까지 이르렀다고나 할까. 그땐 거의 제정신이 아니었다. 비록 춤은 많이 부족했으나 마음만은 살사에 진심으로 빠져 즐거웠던 나날들이었다.

　마음은 청춘이지만 몸은 천근만근인 금요일 밤과는 달리 토요일 밤에는 누구나 살짝 달뜬 상태가 된다. 남편은 신혼 때부터 워크홀릭이었지만 갈수록 더 심해져 바람이 났다고 해도 믿을 정도였다. 주말까지 하루도 거르지 않고 회사에 출근을 해 밤늦게 들어오거나, 골프를 치러 가거나 해서 이미 남편은 잊은 지 오래였다. 남편이 집에 없다니, 토요일 밤에 살사를 추러 가기에는 최고의 조건이었다. 그리고 안부를 물어보는 전화도 절대로 하는 법이 없는 남편의 단점이, 크나큰 장점으로 바뀐 것도 토요일 밤에 살사를 즐기게 되면서부터인데, 비꼬는 말이 절대 아니다.

　드디어 일산에도 홍대처럼 여기저기 살사 바가 생겨나면서 토요일뿐 아니라 주중에도 살사를 추었다. '블랙 아이드 피스 The Black Eyed Peas'가 피처링한 '세르지오 멘데스 Sergio Mendes'의 노래 〈마스 께 나다 Mas Que Nada〉를 특히 좋아했는데, 극도로 빠르고 경쾌한 이 음악에 맞춰 살사를 추노라면 지금 이 자리에서 죽어도 좋겠다는 생각마저 들 정도였다.

　바차타도 좋았다. 요즘과는 달리 앞뒤 좌우로 움직이는 단순한 리듬으로 춤을 췄던 옛날 바차타는 동작에 시간적 여유가 있어서인지 상대방과 음악에 더 몰입할 수 있었다. 살사와 달리 몸을 밀착시켜 춤을 추는 경우가 많아 일반인이 바차타 추는 모습을 본다면 엄청나게 야하게 느껴질 수도 있는 춤이다. 특히 '산타나'를 좋아했는데 울렁이는 느낌이 바차타를 추기에 최고였다. 살사의 모든 춤(살사, 바차타, 차차, 메렝게)이 아이 콘택트 eye contact를 하므로, 서로의 몸과 감정을 기억하고 있는 친밀한 사람과 춤을 출 때면 저녁노을이 아름다운 해변에서 연인과 눈을 맞추고 춤을 추고 있는 듯, 황홀하기까지 했다.

이렇게 춤으로 인해 나의 인생은, 그날이 그날 같은 폐쇄적이고 지루한 반복에서 완전히 벗어날 수 있었다.

2장 | 어느 날 춤이 다정하게 다가왔다

• 살사댄스의 구성

베이직(걷기), 턴(돌기), 샤인(혼자서 멋진 동작으로 추는 춤)

• 살사 복장과 신발

일상적인 티셔츠에 청바지로도 충분. 편한 신발도 가능하나 살사 댄스화를 따로 신는 경우가 많음(살세라 슈즈 굽: 7cm)

7cm 굽의 여자 살사화

3장

어쩌다 보니
중년에
탱고를

영화 〈여인의 향기〉에서 탱고 음악
〈포르 우나 카베자(Por Una Cabeza)〉에 맞춰
탱고를 추는 장면

멀리서 들려오는 북소리에 이끌려
나는 긴 여행을 떠났다.
낡은 외투를 입고 모든 것을 뒤로한 채…
— 터키의 옛노래, 〈Distant Drums〉에서

사랑은 가도 옛날은 남는 것

— 살사에 대한 애증

살사는 사랑하는 사람과도 같았다. 처음에는 모든 것이 좋았다. 춤과 노래가, 사람들과 함께하는 공기마저 좋았다. "사랑은 길들이는 거야."라는 『어린 왕자』에 나오는 여우의 말처럼, 살사에 길들여지며 마음을 다 내어주었고 살사도 나에게 모든 걸 다 주었다. 살사를 추면서 그동안의 나와 달리 행복한 여자가 되어갔다. 하지만 그래서는 안 되는 것이었다. 길들여지면서 상대방을 조금씩 알아가는 과정이 사랑이지 완전히 길들여지면 마침내 사랑은 끝이 난다. 너무나 살사를 좋아한 나머지 마음을 다 내어준 나에게는 이제, 살사 안에서 서운하고 못마땅한 점들이 점점 눈에 들어오기 시작했다. 서로에게 싫증이 나 이별의 이유를 찾고 있는 연인처럼.

살사는 일반적으로 한 파트너와 한 곡만 추기 때문에 춤을 출 사람이 많이 필요하다. 동호회에서는 같은 파트너랑 두 번 이상 춤을 추면 사람들의 따가운 시선을 받는 일이 많아서 연인들도 그 불문율을 대부분 지켰다. 홍대로 바로 가는 경의선 전철이 개통되면서, 더 이상 일산에서 춤을 추고 싶지 않을 만큼 실력이 늘어난 사람들은 동호회를 떠나 서울에 진출했다. 나는 진퇴양난에 빠졌다. 서울로 가기는 어려웠다. 왜냐하면 토요일 밤 아이를 학원에 데려다주고, 정모나 살사 바에 가서 놀다가 다시 데리러 가야 했기 때문이다. 그리고 경의선을 타는 곳이 집과도 멀어 어차피 홍대는 가기 힘든 그런 곳이었다. 그리고 그 당시 내가 운전하던 승용차는 노선버스나 다름없었다. 집과 직장, 집과 백화점, 집과 도서관 등만 오갔는데 주차 실력이 형편없어 모르는 곳은 갈 엄두를 내지 못했다.

그래서 10여 년 가까운 긴 기간 동안 동네 동호회에만 있다 보니 아는 사람이 정말 많아졌다. 젊고 실력 있는 남자들이 빠져나간 자리에는 초급이나 리듬감이 전혀 없는, 거의 블랙 수준인 사람들로 채워져 춤을 추고 싶지 않은 사람들이 점점 늘어났다. '뭐 한 곡인데 참자.'라고 생각해도 그 시간이 무한 지옥처럼 느껴졌고, 빠른 살사 음악에 익숙하지 않은 사람들은 춤 따로 음악 따로여서 괴롭기 짝이 없었다. 빠른 춤곡에 잘못된 사인을 주어 어깨가 꺾어질 뻔한 일도 여러 번 일어났고, 실제로 다치기도 했다.

단도직입적으로 말하면 나이든 살세로(살사를 추는 남자)들이 문제였다. 젊은 친구들은 어릴 때부터 다양한 음악을 듣고 자라나 리듬감이 있지만 나이 든 분들은 그렇지 못한 경우가 많았다. 또 젊은 친구들은 남녀가 비교적 평등한 사회 분위기에서 자라나고 교육받아서인지 여자를 배려할 줄 알지만, 나이든 살세로들은 이렇게 하면 여자가 불편하지 않을까 하는 생각 자체를 아예 하지 않는 것 같았다. 한마디로 눈치가 없었다. 경북 안동 시골 마을에서 자라나서인지 아내로부터 사랑받기 위한 그 어떤 노력도 하지 않고 여자의 희생을 당연시하며 같은 또래의 남자들에 비해서도 유난히 벽 같았던 남편 때문에 힘들었던 나는, 남편과 비슷한 면모를 보이는 그들을 좋아할 수가 없었다.

젊은 친구들은 매력적인 살세라(살사를 추는 여자)를 만나기 위해 열정적으로 강습을 받지만 나이든 살세로들은 가정 경제의 주도권이 없어서 그런지는 몰라도 초급 시절 이외에는 강습도 받지 않았다. 살사를 그만둘 때까지 끊임없이 강습을 받았던 나는 그들이 정말 싫었다. 강습비를 아끼려고 구석에서 젊은 친구들에게 서툴게 배운 동작들로 여자들을 끊임없이 괴롭혔기 때문이다. 강습을 들어야 클리닉을 받아 잘못된 점을 수정할 수 있는데, 그들은 자신들의 기분에만 취해 음악에도 맞지 않는 늘 똑같은 동작으로 춤을 추었으며 슬프게도 토요일 정모에 개근을 했다.

큰맘 먹고 몇몇 분들과 춤을 끊어보려고 했으나 토라져 있는 그들의 모습에 마음이 언짢아져, 그것도 쉽지 않았다. 물론 외부에서 꾸준히 놀러 와주는 실력자들과 홍대로 진출했다가 가끔 정모에 나오는 살세로들이 있어서 즐거울 때도 있었지만 살사를 처음 시작할 때의 열정은 사라졌다. 그래서 우연히 탱고 강습을 받기 시작하면서 어느 순간 살사를 딱 끊어버렸다. 그 후에는 한 번도 살사를 추지 않았는데 최선을 다해 살사를 사랑했기 때문에 그만둔 데 대한 아쉬움은 지금도 없다.

그만두긴 했지만 돌이켜보면 살사는 그 어떤 것에서도 얻을 수 없었던 삶의 기쁨을 안겨다 주었다. 반갑게 맞아주는 사람들이 있었고, 한 주 빠지면 "무슨 일 있었느냐?"라며 다들 걱정해주었다. 춤을 추는 중에도 사랑받고 있고, 스스로 소중한 사람이라고 느껴지는 순간이 많았다. 힘든 시기에 살사가 없었더라면 지금의 내가 있었을까 생각해보면 아찔하기까지 하다. 살사를 시작하기 직전의 나는, 나를 파괴해버리고 싶은 마음이 가득했다. 아이가 말을 겨우 시작했을 때 "우이 엄마는 너무 우서서 시어요." 하고 남들에게 말하고 다녀 아이 앞에서 울 수는 없어, 출퇴근하는 차 안에서 늘 통곡하고 울었다. 내 인생은 이제 끝난 것 같았고 지루하고 따분한 날들이 죽을 때까지 이어질 것만 같아 두려웠다. 그러나 살사 안에서 살아남았고 춤을 추었으며, 태어나서 처음으로 뜨겁게 살았다. 중년이 가까운 나이가 되어도 뭔가를 하면 심장이 터질 만큼 즐겁고 행복해질 수 있다는 것을 살사를 통해 처음 알게 되었다고나 할까. 나는 즐겁고 행복하고 싶었던 것이다. 그리고 살사가 나를 그렇게 만들어주었다. 살사를 몰랐다면 지금 나는 에드워드 호퍼의 그림 〈자동판매기 식당Automat〉 속 여인처럼, 춥고 어두운 밤 낯선 곳에서 혼자 커피를 마시며 눈물 짓고 있을지도 모르고, 아마 댄스스포츠 선생님처럼 삶의 끈을 놓아버렸을 수도 있다. 지나친 생각일까?

탱고는 시장 입구의 댄스 교습소에서
남몰래 배우는 춤이 아니다

　살사에 대한 애정이 급속하게 식을 무렵에 아르헨티나 탱고(땅고)라는 춤을, 새롭게 배우게 되었다. 일산의 살사 바를 인수한 주인장 호세는 뉴욕 유학까지 다녀온 강남 출신의 부잣집 도련님이었으나 삶이 어떻게 꼬였는지는 알 수 없지만, 하던 식당을 접고 이곳 주인이 되었다. 본인의 말에 의하면 식당을 한다든지 해서 돈은 언제든 벌 수 있지만 춤은 젊은 시절 아니면(이미 젊은 나이가 아니었지만) 출 수 없어, 청춘이 가기 전에 모든 걸 접고 살사 바 주인이 되었다고 했다. 뒤풀이 자리에서 우리가 학창 시절 등 옛날이야기를 하면 호세는 역시 강남 출신인, 캐나다 유학파인 여자분과 우리나라 최초로 문을 연 강남 맥도널드에서 놀던 이야기를 하곤 했다. 호세는 살사뿐 아니라 다양한 춤을 본인이 배워 보고 싶어서 탱고 강습을 열었고 나중에는 키좀바* 강습까지 일산에서 최초로 시작했으니 어떻게 보면 나의 탱고 은인이다.

　사실 강습을 받기 전까지는 탱고에 대해 아는 바가 없었다. 다만 살사를

● 탱고와 아프리카 춤이 합해져 만들어진 춤.

추다가 탱고로 넘어간 사람들이 살사 바로 이따금 놀러 와서, 홍대에서 탱고를 배우고 춤을 추는 장소가 있다고 이야기해서 막연히는 알고 있었다. 그리고 내가 좋아하는 아르헨티나 작가 보르헤스의 글에도 탱고 이야기가 나와서 궁금하기도 하였으나 홍대까지 다닐 용기는 나지 않았다.

대부분의 사람처럼 나도 탱고라면 〈여인의 향기Scent of a woman〉라는 영화를 먼저 떠올렸다. 알파치노가 시각장애인 퇴역 장교 프랭크로 열연한 이 영화에서 가장 아름다운 장면은 뭐니 뭐니 해도, 처음 만난 풋풋하고 아름다운 여성인 도나와 레스토랑에서 탱고를 추는 장면인데 그들이 추는 춤은 세련되고 우아해 보였다. 춤을 추자는 제의를, 실수가 두려워 거절하는 그녀에게 그는 이렇게 말한다. 워낙 유명한 대사라 탱고인이라면 모르는 사람이 없을 정도다.

"탱고는 인생과 달라요. 실수할 게 없어요. 실수하면 스텝이 뒤엉켜버리지만, 그게 탱고죠."

알파치노가 추는 춤이 탱고라는 것도, 영화를 보고 난 한참 뒤에 영화 OST를 설명해주는 라디오 프로그램을 통해 알게 되었다. 여자를 살포시 안고 추는 춤은 매력적이었고, 나도 언젠가 그 춤을 배우고 싶다고 생각했던 것 같다. 그랬기에 호세가 탱고 강습을 열었을 때 처음부터 적극적으로 참여했는지도 모른다.

그러나 솔직히 고백하자면 나에겐 호세의 수업이 최초의 탱고 수업은 아니었다. 여기에도 누구에게나 비밀로 하는 나의 흑역사가 있으니 이전에 탱고를 배운 적이 있다. 그것도 몇 달씩이나. 살사에 빠져 지낼 때의 일이다. 동호회 회원 중 젊고 예쁘장한 한 살세라가 말했다. 자신은 살사보다 댄스스포츠가 좋아서 강습을 듣고 있는데 춤을 예쁘게 가르치기로 소문난 선생님이 개인 강습을 하는 곳을 알게 되어, 거기로 찾아갈 거라고 했다. 그분이 탱고도 가르치냐고 별생각 없이 물어보니 당연히 그렇다고 해서 귀가 솔깃해졌다. 왜냐하면 힘들게 홍대까지 가지 않아도 가까운 곳에서 배울 수 있어서이다.

연락처를 받아서 전화한 후 찾아갔는데, 도심에서 한참을 더 가야 하는 누추한 변두리 주택가였다. 주소가 맞는지 확인하면서 지하로 내려가니 컴컴한 실내에는 아무도 없었다. 인기척을 내니까 그때야 안쪽에서 누군가가 나오는데, 젊었을 때는 건장하고 잘생겼을 것 같은 초로의 남자분이셨다. 살사에서는 그렇게 나이 든 분을 본 적이 없었던 나는 다소 놀라고 실망했다. 강습 홀 옆에는, TV가 켜지고 이불이 깔린 초라한 방 하나와 부엌이 보였다. 분위기가 좀 아니다 싶었지만, 다짜고짜 말씀을 드렸다. 탱고를 배우고 싶다고. 바로 개인 지도를 시작했는데 자세가 이상했다. 영화에서와는 달리 남자가 여자 허리를 잡으면, 여자가 상체를 뒤로 꺾어서 춤을 추었다. 쉽게 말하면 하체는 붙어있고 상체는 벌어진 모습이다. 나는 이 자세가 정말 싫었다. 아이 콘택트를 할 수도, 포근히 안을 수도 없는 이 자세로 콧구멍을 천장 쪽으로 들고 춤을 추었다.

한 달 치를 선불하고 강습을 받으면서도 나는 이것이 아르헨티나 탱고인 줄 알았다. 그 무렵의 나는 탱고(댄스스포츠의 탱고)와 땅고(아르헨티나 탱고의 현지 발음)가 다르다는 것도, 그런 두 가지 춤이 함께 존재한다는 사실조차 몰랐다. 나중에 호세가 연 강습을 받고서야 비로소, 이분이 가르친 것은 댄스스포츠에 포함되는 콘티넨털 탱고라는 것을 알게 되었다. 댄스스포츠에는 라틴 댄스와 모던 댄스가 있는데 내가 동네 분들과 에어로빅실에서 배웠던 자이브는 라틴 댄스의 일종이고, 모던 댄스에 왈츠와 탱고가 있었던 것이다. 그러니까 완전히 잘못 찾아간 것이다. 영화 〈여인의 향기〉에 나오는 춤은 아르헨티나 탱고로 원어 발음으로는 '땅고'라고 하는 춤이었다. 잘못 알고 찾아가 어둑어둑한 지하 연습실에서 배운 댄스스포츠의 탱고는 하체를 맞대고 춤을 추지만, 아르헨티나 탱고는 가슴을 맞대고 안은 후 다양한 발동작 위주로 추는 춤이라는 것도 나중에 호세의 스튜디오에서 비로소 알게 되었다.

댄스스포츠의 탱고를 깎아내리는 건 아니지만 두 춤의 차이를 몰랐을 때도 상체를 뒤로 눕힌 채 남자에게 매달려 강습실을 마구 달리면서, 이건 정말 내가 원하는 춤이 아니라는 생각이 들어 두 달간 레슨을 받다가 끊었다. 시쳇말로 그곳을 드나드는 사람들의 물이 안 좋아서 끊었다고 하는 게 더 정확한 표현일 것이다. 그곳에는 수상한 사이로 보이는 노년의 남녀들이 끊임없이 드나들었으며 어떤 아주머니들은 장을 봐와서 반찬까지 만들어주며 선생님의 관심을 받고 싶어 했다. 그러나 레슨을 끊을 때도 홍대에 가서 배우고 싶었던 그 탱고라는 걸 믿어 의심하지 않았다.

호세는 지금도 서울에서 강사로 활동하시는 선생님들을 모시고 왔으니, 첫 탱고 수업치고는 대단했다. 그러나 계속 강습을 받아도 실력이 좀처럼 늘지 않았다. 몇 가지 원리만 알면 충분히 즐길 수 있는 살사와는 달리 탱고는 난이도가 장난이 아니었다. 이번에는 어깨가 아니라 다리가 문제였다. 걸핏하면 종아리가 걷어차이고 엄지발톱이 구둣발에 차여 뽑혀 나갈 듯 아플 때가 다반사였다.

사실은 탱고에 임하는 내 자세가 문제이기도 했다. 주 1회 금요일마다

부에노아이레스의 상징 오벨리스크

탱고 수업을 받으면서도 토요일에는 어김없이 살사 바에 갔다. 익숙한 춤이 편하기도 했지만, 시간이 지나면 탱고도 살사처럼 어찌어찌 잘하게 되겠지 하는 마음도 있어서 더 그랬던 것 같다. 그런데 탱고는 살사와는 달랐다. 사실 살사는 기본 동작이 복잡하다고는 할 수 없다. 턴(제자리에서나 걸어가면서 도는 동작)이 익숙해지고 샤인(멋지게 추는 개인 안무)만 멋지게 하면 살사 바에 가서도 웬만한 상대랑 충분히 즐길 수 있고, 턴도 종류가 많다고는 할 수 없다. 그러나 탱고는 살사와는 달리 주 1회 수업과 그 뒤 약간의 쁘락*만 으로는 도저히 실력이 늘지 않았고, 선생님들은 생초보인 우리들의 연습까지는 챙겨주지 않았다. 그리고 강습생 대부분이 생초보이니 누구에게 배워 보기도 녹록지 않은 상황이었다.

홍대 좀 다녀본 몇몇 로**에게는 여자들이 모두 달라붙었으니 연습할 순서를 기다리기도 쉽지 않았고, 같은 초보랑 연습하면 종아리와 발톱을 걸어 차일지 모른다는 불안감이 엄습했다. 살사를 처음 배울 때는 같은 초보끼리 연습해도 즐겁기만 했는데 탱고는 전혀 아니었다. 일주일 후 다시 강습 시간이 돌아오면 배운 건 새카맣게 잊어먹고 새로운 동작을 하느라 버벅거렸다. 버벅거리기만 하면 무슨 문제이겠느냐마는 그때마다 라들이 다친다는 게 문제였다. 왜냐하면 남자 탱고화는 구두지만 여자는 발가락이 모두 드러난 9cm 힐을 신고 춤을 추어야 하고 앞뒤로 성큼성큼 크게 걷는 동작이 많아, 서로 사인이 안 맞으면 채인 엄지발톱에 피가 나기 다반사였고 심하면 뽑히기도 했다. 하지만 우리들의 꿈은 야무졌다. 배운 동작을 열심히 연습하면 꽃박람회 때 군무로 공연을 할 수 있을 거라며, 구체적인 계획까지 세웠다.

그러던 어느 날 강습을 함께 받던 분들끼리 MT를 갔다. 나는 가지 않았다. 일박하는 게 부담스러웠던 나는 살사를 출 때도 MT를 가게 되면 당일 치기로 늦게라도 반드시 돌아오곤 했는데, 이번에는 불참했다. 거기에서 무슨 불미스러운 일이 있었는지 나는 전혀 알지 못한다. 하지만 MT를 다녀온 직후부터 분열의 조짐이 보이더니 급기야는 험악한 분위기가 되면서 선생님들까지도 모두 바뀌었고 커플도 몇몇 생겨났다.

● 연습. 영어의 Practice.
●● 로(lo)는 남자, 라(la)는 여자를 뜻함.

그나마 조금이라도 실력 있는 사람들은 모두 빠져나가고 공연 계획 등은 무산되었지만 다시 분위기는 화기애애해져서, 그 이후로는 춤보다는 뒤풀이에 더 치중했다. 발길질로 힘들게 하는 초보 남자들도 뒤풀이 자리에서는 모두 재미있고 좋은 분들이었다. 주변의 모든 식당을 섭렵하면서 즐겁게 지냈는데 늦은 밤, 술집에서 나오는 안주라는 게 그렇게 맛있는지도 처음 알았다. 낙지볶음과 소면, 노가리구이 등을 그때 모두 처음 먹어봤다. 강습이 금요일 밤이라 나도 자주 참가해서 맛있는 음식도 먹으면서 탱고 이야기로 꽃을 피웠는데, 서울에 있는 학교에 다니던 아이는 스쿨버스가 도착하는 밤 11시가 넘어서야 오니, 금요일 밤에 빈집이 아닌 어딘가 갈 곳이 있다는 사실만으로도 행복했다. 탱고를 추는 장소인 밀롱가에 한두 번 단체로 가서 액자 속 그림처럼 앉아 구경만 하다가 온 우리들은, 밀롱가에서 있었던 다양한 무용담 등을 늘어놓던 새로 오신 선생님의 재미있는 이야기에 시간 가는 줄 몰랐다. 공무원 생활도 접고 나중에 부에노스아이레스로 탱고 유학까지 떠난 그분은, 흥이 오르면 술집에서도 벌떡 일어나 탱고를 춰서 우리를 즐겁게 해주었다.

아무튼 그 시절은 실력은 형편없었지만, 실력보다는 탱고에 대한 로망을 키워가던 시기였고, 배우고 있다는 사실만으로도 행복했던 시간이었다.

멀리 바라다보이는 스톡홀름 구시가지 감라스탄

스웨덴 왕실 근위병들

3장 | 어쩌다 보니 중년에 탱고를

스웨덴 여행의 악몽과 키좀바

— 그 키좀바 맞아?

탱고 강습은 받고 있었지만 뒤풀이 자리에서 로망만 키워가던, 입으로만 탱고를 하던 그 시기에 스웨덴으로 여행을 갔다. 전년도 여름에 핀란드로 혼자 여행을 다녀왔는데 북유럽이라서인지 여름 낮 최고 온도가 20도가 안 될 정도로 시원해서 정말 좋았다. 더운 걸 지독하게도 못 참아 5월부터 10월 중순까지도 힘들어하던 나는 직장을 그만둘 때까지 당분간 여름에는 북유럽만 여기저기 다녀보기로 결심했다. 이미 익숙한 핀란드에 먼저 들러 며칠 머무른 후 헬싱키에서 출발하는 '실야라인Silla Line' 크루즈를 타고 스웨덴 수도 스톡홀름으로 바로 들어가기로 여행 계획을 짠 후, 스톡홀름에서 뭘 할까를 생각해보았다.

혼자서 자유여행 할 때마다 여행을 준비하는 과정에서 꼭 하고 싶은 버킷리스트를 10가지 정도 정리해두는 습관이 있어 스웨덴 여행 전에도 버킷리스트를 써 내려가기 시작했다. '세계에서 미남이 가장 많다고 할 정도로 잘생긴 스웨덴 남자를 꼼꼼히 관찰하며 즐기기'도 그 버킷리스트 중 하나였는데 가게 점원이나 손님들도 모델보다 더 잘생긴 남자가 수두룩하다니 기대를 안 할 수가 없었다. 문득 탱고를 출 수 있는 밀롱가도 한번 가 보자는 생각이 들었다. 일정을 빡빡하게 잡지 않아 스톡홀름에서 2주일이나 머무르기 때문에 충분히 가능한 일이어서 버킷리스트에 기록하고 즉시 탱고 신발을 준비물 목록에 추가했다.

스톡홀름 중심가에 있는 관광안내소 직원에게 문의했더니 여기저기 검색해본 후 탱고를 출 수 있는 장소인 밀롱가 주소와 방문할 수 있는 요일과 시간을 종이에 적어주었다. 우리나라와 마찬가지로 스톡홀름도 금요일 밤에는 댄스홀 대부분이 문을 열지만 늦어도 8시면 문을 여는 우리와는 달리 밤 9시로 늦었다. 드디어 금요일이 되었다. 화장을 새로 하고, 가지고 온 옷 중에서 가장 화사한 옷으로 바꿔 입은 후 8시 30분경에 밖으로 나갔다. 중앙역 부근 숙소 옆에는 쇼나 공연을 보면서 즐길 수 있는 커다란 클럽이 있어 항상 택시가 줄지어 서 있는 것을 오가는 길에 늘 봤기 때문에 그걸 타고 갈 생각이었다. 가장 앞에 서 있는 택시를 탄 후 관광안내소에서 받은 주소를 꺼내 보여주자 여기서 500m밖에 안 된다며 걸어가라고 했다. 길도 모르고 컴컴한 밤에 걸어갈 엄두가 나지 않아 내리지 않으려고 하자, 택시 기사님은 나를 어떤 차로 데려가셨다. 그 차는 개인 영업차인지 미터기도 없어서, 거리가 가깝다고 말하며 주소를 보여주자 150크로나로 합의가 되었다.

그런데 나를 태운 그 개인 영업차는 시내를 빙글빙글 돌기 시작했다. 이미 며칠 동안 도심을 여기저기 걸어 다녀 지리를 어느 정도 파악하고 있고, 잠시 탔던 택시 기사님이 지도까지 검색해서 보여줬듯이 그 밀롱가는 직진하다가 좌회전만 하면 갈 수 있는 곳이었다. 그런데 남미인처럼 생긴 이 운전기사는 컴컴한 스톡홀름 외곽도로를 빙빙 돌았다. 늦은 시간이어서 컴컴한 도시 외곽에는 지나다니는 관광객 하나 보이지 않았다. 두려웠다. 백미러에 비친 운전기사의 표정은 서부영화에 나오는 잔인한 인디언처럼 눈빛이 섬뜩하고 비열했다. 눈을 가늘게 뜨고 있는 모습이, 저 동양 여자를 어떻게 해볼까 하는 듯한 표정으로밖에 보이지 않았다. 너무나 두려웠지만 전화기를 꺼냈다. 그리고 차창 밖이나 차 안쪽 여기저기를 찍어 어디론가로 보내는 척을 했다. 사실 내 전화기는 유심도 바꾸지 않았고 로밍도 안 해 가서 어디로 뭔가를 보낼 수 있는 상태가 아니었지만, 나의 부산한 모습을 보고 운전기사는 마음을 바꾼 것 같았다.

8시 45분경에 차를 탔는데 9시가 한참 넘은 시간에 약속한 150크로나를 받고 골목 안에 있는 어떤 건물 앞에 나를 내려주고 차는 떠나갔다. 사람이라곤 전혀 없는 어둡고 조용한 거리를 서성거리다 옆 건물에서 누군가가 나오는 것을 보고 다가가서 물었더니 관광안내소에서 알려준 그곳이 맞기는 한데, 탱고 밀롱가가 아니고 살사 바라고 했다. 토요일은 살사를 추고 금요일인 오늘은 바차타와 키좀바를 추는 곳이었다. 키좀바라는 춤이 있다는 것도 입구의 팸플릿을 보고 처음 알았다. 입장료 2만 원을 내고 안으로 들어가니 강습이 한창이었다. 강습도 끝나고 10시가 넘자 그제야 소셜댄스 시간이 시작되어 사람들이 춤을 추려고 몰려들었다. 탱고 구두여서 굽은 높지만 가지고 왔으니 일단 갈아 신고 자리에 앉았다. 이곳에 오는 사람들은 대부분다 아는 사이인 듯 끼리끼리 춤을 추었다.

공포감으로 이미 얼이 나갔고 10시가 넘은 시간이라 피곤하고 졸리기도 해서 바차타 홀에서 구경만 했다. 원래 우리나라 사람들은 뭘 하든 완벽하게 하려는 성향이 있어서인지, 이들이 추는 바차타는 내가 다니는 동호회보다도 별로여서 추고 싶은 마음도 없었다. 서울에 있는 살사 바 '보니따'에도 작은 룸에서는 따로 바차타를 즐길 수 있다고는 들었는데 여기도 룸이 두 개였다. 물론 오갈 수는 있지만 한 곳은 바차타, 다른 곳에서는 키좀바만 추었다. 그런데 두 춤을 추는 사람들은 확연히 차이가 났다. 바차타를 추는 분들은 다소 나이가 있거나 다문화 배경인 사람이 대부분이었지만, 키좀바 룸은 완전히 젊고 핫했다.

나는 그렇게 애써 찾아간 곳을 고작 30분 정도만 있다가 나왔다. 숙소로 돌아갈 일이 걱정되어서였다. 걷는 도중에 방향이 헷갈려 지나가는 아가씨에게 물었더니 동양인 여자가 밤늦게 혼자 다니면 위험하다며, 고맙게도 숙소까지 데려다주었다. 스웨덴 사람이냐는 질문에 부모님은 탄자니아 출신의 이민자지만 자신은 여기서 태어나 스웨덴인이라고 말하며 그 아가씨는 한국에서 요리사로 일하는 자기 친구 이야기도 해주었다. 숙소로 무사히 돌아온 나는 친절한 스웨덴 아가씨에게 감동해서인지 자가용 영업차로 인한 공포를 어느 정도 잊을 수 있었다.

나의 야심만만한 밀롱가 투어 계획은 이렇게 허무하게 끝나버렸지만, 허무하기만 한 건 아니었다. 여행을 다녀온 얼마 뒤 호세에게서 연락이 왔다. 키좀바 강습을 열었다는 것이다. 그 소식을 듣고 신기하기도 하고 마구 흥분도 되었다. '아니, 스웨덴 가서 키좀바 추는 걸 생전 처음 보고 왔는데 금방 가까운 곳에서 배울 수 있다니, 이건 운명이야.' 하고, 당장 등록했다. 여기서도 탱고처럼 호세의 춤에 대한 열정을 짐작할 수 있는 부분이 있으니 그당시 홍대에서도 최고의 키좀바 선생님이신 스콜 쌤을 모시고 온 것이다. 안타깝게도 최근에 이른 나이로 세상을 떠난 사람 좋은 스콜 쌤은, 춤뿐 아니라 뒤풀이의 대마왕으로 강습이 끝난 후 맥주 한잔하는 즐거움을 그때만큼 즐긴 적은 내 평생에 없었다.

탱고는 배울수록 점점 어려워지고, 거기에 반비례해 초급들만 계속 들어와 힘들던 차에 처음 배우게 된 키좀바는 정말 재미있었다. 키좀바란 탱고와

아프리카 춤이 섞인, 아프리카 앙골라에서 발생한 춤이라는데 살사를 오래
하고 탱고 강습도 받아서인지 그리 어렵지 않았다. 골반과 엉덩이, 아랫배를
관능적으로 움직이는 게 좀 힘들긴 해도 탱고와는 달리 초급 단계에서도 충
분히 즐길 수 있었다. 키좀바를 배우면서 살사를 완전히 그만뒀다. 그리고
탱고도 그만뒀다. 무슨 일인지 탱고를 열심히 하던 부류의 사람들이 어느 날
부터 또 강습에 나오지 않았고, 남은 사람들도 키좀바 강습에 열광하면서
호세도 탱고 강습을 접어 나도 자연스럽게 그만둔 것이다.

탱고 강습 때와는 달리 호세는 홍대에 있는 키좀바 바*에 적극적으로 우
리를 데리고 다녔다. 이상하게도 스웨덴과는 달리 우리나라에서는 어느 키
좀바 바를 가나 살사에 비해 즐기는 연령대가 훨씬 높았지만 나도 어린 나
이는 아니니 문제가 되지는 않았다. 살사나 탱고를 배울 때는 서울에 가서
수업을 받거나 놀 생각을 못 했는데 다녀보니 못 다닐 것도 없었다. 그러다
보니 강습도 서울로 옮기게 되었고, 점차 주 2회는 홍대에서 키좀바를 췄다.
일산에서 알고 지내던 살사 고수들도 키좀바로 속속 넘어왔다. 그런데 그들
은 탱고를 배우지 않아서인지 의외로 고전을 면치 못하며 실력이 좀처럼 늘
지 않아 내가 가르쳐주기도 했다.

그런데 키좀바를 2년 정도 추고 나니 조금씩 싫증이 나기 시작했다. 이
번에도 사람이 문제였다. 키좀바는 남자의 리드가 중요한 춤이기 때문에 살
사의 바차타처럼 밀착을 많이 하는 편이다. 그런데 일산에서 살사를 출 때
가장 싫어했던 살세로가 서울의 키좀바 바에 자주 나타나 자꾸 춤을 신청
하는 것이었다. 한 번도 아니고 여러 번. 살사나 키좀바는 앞에 와서 신청해

---

* 키좀바를 출 수 있는 장소.

서 거절하기 힘든 경우가 많다. 거절을 여러 번 하면 싫어한다고 생각해야 하는데 그는 눈치가 없었다. 살사 때처럼 돈을 주는 강습은 절대로 받지 않고 동료들에게 대충 배워서 춤을 추니 춤을 추는 모습도 역겨웠고 팔과 몸도 해골처럼 뻣뻣했다. 춤을 추면서 즐겁기는커녕 어떻게든 몸이 닿지 않으려고 밀어내느라 바빴다. 또 다른 어떤 분은 생각도 하기 싫어 아예 쓰고 싶지도 않다.

내가 키좀바를 배운 게 초창기였는지 수강생에 비해 강습하시는 분이 너무 많은 것도 그만둔 이유 중 하나다. 조금 잘 춘다 싶은 분은 춤을 추는 도중에 자신의 강습을 들어볼 것을 권하곤 했다. 그리고 무슨 워크숍이 그렇게나 많은지, 걸핏하면 외국 댄서를 불러와 수업과 파티 등을 패키지로 묶어 "이런 기회 다시 없습니다." 하며 강권하다시피 했고 가격도 만만치 않았다. 주로 흑인 남자와 백인 여자가 커플로 오곤 했는데 뭘 배웠는지 모를 정도로 분주하기만 했다. 수업이 끝나면 여자들은 흑인 댄서 앞에 줄을 쭉 서서 차례를 기다렸고 순서가 되면 흑인 댄서가 한 명씩 짧게 춤을 춰 주었는데, 춤을 추면서도 그들은 모두 무표정했고 팔은 댄스스포츠 선생님보다도 힘이 더 셌다. 그들은 우리를 마구 휘둘러서 춤을 잘 춰 보이게 했는데 우리가 초보라 어쩔 수 없었을 것이다.

그래서 2018년 아이슬란드를 여행하고 돌아온 여름, 2년간의 키좀바 생활을 정리했다. 느리며 감각적인 리듬의 키좀바 음악은 정말 좋았고 좋은 사람들도 많았지만, 발길을 끊었다. 늘 웃으면서 강습이나 파티 장소를 나가서인지 이유를 모르는 사람들은, 왜 안 나오느냐고 오래오래 연락해 왔지만 다시는 가고 싶지 않았다. 그리고 아르헨티나 탱고의 세계로 다시 돌아왔다.

키좀바(kizomba) 댄스 맛보기

• 키좀바란?

아프리카 앙골라 춤에 살사와 탱고 느낌을 입힌 소셜댄스. 전자악기와 타악기가 믹스된 음악은 느리면서도 감각적임

• 장점

초보자가 익히기 쉽고 초보 단계에서도 춤추는 즐거움을 충분히 느끼게 함

• 배우는 곳

최근 동호회가 많아져 접근성이 좋아짐. 홍대의 아난따라Anantara가 대표적

• 복장

복장은 살사와 같으나 관능적인 움직임이 잘 드러나는 의상도 많이 입음

• 키좀바 바에서 추는 소셜댄스

키좀바, 센바, 업비트 키좀바Upbeat Kizomba (조금 빠른 키좀바) 등

키좀바를 추는 남녀

보바리 부인과 결혼 우울증

— 보바리 부인이 탱고를 배웠었다면

나를 잘 모르는 사람들은 내가 굉장히 시간이 많은 사람이라고 생각한다. 끊임없이 여러 가지 춤을 배우고 그림을 그리며, 지금도 주 3회 이상은 탱고를 추기 때문이다. 하지만 나는 결코 한가한 사람이 아니었다. 독박 육아에, 남편은 그 흔한 학원 픽업 한 번 해줄 수 없을 정도로 매일 자정이 넘어서야 퇴근을 했다. 아이가 서울에 있는 고등학교로 진학하면서부터는 다섯 시쯤에 일어나 아침밥을 준비하고 스쿨버스에 태워 보낸 후, 집에서 한 시간 이상 걸리는 먼 곳으로 출근을 했다. 그때도 밤에는 살사나 키좀바를 추러 살사 바나 홍대까지 다녔고, 화실에서 그림을 그렸다. 그것들이 나를 살아가게 하는 힘이었기 때문에 살기 위해서라도 계속하지 않을 수 없었고, 힘든 순간도 많았지만 즐거운 시간이 더 많았다.

아이가 어릴 때는 가사도우미를 써본 적도 많았고, 함께 살기도 했다. 하지만 나보다 나이가 많은 가사도우미를 쓴다는 건, 남에게 이래라저래라 요구하는 성격이 아닌 나에게는 거의 시어머니를 모시고 사는 것과 마찬가지로 힘든 일이었다. 그래서 아이가 초등학교에 입학하고부터는 더는 사람을 쓰지 않았다. 차라리 몸이 부서지게 일하는 편이 더 속이 편했다. 그러면서도 한시도 책을 손에서 놓지 못했다. 어릴 때부터 습관이 되어 책을 읽지 않으면 마치 밥을 굶은 듯 안절부절못하기 때문이다.

　최근에 프랑스 작가 귀스타브 플로베르의 소설 『보바리 부인』을 다시 읽었다. 사람들에게 이야기하면 "그거 불륜 이야기잖아요." 하는 바로 그 책이다. 소설가 김영하는 책 『읽다』에서 "누구나 책을 읽으면 어느 정도는 돈키호테나 엠마 보바리처럼 된다."라고 책의 영향력을 언급하면서 주인공 엠마 보바리의 삶을 속속들이 조명했는데, 그 내용이 흥미로웠기 때문에 원작을 다시 읽고 싶어졌다. 도서관에서 빌린 책은 대략 650쪽이 넘게 두꺼웠다. 김영하 작가의 말대로 엠마는 기숙학교에서 금서인 연애소설을 몰래 탐독하며 거기에서 인생의 길을 발견한다. 그런데 그녀가 읽던 소설 속 남자들은 현실의 남자들과 달리 하나같이 말쑥하게 차려입은 용감한 신사들이다. 그들은 박해받는 귀부인과 사랑을 나누고, 사자같이 용감하지만 양처럼 유순하고, 눈물이 많고 멋진 키스로 여자를 황홀하게 할 줄 아는 한없이 다정다감한 사람들이었다. 이런 소설들을 읽으면서 엠마는 극적인 일이라곤 좀처럼 일어나지 않는 진부한 삶이 아니라 연애소설 속 주인공들처럼 극적이고 화려한 삶을 살고 싶었다. 흰 깃털로 장식한 멋진 기사들이 검정말을 타고 자신에게 달려오는 것을 즐기며 인생을 보내고 싶었다고나 할까.

　기숙학교를 졸업한 엠마는 보바리라는, 가난한 집안에서 태어나 거의 독학으로 공부하다시피 해서 의사가 된 남자와 결혼한다. 하지만 결혼하고 나서 바로 실망한다. 남편은 성실한 사람이었으나 잘생기지도 않았고, 외모를 돌보는 데도 관심이 없었고 결혼생활이 엠마가 꿈꾸던 정열과 행복으로 가득한 삶이 아니었기 때문이다. 사랑을 위해 위험을 불사한다든가, 사치스러운 생활과 대담한 쾌락 등 책에서 읽었던 그토록 아름다운 것들이 결혼생활에는 없었다. 결혼 후 자기 삶에서 더는 아무것도 새로운 것이 일어날 가능성이 없자, 그녀는 무기력증에 빠져 까다롭고 변덕스러워진다. 엠마를 사랑하는 남편은 아내의 신경증을 치료하기 위해 환경을 바꾸려고 이사까지 해보지만, 엠마는 자신이 행복하지 않은 원인을 모두 남편에게 돌려 그를 증오한다. 이사한 곳에서 딸이 태어나지만 엠마는 자녀에게도 전혀 관심이 없다. 한편 안정적으로 자리 잡았던 병원을 포기하고 오직 아내를 위해 낯선 동네로 이사해서 다시 병원을 개업한 남편 보바리는 경제적인 어려움을 겪게된다. 동네 사람들의 신임을 한 몸에 받는 약사가 몰래 불법으로 의료 행위를 하여 정작 병원으로는 환자가 거의 오지 않았기 때문이다.

어느 날 이웃 마을에 사는 독신이고 바람둥이인 로돌프가 환자인 농부를 데리고 병원에 왔다가 젊고 아름다운 엠마가 남편에게 이미 싫증이 나 있다는 걸 알아챈다. 두세 마디 다정한 말만 해줘도 금방 넘어올 거라는 걸 눈치채고, 꿈과 정열, 운명적 사랑 이야기 등을 달콤하게 하면서 로돌프는 그녀를 쉽게 유혹한다. 애인이 있다는 생각이 엠마를 달라지게 해 그녀는 점점 적극적으로 변하고, 남편의 수입은 형편없는데 자신의 치장과 선물 등에 엄청난 돈을 쓰니 점점 빚이 늘어나기 시작한다. 처음에는 엠마가 순진한 여자인 줄 알았는데 너무나 대담하고 노골적인 애정 표현을 하며 함께 도망치자고까지 하니, 질린 로돌프는 마침내 혼자 도망가 버리고 엠마에게는 루앙이라는 또 다른 애인이 생긴다. 처음에는 루앙도 엠마를 좋아했으니 엠마의 과도한 요구에 루앙도 곧 질려버린다. 소설에서나 나올 법한 몽상을 애인을 통해 실현하려 하니 그럴 만도 했다.

결국 엄청난 빚더미에 모든 것이 경매에 넘어가게 되고 남편도 그 사실을 알게 되자 그녀는 비소를 먹고 생을 마감하고 만다.

소설을 읽고 나서 처음에는 남편이 불쌍하다는 생각뿐이었다. 부인이 불륜을 저지르는 것을 몰라서이긴 하지만 보바리는 엠마를 걱정하며 그녀를 위해 자신이 해줄 수 있는 건 다 해주었기 때문이었다. 하지만 다시 생각하니 엠마와 나는 많은 공통점이 있었다. 우선 엠마처럼 나도 아주 어린 시절부터 자타가 알아주는 유명한 독서광이었다. 독서 삼매경에 빠져 부르는 것도 듣지 못하고, 거실에서 가족들이 모여서 맛난 것을 먹은 걸 나중에야 알고 내 몫이 남아있지 않다는 사실에 울음을 터뜨리곤 했다는 이야기도 자주들었다. 집에는 문학 전집도 많아 공부에 바쁜 고등학교 때도 시간만 나면 독서를 했는데, 등장인물만 해도 500명이 넘고 대부분 긴 이름을 가지고 있는 톨스토이의 소설『전쟁과 평화』3권짜리도 밤을 새워 지루한 줄 모르고 읽었다.

엠마가 연애소설 속의 삶을 현실에서 실현하고 싶었던 것처럼, 내가 고향을 떠나 혈혈단신 수도권으로 온 이유도 책의 영향이 절대적이었다. 서울에 있는 대학에 진학하고 싶었을 때는 엄마의 반대로 좌절되어 실망은 컸지만, 집을 떠나는 것에 대해 두려움도 있었던지라 마음 한편으로는 안심이 되기도 했다. 대학교 3학년 때였다. 어느 날 같은 과 친구가 자신이 좋아하는 책이라며 읽어보라고 책 한 권을 내밀었다. '장 그르니에'라는 프랑스 작가가 쓴『섬』이라는 책이었다. 그리고 그 책을 건너 받은 이후로『섬』이라는 책은 내 인생을 완전히 바꾸어버렸다. 너무나 좋아서 품에 안고 수도 없이 읽은 그 책으로 인해 어릴 때부터 낯선 곳을 동경하던 나는, 집을 떠난다는 사실에 두려움은커녕 기대와 행복감으로 벅차올랐다. 특히 이 구절을 읽으면서는 숨을 몰아쉬어야 할 만큼 상상만으로도 황홀했다.

혼자서, 아무것도 가진 것 없이, 낯선 도시에 도착하는 공상을 나
는 몇 번씩이나 해보았다. 무엇보다도 그렇게 되면 비밀을 간직할
수 있을 것이다.

그래서 부모님 몰래 원서를 제출하고 더 멋지게 살기 위해 그림까지 배우
면서 드디어 집을 떠나왔다. 책 속 문장들에 현혹되어 고향을 떠나왔다고
사람들에게 말하면 대부분 믿지 않는다. 하지만 사실이다. 엠마처럼 책의 영
향력이 절대적이었던 나는, 책 속에서처럼 타향에서의 앞으로의 삶이 낭만적
일 줄 알았다. 결혼생활도 마찬가지로 낭만적이고 아름다울 줄 알았다. 하
지만 실제 결혼생활과 육아는 책이나 영화가 아니었다.

그리고 탱고에 대한 환상을 품고 꼭 배워야겠다고 생각해서 변두리의 수
상한 댄스강습소까지 찾아간 것도 〈여인의 향기〉라는 영화와 함께 아르헨
티나 작가 보르헤스의 영향이 컸다. 그의 단편을 모은 전집 다섯 권 중 4편
『칼잡이들의 세계사』는 환상적인 내용이 많은 3편까지와는 달리 아르헨티
나 근현대사의 가우초(목동)들의 파란만장한 삶을 사실적으로 다룬 내용이
많다. 그래서인지 작품 곳곳에 부에노스아이레스의 실제 거리 이름이 많이
등장한다. 그리고 '술집에서 밀롱가를 추고 있었다.' 등 탱고에 대한 언급도
있어 언젠가 꼭 그곳을 여행하면서 책 속에 나오는 장소와 보르헤스가 어린
시절 살았던, 작품 속 팔레르모 거리도 가보고 탱고도 배우고 싶은 마음이
들었다.

또 다른 중요한 공통점 하나는 결혼한 뒤, 모든 게 너무나 슬퍼서 제정신이 아니었다는 점이다. 부모님의 결사반대에도 불구하고 혈혈단신 수도권으로 올라온 나는 자유로운 생활 대신 금방 결혼이라는 걸 해버린다. 지독한 향수병 때문이었다. 그래서 개천에서 용 난, 공대 오빠랑 결혼했다. 출신 지역이 같다는 오직 한 가지 이유만으로도, 모든 단점을 가리고도 남았다. 결혼 이후에는 말이 완전히 사라졌지만, 짧은 데이트 기간에는 남편도 노력했다. 한강을 오가는 전철 안에서 한강물 오염 정도를 알려주는 PPM 수치 등을 그가 늘 이야기할 때, 나는 이미 알았어야 했다. 앞으로의 결혼생활이 낭만이라고는 없는 메마른 생활이 될 것임을. 개천에 용 난 사람과 결혼하면 용이 되는 것이 아니라 개천에 빠지게 되는 것임을. 하지만 그땐 향수병이라는 병에 걸려있었고 어렸기 때문에 미래에 대해 아무것도 생각할 수 없었다. 그 당시 문과생들의 필독서였던, 프랑스 철학가 사르트르와 보부아르의 『계약결혼』의 영향으로 결혼에 대한 현실감이 전혀 없었던 나는 '결혼이란 이런 것이다.'라는 걸 경북 안동의 시댁과 남편으로부터 혹독하게 가르침을 당했다. 결혼해서 행복해지기는커녕 도구로 전락해버린 느낌이 들었다.

살사를 시작하기 직전에는 엠마처럼, 치료를 받아야 할 정도의 극심한 우울증을 겪었다. 삶이 폐쇄적인 자기 복제를 무한 반복하고 있는, 설렘이라고는 전혀 없는 따분한 일상 따위는 인제 그만 살고 싶었다. 그때 춤이 내게로 왔다. 살사에 입문하면서 정말 좋은 사람들을 많이 만났다. 명색이 교사라지만 사회성이 젬병인 나는 살뜰하게 서로를 보듬어주는 동호회라는 세계에 들어서면서 그간의 외로움과 따분함, 지루한 삶을 모두 떨쳐낼 수 있었다. 늦은 밤 온몸이 땀에 흠뻑 젖어 문을 나올 때마다 즐거움이 머리끝까지 차고 넘쳐 발걸음이 날아갈 것만 같았다. 남들 눈에도 그렇게 보였는지 서울에 살아 가끔 만나곤 하던 같은 과 동창이 어느 날 이렇게 말했다. "우리 과에서 대학교 졸업 후 가장 달라진 사람은 바로 너야."

어느 날 소설가 김형경의 책을 읽다가 살사를 추면서 내가 달라진 이유를 정확하게 알게 되었다. 도서관에서 『좋은 이별』이라는 글을 읽은 이후로 김형경 작가에게 매력을 느껴 그녀의 책을 빠짐없이 탐독하게 되었는데, 다음은 그녀의 『사람풍경』이라는 수필의 내용이다.

젊은 시절 정신과 상담 치료를 오랫동안 받아왔던 그녀는, 우울증이 일어나는 이유는 틀림없이 두 가지 중 하나라고 진단한다. 일주일 이상 운동하지 않거나 너무 오랫동안 사람을 만나지 않거나. 최소한 한 주에 1회 이상 친밀한 사람을 만나거나 운동을 해야 우울증이 생기지 않는다는 이야기인데 정확한 진단이었다. 어렸을 때부터 책을 읽거나 공부만 했던 나는 그때와 마찬가지로 결혼한 후에도, 운동이라곤 숨쉬기운동만 하고 살았다.

직장과 먼 일산으로 이사 와서는 그동안 얼굴을 익혔던 이웃들과도 헤어지고 장거리 출퇴근으로 집에 가기 바빠 직장 동료들과도 소원해졌다. 편하게 아무 말이나 할 수 있는 친구들이나 가족들로부터 나는 너무나 오랫동안 떨어져 살았고, 여자 형제들 사이에서도 나란 존재는 어쩌다 보는 먼 친척과 다를 바가 없어 가끔 전화하면서도 눈치가 보였다.

원인이 확실하니 작가가 제시한 우울증과 무기력증의 치료법도 매우 단순했다. '햇빛 속에서 야산 뛰어오르기'이다. 세상 사람을 운동하는 사람과 운동하지 않는 사람으로 나눈다는 작가는, 진작에 운동을 했더라면 정신과 치료에 그 많은 시간과 돈을 쓰지 않았을 거라고도 이야기했다. 동네 주민들의 강권으로 댄스스포츠를 시작하고 우연히 살사의 세계에 발을 들여놓게 되어 야산 뛰어오르기보다 더 격렬한 춤을 추고 따뜻한 사람들을 만나면

보르헤스가 어린 시절 살았던 팔레르모 거리. 녹지가 많다

팔레르모 거리의 고급스런 아사도 전문 식당

서 우울증과 무기력증이 나도 모르게 치유된 것이다.

만약에 엠마 보바리 부인이 살사나 탱고를 알고 배웠다면 어떠했을까 생각해본다. 땀에 흠뻑 젖어 춤이라는 운동을 하는 그녀. 아이 콘택트를 하며 살사를 추거나 포근하게 포옹하며 탱고를 추는 엠마 보바리. 그랬더라면 아마 그녀는 따분한 결혼생활과 조금의 설렘도 없는 밋밋한 일상생활을 충분히 견뎌낼 수 있었으리라. 물론 춤바람이 났을 수도 있다. 하지만 춤바람이 나도 최소한 죽고 싶다고 생각하지는 않았을 것이다. '저 멋진 남자를 다음에는 놓치지 않고 꼭 잡을 거야.' 하는 행복한 긴장감만이 그녀 엠마를 지배했으리라.

- **정신적인 문제로 상담이 필요한 사람들에게 권하고 싶은 소설가 김형경의 책들**

『사랑을 선택하는 특별한 기준』(소설이지만 정신과 치료 과정이 세세하게 나옴), 『사람풍경』, 『천 개의 공감』, 『좋은 이별』

- **탱고의 발생지 부에노스아이레스를 너무나도 사랑했던 작가 보르헤스의 단편집 5부작**

『불한당들의 세계사』, 『픽션들』, 『알렙』, 『칼잡이들의 세계사』, 『셰익스피어의 기억』(『픽션들』과 『알렙』은 환상적 리얼리즘의 성격이 너무 강해서 어려울 수도 있음)

- **인간과 사회, 문학작품에 관한 진지한 접근이 있는 소설가 김영하의 산문 3부작**

『보다』, 『말하다』, 『읽다』(『읽다』는 책을 읽으면 사람이 어떻게 바뀌는지를 흥미진진하게 설명하고 있음)

4장

밀롱가 밀림 정복
프로젝트

밤 11시에 문을 여는 부에노스아이레스의 핫한
밀롱가 파리아(Milonga A La Parrilla)

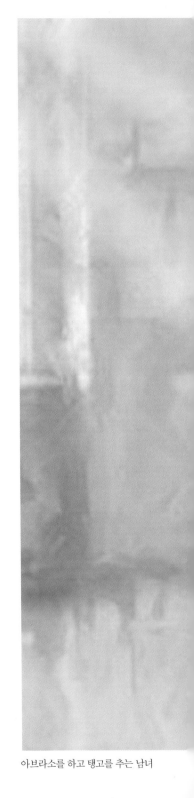

아브라소를 하고 탱고를 추는 남녀

You can't see a miracle if you sit quietly.

조용히 앉아있으면 기적을 볼 수 없다.

— 불가리아 속담

나는야 거울 나그네, 초보 땅게라*

— 죄송합니다. 저는 초보 땅게라입니다

전국에서 가장 큰 규모의 탱고 동호회인 '솔땅'의 기수명 중 '언데드'가 있다. 죽지 않고 살아남겠다는 의미이다. 처음엔 그 기수명을 전해 듣고 웃었다. 하지만 곧 마음이 짠해졌다. 탱고 판에서 살아남아 춤을 즐길 가능성이 얼마나 낮으면 그런 기수명을 지었을까 하고 생각하니 그들의 비장한 각오가 너무나 이해가 되었다. 전해 듣기로는 초보로 시작해 탱고 판에서 생존할 확률이 남자는 5~10% 정도밖에 되지 않는다고 하니 말이다.

처음 탱고를 시작하면서 강습을 들을 때는 나름 행복했다. 서울은 아니지만 그래도 살사 바에서는 잘 나간다는 자부심도 있었고, 아르헨티나 탱고를 배우고 싶다는 로망이 실현되어서 배우는 것 자체가 즐거웠다. 호세가 처음 강습이 열었을 때는 서울이나 부천에서 일부러 배우러 오는 의욕적인 사람들도 있었다. 하지만 서울 주변 도시의 한계랄까, 조금이라도 탱고를

● '땅게로스'는 탱고를 추는 사람을 일컫는다. 그중에서도 여자는 '땅게라', 남자는 '땅게로'라고 부른다.

잘 추게 되면 남자들은 속속 사라졌다. 잘은 모르지만, 살사 바에서 들었던 서울의 '솔땅'인가 하는 어디로 갔겠지 하고 추측만 될 뿐이었다. 그래서 남은 사람들은 나 포함해서 모두 강습 자체에만 의의를 두는 의욕이 부족한 사람들이었다.

수업을 들을 때도 건성건성 들었다. 탱고 수업에서는 '아브라소Abrazo'라고 하는, 가슴을 맞대는 따뜻한 포옹을 강조했다. 탱고는 그렇게 하고 춤을 춰야 한다는 것이다. 하지만 가족이나 부모 형제와도 평소 포옹을 하지 않던 나로서는 아브라소가 영 어색했다. 그리고 강습이 진행될수록 포옹 자체를 하고 싶지 않은 로가 대부분이어서, 선생님의 눈을 속여 아브라소를 하는 척하고 실제로는 틈을 두었다. 상대방이 밀착시키려고 하면 힘으로 밀어냈다. 아브라소 즉 포옹은 환상의 세계로 들어가는 키워드라는데 나에게는 환장할 것 같은 공포의 키워드였다.

왕초보라고 수업 내용이 쉬운 것도 아니었다. 지금까지도 강습을 들으면서 익숙해지도록 연습하는 어려운 동작들이 있는데, 초급 수업 때도 거의 같은 수준의 동작을 배웠다. 그러니 리드와 팔로잉이 될 턱이 없었다. 걸핏하면 예고 없이 종아리로 구둣발이 날아들었고 멍이 가실 날이 없었다. 더군다나 춤이라곤 탱고가 처음인 사람들은 리드와 팔로잉이라는 개념 자체가 머릿속에 아예 없었다. 배운 순서대로 하는 건 좋은데 음악에 맞추어 리드가 들어오는 것도 아니어서 언제 구둣발이 날아들지 예측할 수 없었다. 그 시절 교장 선생님이시고 시인으로 등단까지 하셨다는 깡마른 분이 계셨는데, 늘 울부짖었다. "이렇게 해서 그렇게 하고 요렇게 하면 되잖아요." 리드대로 춤을 추는 거지 탱고가 매스게임이냐고. 탱고는 분명 살사처럼 소셜댄스인데 모두 배운 순서대로 추기에도 힘들어했다. 그러니 점점 의욕이 사라졌지만,

시간이 지나면서 이런 수업도 익숙해졌다. 가끔 선생님이나 호세가 잡아주면 '아하, 이런 느낌이었구나!' 하고 이해가 되었으며, 나머지 로들과 춤출 때는 어떻게 날아드는 구둣발을 피할까에 더 집중했다.

탱고를 추는 장소인 밀롱가에도 단체로 따라가 보았다. 강남에 있는 '엘땅'이라는 곳으로 간 것 같은데 아무도 우리에게 눈길을 주지 않아 우리끼리만 그림처럼 앉아 있다가 돌아왔다. 그런데 그곳에서 누군가가 나에게 인사를 했다. 첫 강습을 함께 들었던, 서울 광진구에서 일산까지 오시던 PK 님으로 콧수염을 기른 멋진 분이었다. 그분과 유일하게 탱고를 췄다. 그분은 일산을 떠난 후에 계속 이곳 엘땅에서 강습받았다는데, 멋진 라들도 많이 알고 실력도 어마어마하게 늘어있었다. 그리고 그땐 몰랐던 것을 나중에 알게 되었다. 춤을 추자고 눈길을 주는 것을 '까베세오Cabeceo(고개를 끄덕이다란 뜻)'라고 한다는 것을. 내가 엘땅에서 일행 이외의 사람으로부터 한 딴따 까베를 받아 춤출 수 있었던 것도 수업을 같이 들어 생긴 인맥 덕분이었는데, 탱고에서 인맥이 얼마나 중요한지도 나중에 알게 되었다.

호세는 강습생들 관리가 힘들어지면서 초반의 의욕은 점점 사라지고, 탱고 실력 향상이나 밀롱가에 가는 것보다 뒤풀이를 훨씬 중요하게 여겼다. 뒤풀이의 끈끈한 정으로 강습 회원들을 관리하기 위해 뒤풀이 장소 섭외에만 더 열을 올렸다. 그러다가 키좀바 강습이 시작되고 얼마 안 있어 탱고 강습은 막을 내렸다. 내 탱고 인생을 개구리의 생애에 비유하자면 이 시기는 아직 알에서 깨어나지도 않은 상태였다. 아직 닭도 울지 않은 새벽이라고나 할까.

탱고를 그만둔 어느 날 같은 일산에 사는 딜란 님으로부터 연락이 왔다. 호세의 강습에서 단체로 사라진 사람들이 따로 모여 연습하면서 탱고 강습을 열었으니 나도 왔으면 좋겠다는 내용이었다. 딜란 님은 오직 탱고밖에 모르는 사람으로 지금도 밀롱가에서 만나면 반갑게 인사를 나누고 가끔 밀롱가에서 공연도 하시는데, 늘 최고의 탱고 선생님들을 모셔 왔다. 그런데 이 강습이 나에게 정말 중요한 이유는 따로 있었으니 L 쌤과 J 쌤을 만난 것이다. 객지에서 정에 굶주려 있었던 나는 따뜻해 보이는 뭔가를 늘 갈구하고 있었는데 이분들이 바로 그런 분이셨다. 우리를 케어해줄 만한 쟁쟁한 상급 자분들도 여럿 데리고 와서, 함께 수업을 들으니 그제야 리드와 팔로우가 무언지 조금은 알게 되었다. 강습 시간에는, 손이 큰 J 쌤으로 인해 강습비가 간식비로 다 지출될 것 같은 고퀄리티의 간식도 늘 그득했다.

본능적으로 저분들을 놓치면 안 되겠다는 생각이 들어 처음으로 탱고 선생님의 전화번호를 땄다. 지방에서 근무하는 J 쌤은 주말 동안 서울로 올라와 원정 강습을 나가곤 했는데, 드디어 홍대에서 강습하게 되었다며 연락을 보내왔다. 당장 그 강습에 합류했다. 살사를 출 때 가끔 방문했던 보니따 큰 홀이 강습 장소로, 바로 이어진 작은 홀에서 열리는 키좀바 파티에 거의 매주 오곤 해서 전혀 낯설지 않고 편안했다. 서울로 강습을 옮기게 되면서 드디어 나는 알에서 깨어난 올챙이가 되어 탱고의 바다로 항해를 시작했다.

지금까지 몇 년째 이어지고 있는 J 쌤의 일요일 수업은 강습 1시간과 연습 시간인 쁘락 2시간으로 구성되어 있다. 그리고 코로나 기간에는 잠정 휴업했지만, 탱고인들 사이에 홍대 맛집으로 소문난 J 식당(?)이 열렸다. 강습이 끝나면 모든 사람이 J 쌤이 직접 요리해 온 점심을 뷔페식으로 먹었다. 매번 국이나 제육볶음 등 다양한 일품요리에 후식은 물론 커피까지 제공되었다. 그래서인지 강습 후 쁘락 시간에도 사람들이 정말 많았다. 강습생들의 수준도 일산과 비교가 안 될 정도로 높았고 열기가 넘쳐흘렀다. 그리고 식사 후에는 쁘락이 이어졌는데 웬만한 밀롱가 못지않게 북적거렸다. 나도 거기에 끼고 싶었지만 낄 수가 없었다. 강습을 함께 듣는 사람에게 요청해서 연습도 해보았으나 모두 반응이 차가웠고 다음에는 난처한 얼굴로 거절했다.

거기에는 다 이유가 있다. 탱고는 4곡씩 묶어져서 한 딴따Tanda(한 번 홀딩 후 춤을 추는 단위. 대개 3~5곡이 한 세트)를 이룬다. 쁘락 때에도 4곡이 한 딴따여서 한번 춤을 추기 시작하면 10분이나 되는 긴 시간 동안 계속 춰야 한다. 그래서 한 파트너랑 한 곡만 추는 살사랑 비교할 수 없게 괴롭기에 거절한 것이었다. 일산에서와는 달리 이곳에서는 내가 팔로잉을 잘 못해서 구둣발에 주로 걷어차였다. 말로는 "괜찮아요?"하고 상냥하게 걱정해주었지만, 내심으로는 불만이 상당했을 것 같다.

오죽하면 어떤 분은 자신에게는 절대로 까베를 하지 말라며 매몰차게 말하기도 했다. 그래서 나는 거울녀가 되었다. 거울 앞에서 하염없이 연습했다. 다행인 것은 거울 앞에서 연습하는 사람이 혼자만은 아니라는 사실이었다. 이렇게 거울 앞에서 연습하면서 같은 처지인 그녀들과 울분을 나누기도 했다. "탱고 밖 세계에 나가면 아무것도 아닌 인간들이 춤 좀 잘 춘다고 우리를 무시해?" 하는 이야기를 나누면서 말이다. 특히 알마 님과는 많은 이야기를 함께 나누며 절친이 되었다. 비슷한 연배의 그녀는 건물주에, 주말마다 골프를 나가는 미모의 사모님이었으나 나처럼 거울녀였다. 2시간의 쁘락 동안 수시로 로들이 와서 거울녀들을 데려갔으나 나에게는 아무도 오지 않는 날이 대부분이었다. 거울에 비친, 행복하게 탱고를 추는 사람들을 곁눈질해 지켜보면서 나는 정말 아무것도 아닌 투명 인간이라는 생각도 들었다. 쁘락에서조차 나는 거울 나그네였다. "구름에 달 가듯이 가는 나그네"처럼 아무도 붙잡지 않아 강습이 끝나면 거울 앞에서만 오갔으니까.

어느 순간 오기 비슷한 뭔가가 생기면서 키좀바도 완전히 끊고 탱고만 하기 시작했다. 하지만 주 1회만 해서는 어떻게 해야 실력이 늘지 감도 오지 않았고 지지부진하기만 했다. 그때 아시는 분이 집과 가까운 곳에 탱고 스튜디오를 새롭게 열었다. 오픈 날 가서 청소를 도와주고 가까워지면서 주중에는 그곳에서 강습도 받았다. 주중과 주말에 강습받고 주중 뽀락 모임에도 참석하면서 집중하니 조금씩 실력이 늘기 시작했다. 특히 여기가 좋았던 것은 매달 한 번씩이긴 하나 집이랑 가까운 곳에서 밀롱가가 열린다는 점이다. 미용실에서 머리를 예쁘게 한 후 긴 드레스를 입고 밀롱가에 간 것은 이곳이 처음이었고 함께 강습을 듣는 사람들도 단체로 참여해서인지 더 즐거웠다.

하지만 살사를 출 때나 호세의 스튜디오에서 탱고를 배울 때와 마찬가지로 처음 시작될 때는 강습생들의 수준이 괜찮았으나 시간이 지날수록 점점 서울로 빠져나가고, 은퇴 후 비로소 노후 생활을 즐기려는 연배로 보이는 초급만 들어오기 시작했다. 예전과 달리 의욕적으로 탱고를 제대로 배우고 싶었던 나는, 과거의 전철을 되풀이하고 싶지 않았다. 그래서 2019년 그해 여름, 혼자서 아이슬란드에서의 5일간의 비바크를 포함한 40일간의 여행을 마치고 돌아온 직후 지지부진한 일산에서의 탱고 생활을 완전히 정리했다. 혼자서 하는 여행은 생각할 시간이 많아서인지, 우유부단한 편인 나는 여행에서 돌아오면 평소에는 하지 못한 중대한 결단을 내리곤 한다.

금요일 밤 2시간짜리 강습을 신청해서 탱고의 기본인 걷기부터 새로 시작하면서, 출발선에 다시 섰다. 시작이 잘못되었던 것이다. 다른 춤과는 달리 탱고는 걷는 춤이다. 올바른 아브라소와 걷기도 제대로 못하면서 그동안 온갖 피구라[•]를 배우느라 몇 년이라는 소중한 시간만 날린 것이다.

2019년 가을, 나의 탱고 인생은 새롭게 시작되었다. 좌절할 때도 많았지만 살사를 하면서 춤이 나에게 주었던 것이 무언지 분명 알고 있기에, '언데드'를 하기 위해 강습과 밀롱가를 분주히 오가며 부단히 날을 갈았다.

나처럼 고생하지 말고 초보 시절부터 즐거운 탱고 생활을!

—가입해볼 만한 서울의 탱고 동호회와 단체들

- 솔로 땅고 (http//cafe.daum.net/latindance)
- 서아탱 (http//cafe.naver.com/tangoacademyseoul/327)
- 탱고 스쿨 (http//cafe.daum.net/tangoschool)
- 비바 탱고 (http//cafe.daum.net/vivatango)
- 엘 불린 (http//cafe.daum.net/latindance/73f/55983)
- 노바 탱고 (nova.tango)

● 탱고 춤 동작.

까베세오와 두통약

― 제발 나와 눈을 맞추어주오

일요일 밀롱가가 시작될 시간이다. 탈의실에서 옷을 갈아입으며 평소처럼 두통약을 삼켰다. 밀롱가에 다니기 시작하면서 생긴 습관이다. 가방에는 여분의 두통약도 한 통 있다. 안심이다. 쇼팽과 연인이며 매사 적극적이었던 조르주 상드는 "행복해지기 위해선 가시 따윈 두렵지 않다."라고 말했다. 하지만 살사나 키좀바와는 달리 탱고의 행복은 너무나 먼 곳에 있었고 유리 멘탈에 왕초보인 나는 매번 기가 죽었고 비참한 자신이 견디기 힘들었다.

일요일 탱고 수업과 금요일 걷기 수업까지 듣고 있던 어느 날, 나는 새로운 정보를 입수했다. 전에 강습을 들었던 A 쌤이 보니따 바로 앞에 있는, TH 탱고 스튜디오에서 일요 강습을 연 것이다. 시간도 적절했다. 기존의 강습과 쁘락을 마치고 바로 가면 된다. A 쌤을 좋아해서 강습을 신청하기도 했지만, 속셈은 따로 있었다. 수업과 쁘락으로 이미 3시간 강행군하고 파김치가 된 상태에서 또 다른 강습을 받는 건 무리지만, 밀롱가에 자연스럽게 가기 위해서였다. A 쌤의 수업 직후 바로 그곳에서 일요 밀롱가가 열리기 때문이다.

수업 후 밀롱가에서 안면이 있는 사람을 만나면 묻지도 않았는데도 이렇게 말하곤 했다.

"방금 여기서 수업을 들었어요."

교육자 집안에서 성장해서인지 중년에 접어든 나이이고 초급인 주제에 동네 살사 바도 아닌 춤꾼들이 모여드는 밀롱가를 기웃거리는 스스로가 견딜 수 없었다. 그래서 핑곗거리를 마련한 것이 A 쌤 수업이었다. 방금 여기서 수업을 들었기 때문에 자연스럽게 밀롱가에 참석하게 되었다고 말하면 스스로를 합리화할 수 있기 때문이다.

이전에도 이 밀롱가에 온 적은 있었다. 그때는 이곳 일요일 밀롱가가 핫했는지 늘 사람들로 북적거렸다. 일산에서 마련한 탱고복을 입었는데, 다른 사람들이 입은 옷들이 훨씬 예뻤다. 탱고복을 어디서 사는지도 몰랐던 나는 일산 스튜디오에 누군가가 가져온, 대폭 할인해서 파는 저렴한 옷밖에 가지고 있지 않으니 그럴 만도 했다. 잘하고 싶은 야망은 있고 자신감은 없으니 일단 옷으로도 기가 죽었다.

그런데 옷이 문제가 아니었다. 조용히 앉아만 있던 사람들은 무슨 영문인지 음악이 시작되면 죄다 플로어로 나가 춤을 추었다. 가까운 데 있는 사람들과 추기도 하고 멀리 있는 사람들과도 춤을 추었는데 그때는 아직 까베세오 Cabeceo라는 말의 개념이 머릿속에 자리 잡기 전이었다. 까베세오란 다가가지 않고, 서로 눈빛을 주고받는 인사로 춤을 신청하는 것을 말하는데 들어만 봤지 어떻게 하는지도 몰랐다. 음악이 시작되면 몇몇만 자리에 남았고 그나마 남아있던 사람들도 뒤이어 플로어로 나갔다. 네 곡이 끝날 때까지 나는 거의 10여 분을 안절부절못하고 민망한 심정으로 앉아있었다. 부끄럽기도 했다. 세 딴따만 연거푸 춤 신청을 받지 못해도 거의 30분이나 꼼짝없이 앉아있어야 했다.

밀롱가에서는 여름이 아니어도 춤을 추고 나면 덥기 때문인지 에어컨을 빵빵 틀어댔다. 탱고는 품격을 중시하는 춤이라 서양의 파티복처럼 상체를 많이 노출한 드레스를 입은 라들에 비해, 로들은 정장까지 갖춰 입은 경우가 많다. 그래서인지 시간이 흐를수록 작은 스튜디오에 있는 에어컨 3대와 대형 선풍기까지 틀어댔다. 그런데도 자리로 돌아오면 라들까지 연방 부채질을 해 댔다. 그런데 나만 추워서 얼어 죽을 것만 같았다. 조금 과장을 해서 손가락 이 움직여지지 않을 정도였다. 어떤 날은 강습에서 얼굴을 익힌 로에게 다가 가 집에 가려고 하니, 가기 전 한 딴따를 추고 싶다고 말로 까베 구걸을 하기 도 했다. 그렇게라도 하지 않으면 한 딴따도 출 수 없었던 날도 많았기 때문 에 자존심은 상했지만 어쩔 수 없었다. 그러니 일요일 밀롱가에 갔다가 집으 로 돌아오는 길에는 늘 자괴감에 시달렸다. 밀롱가에 가는 게 두렵기도 했다.

그래서 나는 '밀롱가를 시댁이라고 생각하자.' 하고 스스로 최면을 걸었 다. 경북 안동이 시댁인 나는 직장을 다니는 다른 사람들에 비해 시댁을 정 말 자주 갔다. 집안 행사, 생신은 물론 제사까지 연가를 내서라도 꼭 참석했 다. 꼭 가야 하는 분위기였기 때문에 늘 참석했다. 나는 남편에게 늘 그런 용 도로만 소비되는 것 같았지만 안 가겠다고 말하기가 더 힘들었다. 시할머님 께서 크리스마스이브 날 새벽에 돌아가셨을 때는 시골집에서 꼬박 오일장을 하기도 했다. 그 당시에도 대부분은 장례식장에서 3일 만에 간편하게 장례 를 치렀는데 그런 호사는 나에게는 없었다. 정신적으로 힘들면 두통이 먼저 오는 나는, 그때마다 두통약을 먹었다. 결혼생활을 유지하려고 시댁에 갔듯 이 밀롱가도 탱고를 계속하려면 안 갈 수는 없는 곳이었다. 더구나 TH에서 열리는 일요 밀롱가는 따로 시간을 내지 않아도 강습 후에 바로 갈 수 있으니, 탱고 초보인 나로서는 꼭 가야만 하는 곳이었다.

　이제 탱고 예절인 까베의 개념도 알았고 까베를 하는 법도 배웠다. 하지만 나에겐, 눈짓으로 의사를 주고받는 까베라는 것이 너무나 익숙지 않은 행동이었고 마치 간 보는 것 같아서 싫었다. 살사나 키좀바를 즐길 때는 까베라는 건 없었다. 화끈하게 가까이 다가가 말로 하든가 아니면 손짓을 했다. 그러니 밀롱가에 가야 한다는 생각만 해도 실제로 속이 느글거리고 두통이 밀려왔다. 아무 증세가 없을 때도 미리 두통약을 먹어두었다. 실제로 까베를 받지 못하고 추워서 달달 떨면서 앉아 있노라면 없던 두통도 생기곤 했다.

　까베는 나 혼자 하는 게 아니었다. 상대방이 눈빛이나 고갯짓으로 화답을 해와야 까베가 성립한다. 그런데 나는 실력도 너무나 부족하고 인맥도 넓지 않았다. 일산에서 강습을 함께 받던 사람들은 서울 자체를 아예 오지 않았고, 비바에서 강습받으며 알게 된 사람 중 TH밀롱가에 오는 사람은 극소수였다. 홍대에도 밀롱가가 여러 개 있는지 여기저기를 다니는 것 같았다. 그리고 나중에 알게 되었지만, 솔땅 같은 탱고 동호회에서는 회원들이 기수를 딴 후 1년이 안 되는 시기에는 절대로 밀롱가에 가지 말라는 불문율도 있었다고 한다. 잘하지도 못하는데 밀롱가에 다니다가 블랙이 될 수 있으니 피나는 노력을 한 후에 발을 들여놓으라는 이야기인 것 같았다.

　지금은 초급자를 위한 밀롱가가 여기저기 생겨났지만, 그 당시 밀롱가에서 춤을 추던 사람들은 어느 정도 수준이 되는 사람들이거나, 초보인 경우에는 동호회 소속으로 함께 모여서 온 경우가 대부분이었다. 나 같은 초보가 독립군으로 혼자 밀롱가에 다니는 것은 아주 드문 경우였다. 이런저런 이유로 아무리 까베를 하려고 노력해봤자 나와 춤출 사람은 없었다. 간혹 아주

초보인 사람들이 있어 그들과 어쩌다 한 딴다를 하거나 했다.

두 개의 강습을 이어서 듣기는 무척 힘들었지만, A 쌤의 수업은 결과적으로는 탁월한 선택이었다. 이미 세 시간 가까이 수업과 쁘락을 하고 또다시 강습을 들으면, 발에 극심한 통증이 와 걷기도 힘들었지만, 그 수업을 사랑할 수밖에 없는 이유는 두 분이 짧게나마 반드시 우리와 함께 밀롱가에 참석한다는 점이다. 그리고 남편 N 쌤은 우리 강습생들과 꼭 한 딴따씩 춤을 춰주었다.

밀롱가에서 선생님과 춤을 추면 좋은 점이 있다. 실력이 늘어서가 아니다. 춤을 잘 추는 상급자랑 추면, 앉아있는 사람들에게 내가 춤을 잘 추는 사람으로 보일 수 있다. 그러면 까베가 들어올 확률이 훨씬 높아지는 것이다. N 쌤은 단지 수업에 대한 열정으로 수강생들에게 AS를 해준 건데 결과적으로는 말할 수 없는 이익이 되었다. 그리고 강습을 받은 곳에서 밀롱가가 열리니 수강생들도 참석하면서 춤을 출 기회가 조금씩 늘어났다.

하지만 여전히 조금이라도 잘 추는 사람 중에서 나에게 까베하는 사람은 드물었다. 까베를 얻어내기 위해 고전분투하던 나는 급기야 까베가 잘될 것 같은 자리까지 탐색하기에 이르렀다. 팔이 긴 셔츠나 정장을 주로 입는 로들은 더위 때문에 출입문이나 에어컨 가까운 곳에 몰려있다는 것을 점차 알게 된 것이다. 그래서 출입구나 선풍기 가까운 곳에 자리를 잡았다. 거기서 아는 사람을 만나면 상대방이 묻지도 않는데도 나는 또 말했다.

"이 자리는 창턱이 있어 창이랑 커튼 사이에 물건을 얹어두기가 좋아요."

이렇게 자의식이 심하고 남의 눈을 의식하는 나인지라 우두커니 앉아있기는 정말 힘들었다. 조금이라도 아는 사람을 보면, 해서는 안 되는 '말 까베'*

를 했다. "8시 좀 넘으면 가야 해서 그전에 한 곡이라도 빨리 추고 싶어요." 하고. 사실 발이 몹시 아파서 얼른 집에 가고 싶기도 했다. 2시부터 탱고를 했으니 6시에 시작된 밀롱가가 두 시간 넘어가 8시쯤 되면 구두를 신고 있기만 해도 고통스러웠다.

이때 나는 자주 안데르센의 『빨간 구두』를 떠올렸다. 주인공 카렌이 빨간 구두를 신자 발이 아프고 힘이 들어도 춤을 멈출 수 없어 결국 두 발을 잘라야만 춤을 멈출 수 있다는 그 이야기 말이다. 일요 밀롱가에서 춤출 기회가 점점 늘어나면서 그에 비례해 발의 고통도 심해졌다. 어떤 날은 발의 심한 통증으로 다리까지 욱신거려 잠을 이루지 못할 때도 있었다. 자기 중심도 못 잡고 휘청거리는 초급 수준의 로들과 출 때가 대부분이라 더 힘들었고, 그나마도 까베를 받지 못해 덜덜 떨면서 두통에 시달렸지만 그래도 탱고를 그만둘 수가 없었다.

춤을 추는 이유를 물어보면 운동이 되어서 한다는 사람들도 많다. 하지만 나는 살기 위해서 춤을 춘다. 극심한 무기력증에 시달렸을 때 살사를 추고, 그 춤을 추며 만난 사람들로 인해 나는 달라졌다. 그리고 아직은 아니지만 곧 탱고가 곧 그런 춤이 될 것이다. 화려하고 웅장해서 춤 중에서 가장 배우기 어렵고 스펙터클한 춤이 탱고라고 하니, 참고 노력하면 언젠가는 살사처럼 나를 행복하게 해줄 수 있다는 확신이 있어 포기하지 않을 수 있었다. 댄스스포츠부터 시작해 살사, 키좀바까지 거쳐 온 나는 행복하기 위해선 죽을 때까지 계속 탱고를 춰야 할지도 모르겠다.

● 말로 하는 까베.

스페인 여왕도 다녀갔다는, 부에노스아이레스 탱고 공연장 '바 수르(Bar Sur)'의 고색창연한 실내
(4시간 내내 공연을 한다)

'카페 엔젤리토스(Cafe de los Angelitos)'의 화려한 공연장
(2시간 식사 후 1시간의 탱고 공연이 이어진다)

수학과 고틀란드섬

— 나만의 색깔로 다시 태어나다

유년의 경험에서 생긴 그림자가 평생을 지배한다며 유년기를 중시한 프로이트와는 달리, 심리학자 칼 융Carl Jung은 중년을 매우 중요하게 보았다. 융은 심리치료의 궁극적인 목표를 개성화individuation로 보았는데 개성화란 타인과 구별되는 자신만의 고유한 색깔을 가진 존재로 성장하는 것을 말한다. 그리고 그는 중년기를 어떻게 보내느냐에 따라 도약적으로 다른 사람으로 거듭날 수 있다고 보았으니, 중년에 접어든 사람이라면 가장 눈여겨보아야 할 심리학자가 바로 융이다.

고등학교 시절 나는 문과생이었지만 수학을 잘했다. 잘했을 뿐 아니라 수학이란 과목이 정말 좋았다. 과학을 그다지 좋아하지 않아서 그렇지, 수학만 보면 영락없는 이과생이었다. 그런데 내가 수학을 좋아하는 이유는 따로 있었다. 수학은 정말 내가 원하던 이상적인 삶의 모습이었다. 공식대로 풀이해 들어가기만 하면 명확한 답이 나왔다. 인풋input과 아웃풋output이 같은 세상이라니, 좋아하지 않을 수가 없었다.

엄마의 포커페이스와 이해할 수 없는 아버지의 양육 태도로 인해, 어린 나이에도 나는 이미 세상을 살아가는 데 지쳐있었다. 아버지의 차별 대우에 대한 반발심에서인지 바로 위 언니는 폭력적인 성향이 있어 동생들을 힘들게 했는데 바로 아래 동생인 나는 정말 힘들었다. 피나는 노력으로 전교 1등을 해도 엄마는 별 반응이 없으셨고(자랑스러워하기는커녕 누가 듣는 데서 말하지 말라고, 오히려 내 입단속을 하기에 바빴다), 잘 보이기 위한 말과 행동도 허사였다. 둘째 언니는 언니라고 나를 힘들게 하는데 바로 아래 동생은 동생인데도, 덩치도 나보다 크고 맷집이 세어 싸움이라도 나면 이길 수가 없었다. 그래서인지는 몰라도 도덕 시간에는 '어쩌라고' 하는 생각이 들 때가 많았다. 글의 주제가 왜 꼭 이것이어야 하는지, 왜 설탕을 반드시 소금보다 먼저 넣어야 하는지, 모두 의미 없고 확신이 없었다. 수학을 제외한 나머지 과목은 대학에 진학해서 멋지게 연애도 하고 즐겁게 살기 위한 수단에 불과했다. 나는 인과응보가 확실한 동화 같은 세상에 살고 싶었고 그런 유일한 과목이 수학이었다.

살사를 추면서 혼자서 자유여행도 다니기 시작할 무렵 대학원에 진학하게 되었다. 상담심리학과답게 다양한 성격검사가 우리를 대상으로 행해졌는데 한 심리검사 결과에 놀라움을 금할 수 없었다. 나는 '원하는 것을 실행에 잘 옮기는 사람'이 되어있었다. 과거의 나는 이렇지 않았다. 원하는 것을 말해봤자 무시당하고, 이루어지지 않을 것으로 생각하며 속으로만 끙끙 앓았다. 춤을 추고 여행을 다닌 것이 성격까지 달라지게 한 것이다. 춤출 상대를 구하기 위해 적극적이지 않으면 되는 게 없는 것이 소셜댄스이기 때문에 좋아하는 춤을 계속하려면 달라질 수밖에 없었던 것이 성격에까지 영향을 미친 것 같았다.

'원하는 것input'이 있으면 '실행output'에 옮기는 사람이 되었다니, 이제 나는 어린 시절 꿈꿨던 수학적인 삶, 즉 원더랜드에 살고 있는 사람이 된 것이다.

그리고 이제 나는 더 이상, 길을 잃는 것을 두려워하는 사람이 아니다. 처음에 혼자 여행을 떠날 때는 길을 잃어버리면 큰일 나는 줄 알았다. 하지만 여행의 경험이 쌓여갈수록 그렇지 않다는 걸 알게 되었다. 길을 잃어버려 헤매는 동안 훨씬 더 멋진 곳을 알게 되었다. 그래서 지금은 어떤 장소를 갔다가 돌아올 때 일부로 다른 길로 오곤 한다. 그러느라 힘들 때도 있지만 여행이 훨씬 풍부해진 걸 나중에 알게 되었기 때문이다.

스웨덴 여행 때의 일이다. 어느 날 길을 가다가 담벼락에 걸려있는 큰 휘장을 보게 되었다. 나중에야 그곳에서 열리는 축제를 홍보하는 내용임을 알게 되었지만, 아무튼 '고틀란드'라는 섬이 있다는 것을 휘장의 멋진 사진을 보고 처음 알았다. 숙소로 돌아간 나는 당장 검색해보았다. 많진 않지만, 한국인들도 블로그에 올리기도 했는데 섬의 풍광이 너무나 아름다웠다. 숙소를 검색해보니 고성 안의 숙소는 동이 나고 중심지에서 먼 곳밖에 없었다. 하지만 이미 마음을 먹었기 때문에 얼른 예약했다. 다음 날 관광안내소에 가서 그곳으로 가는 방법을 물어보니 중앙역에서 니나샴Nynashamn이라는 곳으로 간 후 페리를 타면 된다고 했다. 하룻밤 묵을 만큼의 짐만 싸서 물어 물어 탄 기차는 1시간이나 걸려 니나샴이라는 종점에 나를 데려다주었다. 사람들을 따라가니 페리 터미널이 나왔는데, 예매한 사람들이 대부분이라 첫 페리는 타지 못했다. 그곳에서 3시간이나 더 기다려서야 겨우 페리를 타고, 또 몇 시간이나 걸려 섬에 도착했다.

흑해 한가운데에 있는, 우리나라 제주도처럼 스웨덴 사람들에게 인기 있는 휴양지라는 고틀란드는 고성에 둘러싸인 중세 모습의 집들이 그대로 남아있는 아름다운 섬이었다. 허리 정도 높이로 창문이 낮게 달린 야트막한 집들이 끝없이 이어진 골목골목을 걷다 보면, 아름다운 장미꽃이 흐드러지게 피어있는 길과 집들이 꼭 그림엽서 같았다. 중세 축제가 열리는 기간이어서 섬의 유일한 동양인인 나를 빼고는 모두 수도사 같은 중세 옷을 입고 거리를 누비고 다녔다. 무작정 가서 그때는 몰랐지만, 이 섬이 바로 애니메이션 〈마녀 배달부 키키〉의 배경이 된 곳이었다.

숙소 여주인은 중심가에서 한참이나 떨어진 곳에서도 길을 잘 찾아다니는 나를 보고 엄지척을 해주었지만, 그때는 구글맵도 볼 줄 모를 때였으니 지도만 보고 방향만 짐작한 후 무작정 걸어 성을 찾아갔다. 일박하고 다시 성으로 가기 위해 길을 나선 나는, 갑자기 다른 길로 가보자는 생각이 들었다. 그런데 예상과 달리 길은 점점 숲길로 이어지더니 오싹한 숲길을 지나 나중에는 공항으로 가는, 완전히 다른 길로 접어들었다. 진땀을 흘리며 2시간 가까이나 걸려 물어물어 힘들게 성안에 도착하긴 했지만, 그때 지나가면서 바라본 정원의 사과나무들과 집집이 걸려있던 양이 그려진 고틀란드를 상징하는 깃발, 길가의 무수한 민달팽이들, 숲속을 뛰어가던 토끼 등은 지금도 잊을 수가 없다. 아직 한여름인데도 북유럽의 사과는 빨갛게 익어가고 있었다.

페리를 타고 니나샴으로 돌아올 때의 이야기다. 페리에서 내린 사람들이 갑자기 캐리어를 들고 달리기 선수처럼 뛰기 시작했다. 영문을 모른 나는 천천히 걸어 전철역으로 왔다. 역에 와서야 사람들이 뛴 이유를 알 수 있었는데 그들은 밤 10시 기차를 타기 위해서 뛰었던 것이다. 나만 모르고 천천히 걸어왔더니 혼자서만 컴컴한 시골 동네의 야외 역사에서 밤 11시가 넘을 때까

스웨덴 고틀란드섬의 중세 축제

지 기다려야 했다. 사람이라고는 나 하나뿐이고 배차 시간표도 붙어있지 않아 그곳에서 밤을 새워야 할지도 모른다는 사실에 불안했으나 물어볼 사람도 없었다. 그런 시간이 지나고 드디어 기차가 올 시간이 됐는지 사람들이 하나둘 나타나면서 살아난 것 같은 기분이었고, 자정이 가까워져서야 스톡홀름에 도착했다. 그리고 기차도 끊어지는 그 시간에 무슨 일인지 중앙역 실내 벤치에는 흑인들만 여기저기 앉아있어서 무서웠다. 아마 대부분 노숙자인 것 같았다.

지금도 스웨덴을 여행할 때를 생각하면 무작정 갔다가 고생도 많이 한 고틀란드섬이 가장 먼저 떠오르니, 인생에서는 길을 잃더라도 무모하게 도

〈마녀 배달부 키키〉의 배경이 된 아름다운 고틀란드섬의 허물어지고 벽만 남은 교회

전해보는 것도 괜찮은 것이다. 하물며 그게 여행이나 춤이라면 두말할 나위가 없다. 밀롱가에 적응하기 위해 두통약을 좀 먹는들 어떠랴. 길을 잃어버리기도 하고 힘든 순간도 있었지만, 여행이 그러했듯 탱고에서도 나는 서서히 길을 발견하여 앞으로 나아가기 시작했다.

융의 말대로 중년기에 접어든 나의 피나는 노력이 탱고 안에서도 점차 결실을 보아, 또 다른 나로 거듭날 수 있었다.

사뿐히 즈려밟고 갈게요.
감사하다는 말은 하지 않겠습니다

— 미야모토 무사시의 『오륜서』와 탱고

초보 시절에는 밀롱가에서 나랑 춤을 춘 사람들이 너무나 고마웠다. 반면 눈길 한번 안 주는 로들은 인간 이하의 말종으로 보였다. 그깟 춤 좀 춘다고 저렇게 잘난 척하다니. 키도 크고 잘생긴 사람들은 오히려 범접할 수 없는 아우라가 느껴져 쉽게 다가갈 수 없었지만, 평범한 인상을 주는 사람들에게는 더욱더 그런 감정을 느꼈으니 나도 어쩔 수 없이 외모지상주의자인 속물이다. 실력이 어느 정도 되는 로들은 외면하니 초보라도 감사했고 오죽하면 그 초보 로들이 소울메이트처럼 느껴졌다. 유일하게 드나들던 TH밀롱가에 갈 때마다 나의 소울메이트들이 와 있는지를 눈으로 쫙 훑어보고, 몇명이라도 있으면 안심이 되었다. 아, 오늘은 공치지는 않겠구나 하고.

그런데 실력이 점점 늘어갈수록 점차 나를 외면하던 땅게로들의 심정이 이해되는 것이었다. 탱고 소울메이트인 초보 로 중에는 실력이 쑥쑥 자라나 만날 때마다 흐뭇해지는 사람이 있는 한편 '너 집에 안 있고 여기 왜 있니. 집에나 있지. 너 땜에 내가 얼마나 힘든 줄 아니?' 하는 기분을 느끼게 하는 사람들도 많았다. 탱고는 포옹과 포옹 사이의 춤이라고 한다. 적당한 포옹 Open Abraso에서 격한 포옹 Close Abraso 사이를 오가며 춤의 변화가 있어야 하는데 처음부터 끝까지 매번 똑같은 패턴만 구사하고 그나마도 서툴렀다. 철학자 니체도 "변화하고 있는 자만이 나와 인연이 있다."라고 했고, 공자님도 굳어있는 사람, 즉 변화하려고 하지 않는 사람을 최하급의 인간으로 보았으니 내가 잘못된 생각을 하는 것도 아니었다. 춤의 세계도 인간이 살아가는 모습과 다를 바 없으니까.

나는 변화하기로 작정했다. 여러 개의 강습과 쁘락에 참가하는 것 외에도, 2시간씩 진행되는 소그룹 심화 수업을 듣기로 한 것이다. 단체 강습에서는 탱고 동작을 배웠지만 심화 수업에서는 제대로 된 걷기부터 시작해서 춤을 잘 추기 위한 중요한 기술 등을 익혔다. 그런데 고정 파트너가 없었던 나는 그 수업에서 개별 신청한 로와 파트너가 되었는데, 심화 수업이 무색하게 파트너를 따라 늘 비틀거렸다. 이런 식으로 해서는 지금과 마찬가지로 시간 낭비고 실력이 전혀 늘지 않을 것 같았다. 그래서 수업료 두 사람 분을 내고 선생님을 졸라, 실력이 나보다 월등한 땅게로를 소개받아 오랜 기간 수업을 함께했다. 1년 가까이 심화 수업을 들으며 실력이 급상승되었으니 그 수업을 듣지 않았으면 지금 제대로 된 춤을 추고 있을지 아찔한 생각마저 들 정도다.

소수의 수강생이 선생님과 함께 밀롱가를 이곳저곳 경험하면서, 실력이 월등한 사람들을 알게 된 것도 이 수업으로 얻어진 부수적인, 그러나 무시할 수 없는 성과였다. L 선생님은 밀롱가에서 꼭 한 딴따씩 잡아주면서, 실전 밀롱가에서 고쳐야 할 부분을 마구 잔소리해서라도 바로잡아 주곤 했는데 모두 뼈가 되고 살이 되는 말들이었다. "사방을 이리저리 살피지 마라. 시선을 남자의 왼쪽 포켓에 고정해라."라는 말을 가장 많이 들었다.

살사를 출 때는 주로 떨어져 있으면서 아이 콘택트를 하므로 잠시 다른 곳을 본다고 큰 문제가 되지는 않았다. 심지어 살사를 추는 도중에 주변 사람들과 인사를 나누기도 했다. 하지만 탱고에서는 라가 로의 리드에 초집중하지 않으면 종아리에 멍이 들거나 발톱이 빠지는 등의 상처를 입을 수 있어서, 집중력이 부족한 초보 라와는 춤을 추지 않으려고 한다. 초집중하기 위해 시선을 고정하고 말을 하는 것도 삼가야 하는데 나는 나쁜 습관이 배어 있어서, 많이도 혼났다.

이렇게 해서 밀롱가에서 탱고를 어느 정도 출 만하게 되었을 때 나는 그동안 춤을 춰왔던 초보 땅게로를 분류하기 시작했다. 발전 가능성이 있는 사람과 도저히 희망이 없거나 춤추기 힘든 사람을 분류하여 후자의 사람들에게는 절대로 눈길을 주지 않기로 마음먹었다. 그래서 내 앞에까지 와서 말을 걸더라도 흔들리지 않으려고 노력했다. 발전 가능성이 있는 사람들은 투자라고 생각하고 잡아주기로 했다. 대표적인 사람이 알바로다.

금요일 커플 수업을 처음 들을 때부터 함께한 알바로는 탱고에 막 입문한 상태였다. "하나도 모르겠어요."가 18번일 정도로 정말 못했다. 그런데 그를 블루칩이라고 생각하고 재미도 하나도 없었지만, 격려하면서 밀롱가에서 춤을 많이 췄다. "나중에 절대로 은혜를 잊어버리면 안 된다."라는 말도 하면서. 살사 때도 나이가 좀 있는 여자들이 젊은 초보 남자를 가르칠 때 늘 하던 말이었는데 그 말을 나도 한 것이다.

알바로는 정말 열심히 했다. 그러더니 어느 날부터 점점 까베를 외면하더니, 편한 사이라고 생각해서 말로 춤을 추자고 하는 나에게 집에 가야 한다며 매몰차게 신발을 갈아 신었다. 처음에는 괘씸한 생각도 들고 인간성도

의심해 봤으나 알바로의 행동이 정답인 것 같다는 깨달음이 상급자와 이야기하던 도중에 왔다. 오랜 기간 알고 지낸 상급자인 로에게 알바로 때문에 속상하다고 이야기했더니 "원래 그런 거예요." 하는 게 아닌가.

지금까지는 아는 사이인데도 까베를 잘 받아주지 않으면 잘난 척한다고 생각하며 원망하는 마음이 들었는데, '원래 그렇구나.' 하고 생각하니 그런 마음이 사라졌다. 수준에 맞는 사람들과 춤을 추다가 실력을 뛰어넘으면 또 자기 수준의 사람들과 추면 되는 것인데, 투자라고 생각하고 춤을 추고, 은혜를 잊어버렸다고 탓한 내가 오히려 이상한 사람이라는 걸 알게 된 것이다. 그다음부터는 예전의 소울메이트였던 로가 까베를 보내오는 경우 춤을 추고 싶지 않을 때는 무시하기 시작했다. 양심의 가책을 느끼는 대신 뻔뻔해지기로 한 것이다. 원래 그런 거라니까.

『김영민의 공부론』이란 책에 많이 인용된 미야모토 무사시가 쓴 『오륜서』의 무사 이야기를 읽고는 생각이 더 분명해졌다. '검술의 진정한 도는 오직 적과 싸워서 이기는 것인데 그 적이란 무엇인가?'를 언급한 부분에서, 갑자기 탱고가 떠올랐다. 이 경우에 적이라고 하는 것은 어중이떠중이가 아니었다. 자신의 지위와 재능에 걸맞은, 즉 대적해서 위신이 서는 적을 의미하는 것이었다. 그런 적을 찾아 전국을 떠도는 것이 바로 사무라이의 임무라고 했다. 그러면 탱고에서도 자신의 위신이 서는 적절한 상대를 찾아야 맞는 것이다. 아무하고 춤을 추는 건 탱고인의 도가 아니라는 이야기가 되는 것이다.

그 책은 밀롱가에서의 까베 문제로 고민하는 나에게 참으로 적절한 깨달음을 주었다. 고수들이 자신의 실력에 대적하는 라를 찾는 건 당연하고, 나도 그들과 대적하려면 그에 걸맞은 실력을 갖추도록 노력해야 하는 것이다.

실력이 향상될수록 걸맞은 상대와 춤을 추고, 추기 싫은 사람과는 안 추는 게 맞다. 의리를 생각해서 힘들어도 참고 출 필요는 없는 것이다. 춤은 봉사 활동이 아니다. 살사에서도 수많은 초보자에게 지친 나머지 지긋지긋해져서 떠나오지 않았던가!

그래서 힘든 초보 시절에 친절하게 대해주던 로들이 까베를 해와도, 이제 더 이상 그들과 춤추지 않는다. 탱고를 오래 했다는데도 늘 추던 그 춤사위(피구라), 즉 걷다가 오초* 몇 번 하다가 히로** 돌고 또 걷다가 오초 몇 번 하다가 히로 돌고 하는 루틴만 무한 반복해서 패턴까지 외워버려 탱고란 이 다지도 지루한 것인가 하는 생각이 들게 하기 때문이다.

그래서 요즘은 춤추는 것이 많이 행복해졌다. 웬만하면 춤 실력이든 외모든 성격이든, 마음에 드는 로와 탱고를 춘다. 그리고 입문자라면 상대방이 부족한 것을 내가 조금이라도 채워줄 수 있기 때문에 그것도 즐겁다. 섹스가 육체를 위로한다면 탱고는 영혼을 위로한다는데, 그런 순간에는 특별히 노력하지 않아도 엄청나게 집중하게 되고 정말 죽어도 좋다는 생각이 들 만큼 황홀한 느낌이 찾아오기도 한다. 이걸 탱고에서는 꼬라손***이라고 한다지.

● 서로 마주 보며 8자로 움직임.

●● 주변을 빙빙 도는 움직임.

●●● 탱고를 출 때 벅찬 희열이 느껴지는 순간. 파트너와의 가슴 벅찬 몰입 상태. 한 번도 느끼지 못한 사람도 많다고 한다.

키가 작아서 슬픈 짐승이여

― 귀엽게라도 보이면 성공이다

좀 야한 말이긴 하지만, "침대에서는 여자 키가 크든 작든 똑같다."라는 말을 들은 적이 있다. 하지만 탱고를 출 때는 아닌 것 같다. 나처럼 자그마한 땅게라들이 밀롱가에서 춤추는 모습을 보면 키가 큰 라에 비해 섹시함은 역부족이고 그나마 귀엽게라도 보이면 다행이다.

밀롱가에 가면 키 크고 날씬한 멋진 땅게로들도 있다. 그들과 탱고를 출 때면 내 키가 5㎝라도 더 컸으면 하고 신세 한탄이 저절로 나온다. 마스크를 쓰던 시절에는 그들과 춤추는 것이 더 힘들었다. '그대 가슴에 얼굴을 묻고'가 아니고 '그대 가슴에 마스크를 묻고'가 되어버린 것이다. 춤을 추는 중에도, 자리에 돌아와서도 늘 찌그러진 마스크 모양을 바로잡아야 했다. 가장 최악은 마스크가 땅게로 셔츠 깃에 닿는 경우다. 멋진 목걸이를 하고 빳빳한 셔츠 깃을 풀어 헤친 분도 있는데 이런 경우에는 뾰족한 깃에 눌린 마스크가 얼굴 피부를 긁는다. 까베가 되었을 때 일어선 내 키를 보고 간혹 셔츠 깃을 안으로 말아 넣어주는 분도 있긴 하다. 하지만 그런 분은 극소수다. 마스크도 문제지만 다음 곡으로 넘어가기 전 잠깐 대화를 나눌 때도 있는데 키 차이가 너무 많이 나면 턱을 쳐들지 않는 한 얼굴이 보이지도 않아,

친밀감을 느끼는 정도도 덜하다.

이런 어려움은 남자에게도 있는 듯하다. 어느 날 밀롱가에서 잘 아는 땅게로가 다가와 자기에게 까베를 하지 말라며, 키 차이가 나서 춤추기가 힘들다고 말했다. 어이가 없었다. 춤을 추기 싫으면 그냥 무시하지 내 자리까지 찾아와 그렇게 이야기하다니, 밀롱가에서 지금까지 전무후무한 일이었다. 초보 시절, 쁘락 때에 딱 한 번 들은 적이 있긴 하나 그때는 그럴 만했다. 그리고 못 쳐다볼 사이도 아니었다. 친하지는 않지만, 코로나가 심해져 집합 인원을 열 명으로 제한할 때 쁘락을 함께한 적도 있었기 때문이었다.

집에 돌아오는 길에도, 자리에 누워서도 그의 말이 머리에서 떠나지 않았고 생각할수록 화가 났다. 참고 있으면 심리적으로 큰 트라우마가 될 것 같아 할 말은 해야겠다고 결심하고 일주일 후 그 밀롱가에 일찍 가서 입구에서 기다렸더니 그가 계단을 내려오는 게 보였다. 할 말이 있다고 한 후 조용한 곳으로 가 이야기했다.

"키가 작아서 평소에 스트레스를 받는데, 키가 작아서라는 너의 말이 얼마나 상처를 준 줄 아느냐? 그리고 쳐다볼 수도 있는 거지. 네가 늘 앉아있는 에어컨 옆자리에는, 평소에 춤을 자주 추는 다른 로도 그쪽에 늘 있어서 쳐다본 거다."

그 로는 아무 말도 못 했다. 그러고 나는 또 한마디 했다.

"내 앞을 지나갈 때 힐끗 보지 마라. 너는 모르겠지만 항상 그렇게 쳐다봐서 까베하는 줄 착각하게 만든다."

할 말은 시원하게 다 했지만, 그 일은 밀롱가에서 나를 위축시켰다. 키가 크고 좀 괜찮아 보이는 사람이 있어도 까베는커녕 쳐다보기도 좀 그랬다.

이 글을 쓰다가 춤에 관한 책을 언젠가 읽은 것 같아서 독서 후기를 기록해 둔 수첩을 뒤져보았더니, 마침 탱고에 관한 책이었다. 2011년 4월에 『탱고 레슨』이라는 책을 읽고 8쪽에 걸쳐 메모까지 해 두었는데, 놀랍게도 유튜브를 통해 이미 알고 있는 화이 님이 저자였다. 머리말은 탱고를 추기 위해 가져야 할 가장 중요한 마음가짐이 뭔지를 알려주고 있다. 스스로 아름답다고 믿을 때 일류 댄서가 될 수 있고, 미모보다 몽환적인 표정이 가장 중요하다고 그녀는 강조했다. 글 속에서 가장 인상 깊은 내용은 아르헨티나 밀롱가에서 누가 가장 인기 있는 사람인가에 대한 것이었다. 예상을 뒤엎고 등이 굽고 키가 작으며 머리가 하얀 할머니, 할아버지들이 가장 인기 있는 댄서라고 했다. 그 이유는 그들은 자신이 돋보이려고 하기보다 어떻게 하면 파트너를 행복하게 해줄까를 늘 생각하고 실제로 그렇게 해줄 줄 아는 사람이기 때문이라고 한다. 실제로 부에노스아이레스 밀롱가에 가서 직접 만난 할아버지 댄서들은 아브라소가 포근하고, 불편함이 없게 배려해주어 내가 춤을 잘 추는 것으로 착각하게 해주었다. 책 내용처럼 땅게로가 차라리 키가 작은 할아버지라면 어떻게 해볼 수는 있겠다. 하지만 키가 크고 날씬한 분과 밀착해서 세라도● 자세로 춤추기는 정말 힘들다.

밀롱가에서 아브라소 문제로 늘 고민하던 나에게 최근 화이 님의 '아브라소 수업'은 참으로 적절한 선택이었다. 노력해도 불편한 경우가 많은 게 아브라소이긴 하지만 춤이 잘 안될 때일수록 상대방에게 진심으로 친한 감정을 느끼고 그 감정을 끝까지 가져가면 불편함이 많이 줄어들 수 있다고 그녀는 말했다. 세라도 자세를 할 때는 사랑하는 가족이나 아기에게 하듯, 걱

● 상체를 밀착시키는 자세. 밀착된 포옹으로 춤을 추는 것.

정하는 마음으로 얼굴이나 신체의 열을 재 준다고 생각하고 상대방에게 자기 얼굴을 갖다 대라고도 했다. 실제로 밀롱가에서 키 크고 날씬한 땅게로에게 이런 마음을 가지려고 노력해보았더니 불편함이 말끔히는 아니지만 어느 정도는 가시는 것 같았다.

『김영민의 공부론』에 나오는 정중동靜中動 이야기도 아브라소에 관해 다시 한번 생각하게 해주었다. 작가는 고요함과 움직임이 조화를 이뤄야지 어느 하나만 고집하면 안 된다고 했다. 고요함 중에서도 마음은 쉼 없이 움직여야 하고, 칼이 나르고 튀는 순간에도 마음은 시월의 호수처럼 편안해야 한다고 말한다. 탱고를 출 때도 정과 동을 조화롭게 해서 몸의 움직임에 따라 마음이 바빠지면 안 되고 오히려 평정심을 유지해야 할 것이다. 키가 크고 마른 로와 춤출 때 어떻게 하면 평정심을 유지할 수 있을까? 지금이라도 나는, 키가 작다는 나의 한계에 너무 사로잡히지 말아야겠다는 생각이 든다. 힘들 거라고 미리 생각해버리니, 춤도 엉망이 되어버렸다. 키가 큰 사람의 몸 상태를 잘 알고 내 몸을 최대한 늘려 맞춰 나가는 연습과 훈련을 열심히 하면, 언젠가는 그분들과도 편안하게 춤출 수 있을 것이다. 결국 탱고도 마음가짐이 중요하니 우리의 인생과 꼭 닮았다고 할 수밖에 없다. 화이 님의『탱고 레슨』에 나오는 멋진 구절로 이 글을 끝맺는다.

"조급한 마음을 버리면 춤에도 느긋함이 생긴다."

"조금 더 기다리면 완전한 하나가 된다."

정년까지 가실게요

— 어느 하나라도 매력이 있어야 한다

존경스러운 교장 선생님이 한 분 계셨다. 평교사들은 보통 교감이나 교장 같은 관리자를 좋아하지는 않는다. 교사의 가장 중요한 정체성은 가르치는 일 즉 티칭에 있는데, 관리자가 되면 이제 수업은 하지 않고 학교 재정이나, 건물 관리 등 관리만 하면서 교사 위에 독재자처럼 군림하시는 분이 많아서이다. 대학교수는 직책을 맡아도 임기가 끝나면 다시 평교수가 되어 강의하는데 초중고 관리자들은 한번 관리자가 되면 다시는 수업을 하지 않으니 이해되지 않는 시스템이다. 수업하기 싫어서 그 길을 선택했다는 말을 공공연하게 하시는 분도 실제로 보았다. 그러나 그분은 예외셨다.

아나운서가 꿈이었다는 말 그대로 중저음의 부드러운 목소리에 바바리 코트와 스카프를 멋지게 매치시킬 줄도 아는 훈남이셨다. 그분이 어느 날 회식 자리에서, 어떤 교사가 학생들에게 어필할 수 있는가에 대해 질문을 한 적이 있다. 답을 듣기 전 머릿속에 여러 생각이 떠올랐다. 수업을 잘하고 이해심이 많은 교사, 상담을 잘하는 교사, 젊고 예쁜 교사 등등. 하지만 그분이 내린 정의는 흥미롭고 신선했다. 교사가 학생들에게 어필하려면 어느 하나라도 매력이 있어야 한다고 말했다. 말을 잘하든가, 수업을 잘하든가, 아니면 예쁘든가, 멋쟁이든가. 그 순간 상대방에게 어필할 수 있는 나의 매력은 뭘까, 과연 있기나 할까를 심각하게 생각해보았다.

가난한 환경에서 자랐던 남편은 부잣집 딸인 듯한 내 외모가 마음에 들었다고 말한 적이 있다. 동료 교사들은 말할 때 반짝이는 내 눈과 웃을 때 보조개가 예쁘다고 했다. 하지만 모두 젊었을 때 이야기이다. 지금 내가 생각하는 나의 매력이자 장점은 메모를 잘한다는 점이다. 독서나 여행은 당연하고 한창 메모를 즐겨할 때는 깜깜한 영화관에서도 메모하면서 영화를 봤다. 눈은 화면에 두고 두어 번 접은 종이의 각각의 면에, 손가락으로 줄 간격을 짐작해가며 메모를 했다가 집에 돌아와 제대로 옮겨 적었다.

아이 편을 잘 들어주는 것도 부모로서 나의 매력일 것이다. 한 번도 내 편이 되어준 적이 없었던 엄마와 남편에게 한쪽 비슷한 것이 있었던 나는 담임선생님 흉을 보는 아이에게도 같이 흥분하며 함께 흉을 보았다. 물론 감정이 가라앉으면 조용히 타일렀지만. 자녀를 키우면서 가장 중요하게 여겼던 내 목표는 '나는 어린 시절에 정말 행복했어.'라는 느낌을 심어주는 것이었다.

교사로서의 나의 매력은 무엇일까. 나는 자신을 스스로 깎아내리면서 한 번도 좋은 교사라고 생각해본 적이 없었다. 육아 휴직을 하고 복직을 한 이후에는 학교를 그만둘 생각도 했다. 소위 학급 관리를 잘하는 우수 교사들과 나는, 달라도 너무 달랐기 때문에 아이들에게 끌려다닐 때가 많았다. 그분들은 신념이 확고했고 아이들의 잘못된 행동을 절대로 봐주는 법이 없었다. 그렇게 길든 아이들은 담임선생님이 한 번만 웃어줘도 감격하고, 자신들의 감정이 다치는 게 싫으니까 말도 잘 들었다. 나도 그분들처럼 해보려고 했다. 3월 한 달만 웃지 않으면 1년이 편하다는 말은 교사들이 공공연하게 하는 말인데, 그것도 누구에게나 해당되는 말이 아니었다. 영악한 아이들은 표정이나 말투에서, 옷차림에서 모든 걸 금방 알아채고 나를 힘들게 했다. 그리고 나 자신도 마음속으로는 '자라는 아이들이 그럴 수 있지.'라고 생각하며 혼을 내니 먹힐 리가 없었다.

그래서 매년 한 달도 안 되어, 무표정의 어울리지 않는 옷을 벗어던지고 원래 모습대로 돌아갈 수밖에 없었다. 손이 많이 가긴 하지만 아이들에게 생일 선물을 챙겨주고 아이스크림이나 먹을 것을 사 주는 게 오히려 더 효과적이었고 그럭저럭 사이좋게 지냈으며 학업 성적도 좋았다. 비가 오면 비가 오니까, 눈이 오면 눈이 오니까 종례 후 아이스크림을 함께 먹었고, 핼러윈이나 크리스마스 등 특별한 날 이벤트도 잊지 않았다. 그러면서도 1년 내내 싸늘한 표정과 말투로만 아이들을 제압하는 옆 반 담임이 늘 부러웠고, 나 자신의 교사로서의 자질이 의심스러울 때도 많았다.

그런데 대학원을 다니고 나서는 생각이 달라졌다. 강의를 맡으신 분 중에 개인 상담실을 운영하시는 분이 있었다. 독어과를 나왔지만 특이하게 29세까지 탁구 선수로 활동했다고 자신을 소개하신 교수님은, 키가 작고 통통해서 본인은 죽을 때까지 밥 벌어서 먹고 살아야 할 팔자라고 자신의 외모를 비하하셨다. 그런데 교수님은 수업 중 우리를 쥐락펴락 가지고 놀았는데, 충격은 받았으나 반발은커녕 다들 인정하는 분위기였다. 가운데는 비워두고 네모나게 책상을 붙인 강의실에서 어느 날은 느닷없이 이렇게 말하기도 했다. 자신(상담자)의 오른쪽 옆에 앉은 사람들은 리더를 등에 업고 덕을 보려는 성향이 있는 사람들이고, 왼쪽 옆에 앉은 사람들은 조용히 묻어가는 사람들이라고 했다. 그리고 정면에 앉은 사람들은 증명할 준비가 된 사람들이라고 했는데 우리 모두 놀란 것은, 그동안 여러 학기 동안 수업을 함께 들으며 파악한 사람들의 면모와 거의 일치했기 때문이었다. 나는 항상 왼쪽 옆에 앉는 사람이었다. '눈에 띄면 죽음이다.'라는 어린 시절부터의 무의식처럼, 늘 그 자리에 앉았다.

그리고 그 교수님은 우리들 한 사람 한 사람에게도 거침없이 독설(?)을 퍼부었다. 이혼 경력이 있고 두 자녀를 힘들게 키우고 있는 어린 여교사에게 위로는커녕 "당신은 너무 강해. 자신을 스스로 사막에 던졌기 때문에 자신의 힘으로 탈출해야 해." 하고 직격탄을 날렸다. 10명 중에 초등학교 교사도 한 분 계셨는데 목소리가 크고 늘 자신만만하였다. 그분에게는 "나이가 사십이 넘으면 지혜가 필요한데 나만 너무 커져 있고, 자존감이 우리 중에서 제일 낮고 이분법적인 사고를 해요."라고 말해 우리를 경악시켰다. 퇴근 후 남편과 맥주잔을 기울이며 대화를 많이 하고, 남편에게 힘든 걸 다 털어놓을 수 있어서 행복하다고 말해 늘 부러움을 샀던 분에게는 이렇게 심한 말을 했다. "선생님은 존재 자체가 바가지야. 그러니 남편이 알아서 기는 거지." 그 말을 듣고 그 동기는 심한 모욕감에 얼굴이 빨개진 것은 물론이다. 내가 특히 좋아했던, 차분하고 이해심 많아 보이는 선생님께는 머리 스타일이 고집 세고 욕심 많은 내부를 보여준다며, 스스로를 비비 꼬며 자기 내부를 남들에게 힘들게 보여주는 내담자 유형이라고도 했다.

이 교수님께서 나를 그냥 넘어갔을 리가 없다. 짧은 기간 어떻게 파악하셨는지, 자기 이야기를 벌려 놓다가 스스로 상처받는 경우가 많을 거라고 하시며 충분히 생각한 후 말해야 한다고 했다. 그리고 자존감이 낮다는 내 말에, 내가 스스로를 깨지 못하는 정도가 타조알 상태라고 하며 긍정적이

든 부정적이든 느끼는 감정을 충분히 대접해주면 자존감이 올라갈 거라고 도 했다.

　그런데 이 교수님은 특이하게 다른 분에 비해서 나에게는 굉장히 자존감을 살려주는 말씀을 하셨다. 동기 중에 화장도 전혀 안 하고 훤칠한 키에 남학생들과도 잘 지낸다는 선생님이 계셨다. 시어머님도 모시고 사는 그분은 성격도 소탈하고, 학교에서도 내가 부러워하는 교사 유형이었다. 그런데 교수님은 그분을 공격하며, 차라리 교직을 그만두라고 말했다. 얼굴이 빨개진 그 선생님께 또 한 번 직격탄을 날리셨는데, 남학생들이나 여학생들이 선생님을 보면서 아무것도 배울 게 없다고 하셨다. 한 번도 화장하고 다니는 것을 본 적이 없었던 그분은 다음 날부터 곱게 화장을 하고 다니기 시작했으니 충격을 많이 받으신 것 같았다.

　이어서 나에게는 70세까지 가도 된다며, 정년퇴임까지 교사를 하라고 했다. 너무 놀라서 나는 되물었다. "교사로서 카리스마가 없어 아이들을 지도하는 게 힘든데 왜 저보고 그렇게 말씀하시느냐?"라고 했더니 의외의 대답이 돌아왔다. 양성평등 교육을 인위적으로 시켜 성 정체성이 형성이 안 되면 관계 맺기가 어려워 사이버 세계에 빠져드는데, 남성상을 많이 가지고 있는 대부분 여교사와 달리 나는 여성상이 많아 여학생들에게 성 모델링이 된다는 것이다. 여학생들이나 남학생들이 나를 보면 '여자는 저래야 하는구나.'를 배울 수 있어 심지어 남학생들에게도 좋은 영향력을 끼친다고도 이야기했다.

　어떻게 보면 이것이, 대학원을 다니면서 내가 얻은 가장 훌륭한 성과였다. '내가 그런 유용한 사람이었다니.' 하는 교사로서의 자존감과 자기 효능감이 확 올라갔고, 말을 할 때도 최대한 감정을 다스리고 정리하려고 노력하게 되었다.

춤도 마찬가지일 것 같다. 뭔가 자신만의 매력이 있어야 상대에게 어필할 수 있을 것이다. 춤을 잘 추든가, 아르헨티나의 할아버지, 할머니 댄서처럼 상대방에 대한 배려심이 뛰어나든가, 아니면 미모가 탁월하든가, 그도 저도 아니면 뒤풀이 자리에서 좌중을 휘어잡아 그 여운과 매력이 밀롱가까지 이어지든가.

부에노스아이레스 엘 베소의 아름다운 낮밀롱가

혹시 제가 블랙은 아니겠죠?

― 블랙을 피하는 방법

사람이 어느 하나라도 매력이 있어야 한다는데, 땅게라로서 내가 가진 매력은 무엇일까를 생각해보니 별로 떠오르는 게 없다. 기껏해야 춤을 출 때 스스로나 상대방이 힘들지 않게 강습을 끊임없이 받는 것, 칭찬을 잘해주는 것, 그 정도다. 그리고 탱고를 하면서 만난 주변 사람들이 나보고 친절하다고 말할 때도 가끔 있다. 그런데 아직은 생존에 급급해서인지 매력보다도 최소한 블랙은 되지 말아야겠다는 생각이 더 크다.

나도 한때 블랙이 될 뻔한 적이 있었다. 잘 알고 지내는 선생님이 말해줘서 알게 된 사실로, 그분도 남자 화장실에서 들었다며 전해주셨다. 여자 화장실이나 탈의실에서 가끔 땅게로 뒷담화를 하는 것처럼 남자들도 화장실에서도 그런 이야기를 많이 한다고 한다. 그 선생님께서 화장실을 갔더니 누군가가 내 흉을 보더라는 것이다. 멋 내기 장식 동작인 아도르노[*]를 너무 많이 해서 로들을 오히려 혼란스럽게 한다고. 사실 남자들은 자신이 리드한 대

---

[*] 아름답게 보이기 위한 장식 동작.

로 팔로잉을 제대로 하는지에 관심이 많을 텐데 내가 지나치게 아도르노를 하니, 특히나 초보 로들은 멘붕에 빠졌던 것 같다. 그 말을 전해주며 선생님은 따끔하게 훈계하셨다. 음악 한 곡에 한두 번이면 족하다고, 너무 많이 하면 오히려 지저분해 보인다고.

모든 일에는 다 이유가 있는 법이다. 내가 아도르노를 많이 하게 된 것은 밀롱가는 다니지 않으면서 탱고 수업만 받는, 초보 시기가 길었기 때문이다. 연습 시간인 쁘락에도 아무도 나에게 연습하자고 청하지 않으니, 로와 함께 걷거나 춤을 추는 대신 거울 앞에서 혼자 아도르노 연습에만 몰두했다. 눈은 있어서 어쩌다 공연을 보러 가게 되면 다른 건 안중에도 없고 아도르노만 멋지게 보여, 그것을 잘하면 탱고도 잘하게 되리라는 잘못된 생각도 했었다. 실제로는 걷기, 안기가 훨씬 더 중요한데 말이다.

아도르노라는 게 남자 모르게 여자가 멋을 내는 동작이라, 잘하면 무슨 문제가 되겠느냐마는 서투르게 자주 하니 구설에 오른 것 같았다. 그 말을 전해 듣는 순간 정신이 번쩍 들었다. 그리고 그다음부터는 로가 리드할 때 이외에는 웬만하면 아도르노를 잘 하지 않는다. 〈팔로워*들의 5가지 나쁜 습관 5 Worst Argentine Tango Habits for Follows〉이라는 영상을 보면 과장되어 있기는 하나 마치 내 모습을 보는 듯했다. 그 영상에서는 라의 가장 나쁜 습관으로 과도한 아도르노를 꼽았다. 영상 속의 여자는 자기 중심도 못 잡으면서 자아도취에 빠져 과도한 아도르노를 해서 상대방의 중심을 마구 무너뜨리니, 화가 난 남자는 춤추는 중간에 가버린다. 물론 과장이긴 하지만 등골이 서늘했다.

● 리드를 받아 팔로잉하는 여자.

이 일을 계기로 나는 매력적인 라가 되는 것보다, 블랙이 되는 걸 피하는 것이 더 중요하다는 생각이 들어 그런 내용이 SNS에 올라오면 자세히 읽어보곤 한다. 그리고 탱고를 추는 사람들은 누구나 블랙이 되는 것에 대한 두려움이 있다는 것도 알게 되었다. 왜냐하면 탱고라는 게 가슴과 얼굴을 거의 맞대고 추는 춤이다 보니 다른 춤보다 더 예민해질 수 있기 때문이다. 지독한 땀 냄새, 입 냄새는 상식적인 이야기다. 한번은 착각해서 잘 모르는 로와 까베한 적이 있었는데, 마스크를 썼음에도 불구하고 사람 몸에서 그런 냄새가 날 수 있다는 데 경악한 적이 있다. 꼬리꼬리하다는 게 어떤 건가를 그분은 온몸으로 몸소 증명해 보이셨다. 내 몸 어딘가에 그 냄새가 배어든 것 같아 나머지 시간 내내 불쾌했지만, 그 밀롱가의 어둑어둑한 불빛을 원망할 수밖에 없는 상황이었다. 그래서 밀롱가에 가기 전에는 마늘이나 치즈 등 냄새가 날 만한 것은 절대 먹지 않는 게 불문율이다.

밀롱가에서 티칭을 많이 하는 사람들도 블랙이 된다. 선의의 경우에도 마찬가지라고 한다. 상대가 아주 초보인 경우에는 춤추기가 너무 불편하면 고개를 조금만 들어 달라고 요청하기도 하는데, 사실은 다시는 춤을 안 추겠다는 마음으로 그 말을 한다. 밀롱가 예절을 잘 모르던 초보 시절에 같은 강습생끼리는 괜찮으리라 생각하고 나보다 초보인 분에게 중간중간 훈수를 둔 적이 있었다. 나에게도 티칭해 달라고 하면서. 그러던 어느 날 그 땅게로가 불같이 화를 냈다. 밀롱가에서 춤을 추는 도중에 절대로 말하지 말라고 하면서. 한참 초보라고 생각했는데 그는 밀롱가 예절을 알고 나는 몰랐던 것이다. 쁘락 시간에는 조심스럽게 말해주는 건 괜찮을 수 있다고 하는데 경험상 그것도 아닌 것 같다. 상급자인 한 여자분도 말했다. 아무리 남자가 피드백을 요구하더라도 절대로 말해주면 안 된다고, 남자들 뒤끝이 장

난이 아니라고. 남자들뿐이겠는가. 여자도 마찬가지다. 피드백은 강습을 통해 선생님께 받는 게 맞다.

잘못된 아브라소 자세로도 블랙이 될 수 있다. 내 경우엔, 밀착된 세라도 자세로 탱고를 출 때 이마로 머리를 침목처럼 지나치게 압박하면 너무나도 힘들다. 내게는 냄새에 버금가는 최악의 상황이다. 혹자는 상대방과 거리를 유지하는 건 여자 몫이라고 이야기한다. 하지만 팔로 등을 꽉 잡고 있어 몸을 떼 내는 것 자체가 불가능할 때도 많다. 이마를 살짝 대야 하는데 세게 힘준 머리에 눌리고, 등을 꽉 잡혀 꼼짝하지 못하는 상황에서 히로나 또 다른 뭔가 격렬한 동작을 남자가 하고 있으면, 다시는 이분과 춤을 추지 않겠다고 이를 악물지만 10분이라는 긴 시간에 늘 절망하곤 한다.

춤뿐만 아니라 일상생활에서도 마찬가지일 것이다. 역한 냄새, 과한 제스처, 원하지 않았는데도 참견하는 걸 누가 좋아하겠는가. 결국 블랙도 상식만 지키면 걱정할 필요가 없는 것이었다.

밀롱가와 도시락

— 혼자서 밀롱가 가면 안 되나요?

여러 가지 춤을 배웠지만 "도시락 싸 다닌다."라는 말은 탱고를 추면서 처음 들었다. 주변 사람들이 도시락 이야기를 할 때 처음에는 흘려들었지만, 나중에 밀롱가에 다니기 시작하면서부터 비로소 무슨 뜻인지 와 닿았다. 도시락은 소풍 갈 때의 그 도시락이 아니다. 밀롱가에 함께 가서 춤출 수 있는 이성을 말한다. 이건 그만큼 탱고에서 파트너를 찾기가 어렵다는 뜻도 된다.

초보자들이 까베를 해서 춤출 기회를 얻는 것이 얼마나 어려운지는 앞에서도 이야기했다. 실력도 안 되거니와 인맥도 없기 때문이다. 부에노스아이레스 밀롱가도 마찬가지였다. 현지인 대부분은 오랜 세월 밀롱가를 다니며 서로 친해져 까베가 쉽지만, 탱고 실력이 검증되지 않은 낯선 사람은 까베가 잘되지 않았다. 그래서 선생님들은 강습 기간에 한두 번은 수강생들과 함께 밀롱가에 가서 적응할 기회를 준다. 함께 가면 우리가 모두 서로의 도시락이 되는 것이다. 이런 경우 한두 달 정도만 함께 강습을 듣기 때문에 결속력도 약하고 강습이 끝나면 뿔뿔이 흩어져버리기 때문에 진정한 도시락이라고는 보기 어렵다.

일산에서 탱고를 할 때는 도시락이라는 말을 들어보지도 못했지만, 밀롱가 자체를 거의 가지 않아 도시락이 아예 필요 없었다. 탱고에만 전념하면서 모든 강습을 서울로 옮기고 나서야 도시락이 있어야 한다는 이야기를 심심치 않게 들을 수 있었고, 밀롱가에 익숙해지면서 알게 되었다. 나같이 혼자 온 사람보다 친밀한 사람들끼리 다니는 경우가 대부분이라는 걸. 그들은 테이블을 예약해서 함께 몰려 앉아있기에 눈에 띌 수밖에 없었다. 또 어떤 분들은 강습이나 밀롱가에서 친밀해지면 전화번호를 주고받아 그룹을 만들어 함께 다니곤 했다.

서울에 와서 강습을 한 번도 빠뜨리지 않고 계속 듣는 중에 내게도 인맥이라는 것이 조금씩 생겼는데, 특히 금요일 밤 수업은 소그룹이고 뒤풀이도 자주 가서 친해질 기회가 있었다. 그때 알게 된 리아는 정말 열정적인 땅게라였으니 주 7회 탱고를 한다는 소문이 있을 정도였다. 그녀 주변은 늘 사람들로 북적거렸는데, 알고 보니 솔땅이라는 땅고 동호회의, 같은 기수라는 것이었다. 살사를 할 때 들어본 적이 있는 솔땅 사람들이 이렇게 몰려다니는 것은, 리아를 통해 처음 알았다.

그런데 강습이 끝난 후 뒤풀이 자리에서, 리아를 통해 알게 된 사람들이 나를 보고 묻는 첫마디는 거의 대동소이했다.

"솔땅 몇 기세요?"

솔땅에 가입하지 않았다고 하면 "그러면 탱스인가요?" 하고 국적을 묻듯 물었다. 그래서 아무 데도 가입 안 했다고 하면 그들은 어떻게 그럴 수 있지 하는 묘한 표정을 지었다. 그러고는 마치 조국을 잃어버린 사람이나, 실향민을 바라보듯, 불쌍하지만 약간은 무시하는 듯한 시선으로 나를 바라보았다. 그들이 물을 때마다 나는 늘 같은 대답을 했다.

"살사를 할 때 탱고로 넘어가 솔땅에 가입한 사람들이 죄다 그만두고 되

돌아와서, 단체에 가입하지 않고 혼자서 배워보려고 결심했어요."

실제로 그렇긴 했다. 살사를 하면서 알게 된 수많은 사람 중에서 탱고에 제대로 적응한 사람을 지금까지 딱 두 명 보았다. 한 명 더 있긴 하지만 로봇처럼 늘 경직되어 있어서 같은 살사 기수지만, 처음 몇 번 추고는 절대로 까베를 하지 않았는데 어느 날부터 아예 보이지 않았다.

솔땅 기수 모집을 알려주면서 가입을 종용받기도 했지만 나는 꿋꿋이 독립군으로 강습도 받고 밀롱가도 갔다. 어느 날 리아가 솔땅 화요일 정모인 '화정'이 열리니 함께 가자고 했다. 회원이 아니어서 안 된다고 했더니, 비회원에게도 개방하니 괜찮다고 했다. 화정이 까베가 잘되고 춤추기 편한 곳이라는 이야기를 이전에 들은 적이 있고, 화정지기도 아는 분이라 가기로 했다. 입장료를 내고 들어가니, 출입명부를 작성해야 하는 곳이 있었다. 출입명부에는 솔땅 기수를 적는 난이 따로 있어 미가입이라고는 썼지만 그렇게 쓴 사람은 나밖에 없었다.

화정은 밀롱가 초보인 나에게는 천국 같은 곳으로 이전의 살사 정모 분위기와도 비슷했다. 같은 동호회라는 동질감 때문인지 실력과 상관없이 까베가 훨씬 수월했고 연령대가 어려서인지 분위기도 활기찼다. 화정에 다니면서부터 많은 사람을 알게 되고 친하게 지내기도 했다. 솔땅 몇 기인지를 물어보는 일도 간혹 있었는데 가입 안 했다고 하면 깜짝 놀라며 대부분 이렇게 말했다.

"솔땅에 가입하지 않고도 계속 탱고를 하시다니, 대단하네요."

이렇게 참새가 방앗간 드나들듯 매주 화정에 다니다 보니 출입명부를 작성할 때마다 나만 미가입이어서 부끄러운 마음이 들었다. 어떤 날은 쓰는 걸 까먹었는데 출입명부 작성을 책임지시는 분이 미가입이라고 대신 써 놓은 걸

보고는 왠지 발가벗겨진 느낌도 들었다.

코로나로 화정도 문을 닫고 활동 제약이 많던 때였다. 커피를 마시던 중 리아와 주변 사람들이 이번에 솔땅에 가입하라고 했다. ○○○기를 모집하는데 그 자리에 있던 분도 품앗이 선생님으로 선출되었다고 했다. 보통은 한 기수에 4명의 품앗이 선생님이 있고 그들은 지원자들이 제출한 지원서를 검토하여 회원으로 받아줄지 말지를 결정하는 막강한 권한이 있다는데 선출된 선생님들의 명단을 보니 모두 어느 정도는 친분이 있는 분들이었다. 주변 사람 모두 이런 기회는 다시 없다고 거의 종용하다시피 하며 솔땅 게시판을 링크까지 해주었다.

집으로 돌아와 한참을 고민했다. 지원서를 제출하고 솔땅 회원이 되면 여러 가지 혜택이 있을지도 모르지만, 두려운 것은 나만 빼고 다 어린 기수들이 들어오는 상황이었다. 지원서에도 나이를 쓰게 되어있고 카페에 가입하면 운영자는 자동으로 회원 나이를 알 수 있다는 점도 마음에 걸렸다. 이미 가입한 분에게 고민을 털어놓았더니 품앗이 선생님만 입을 다물면 다른 사람들은 알 리가 없다고 이야기했다. 그리고 자신과 같은 동기 중에 50대가 수두룩하고, 심지어 60대도 몇 있다고 했다. 용기를 내어 가입신청서를 작성했다. 합격자 발표 공지에서 이름을 확인하니 예상 밖으로 기뻐 스스로도 놀랐다. '초급 수업만 착실하게 출석하고 요건만 채우면 남들처럼 솔땅 기수를 드디어 따게 되는구나.' 하는 마음도 있었지만, 더 큰 이유는 도시락이었다.

'아, 나도 이제 밀롱가에 갈 때 남들처럼 동기도시락을 가지고 다닐 수 있겠구나.'

드디어 강습이 시작되었다. 턴해서 파트너를 바꾸어가며 수업을 들었는데 실망스럽게도 대부분의 로가 초급이었다. 전해 듣기로는 우리 기수에는 유경험자가 많고 대단하신 분들도 많다고 들었는데. 물론 그런 분들이 있기는 했지만, 자기들끼리만 따로 춤을 추었다. 기수를 따려면 솔땅 연습실에서의 수업 이외에 해야 할 일이 더 있었다. 총 8회의 수업 중에서 4회 참석하고 외부에서 진행되는, 연습을 위한 쁘락 밀롱가 8회 중 2번은 참석하는 것이 필수 요건이었다.

수업은 괜찮았다. 어차피 턴하니까. 그리고 그건 내 의지가 아니고 정해진 규칙이니까. 하지만 쁘락 밀롱가는 그렇지 않았다. 밀롱가에서 춤출 수 있는 간단한 동작을 그 자리에서 복습한 후 자유롭게 춤추는데 그건 심리적으로 무척 힘든 일이었다. 우린 동기인데, 끈끈한 동지애로 "까베 없이 ○○○기"를 외치는 마당에 나는 춤추고 싶은 동기가 없었다. 누구의 도움도 없이 힘들게 초보를 벗어나 밀롱가에 겨우 적응해가고 있는데, 같은 기수라고 다시 왕초보를 잡고 비틀대고 싶지는 않았다. 그런 동기가 다가오면 못 본 척하지만, 속으로는 기겁하고 도망 다녔다. 맨 처음 쁘락 밀롱가가 있던 날, 본능적으로 전혀 춤을 추고 싶지 않은 로가 다가와 손을 내밀어, "집에 가야 해요." 하고는 신발을 갈아 신고 집으로 줄행랑을 친 적도 있다.

이렇게 해서 솔땅 기수를 땄다. 솔땅 기수를 땄지만 나는 도시락 확보에는 실패했다. 도시락은커녕 같은 기수 왕초보 남자 동기들을 밀롱가에서 만나게 되면 못 본 척하느라 오히려 힘들었다. 동기 사랑을 강조하는 솔땅 기수를 따서인지, 양심의 가책도 느꼈다. 하지만 행복해지려고 탱고를 배우는 것이지 밀롱가에 봉사활동을 하러 온 건 아니다. 그래서 마음 가는 대로 하기로 했다.

만약 솔땅에 들어와 탱고를 처음으로 배웠더라면, 모든 로들이 내 도시락이 될 수도 있었으리라. "초보라서 밀롱가에서 너무 힘들다."라는 넋두리를 동기 톡방에 올리는 사람도 있는데 '포시라운 소리하네.' 하는 생각이 든다. 경상도 말로 '복에 겨워서 불평한다.'는 뜻이다. 코로나 이전의 솔땅은 초보자의 밀롱가 출입을 금지하고 혹독한 훈련 과정을 거쳤다는데, 우리 기수는 속성으로 배워 바로 밀롱가에서 춤추게 되었다. 그들 초보 라들은 모든 초보 남자가 도시락이 될 수 있고, 솔땅에 가입함으로써 낯선 탱고 생활을 시작하는 데 많은 도움을 받을 수 있다. 하지만 나에게는 해당이 없었다. 심지어는 솔땅에 가입한 게 후회스럽기도 했다. 도시락 확보에도 실패했고, 독립군으로 밀롱가를 드나들면서 힘든 과정을 이미 헤쳐 왔기 때문이다.

그런데 솔땅에 가입해서 얻은 큰 소득이 있긴 하다. 누군가 물어보면 나는 이렇게 대답한다.

"솔땅 몇 기세요?"

"○○○기입니다. 조금 늦게 가입했죠. 하하하."

그러면 이제 그들은, 연민과 가벼운 경멸이 담긴 미소를 더 이상 보내지 않는다.

요즘도 나는 밀롱가에 갈 때 그냥 혼자서 간다. 친한 사람을 만나기를 기대하고 만나면 수다도 떨면서 즐거워하지만, 낯선 사람이랑 까베해서 춤추는 것도 호기심이 생겨 오히려 재미있다. 나는 그런 사람인 것이다. 학창 시절에 화장실 갈 때 꼭 친구들을 여러 명 달고 가는 아이들이 많았는데, 나는 태생이 그런 사람이 아니었다. 그리고 혼자서 하는 여행을 통해, 외로움을 잘 극복하기만 하면 얼마나 많은 것들을 얻을 수 있는지 이미 알고 있다. 도시락은 없지만 이제는 나 자신을 알고 홀로 서 있을 수 있어서, 좋아하는 사람들과 춤을 추면서 행복한 하나가 될 수 있게 되었다.

부에노스아이레스 라 보카 레스토랑 무대에서의 갑작스러운 탱고 공연

로로랜드, 라라랜드

— 갑자기 로들이 아는 척을 한다면

중국계 미국 지리학자인 '이푸 투안 Yi-Fu Tuan'은 공간 Space과 장소 Place의 개념을 다르게 보았다. 그의 저서 『공간과 장소』에서 그는 낯선 '공간'에 개개인의 삶의 경험과 애착이 녹아들 때, 비로소 당사자에게 애틋하고 구체적인 '장소'로 바뀐다고 했다. 우리는 공간 속에서 살지만 살아갈 힘을 주는 장소를 갈망하고, 누군가에게는 광활하고 자유로운 공간이 다른 누구에게는 황량한 곳이 될 수 있다고도 했다.

'내가 너의 이름을 불러주었을 때 너는 내게 하나의 의미가 되었다.'라는 김춘수 시인의 「꽃」이라는 시가 있다. 이 시를 처음 접했을 때는 단순한 연애시라고 생각했으나 '처음에는 밀롱가가 낯선 공간이었으나 애착을 느꼈을 때 비로소 그곳이 편안하고 힘을 주는 장소가 되었다.'라고 해석해도 하나도 어색하지 않다. 대학을 졸업하고 고향을 떠나 새로운 '공간'으로 옮겨오면서 그동안 많이 외로웠고 가정도 편안한 장소가 되지 못했다. 하지만 춤을 알게 되면서 살사 바가 살아갈 힘을 주는 장소가 되었고, 지금은 탱고 밀롱가가 열리는 '공간'들도 위로를 주는 애틋한 '장소'로 변해가고 있다.

이제는 많이 편안해진 밀롱가라는 '장소'에서 나랑 탱고를 추는 사람들은 세 부류다. 첫 번째 부류는 평소에는 눈길 한번 안 주다가 필요할 때 갑자기 까베를 하는 사람들이다. 이런 사람들은 주로 상급자이기 때문에 기뻐하며 달려가기 마련이다. 그렇다고 다음에 또 까베해 주기를 기대하는 건 금물이고 언젠가 또다시 은혜를 하사할 날을 묵묵히 기다리는 편이 현명하다. 변덕이 심하기 때문이다. 그러나 평소의 아니꼬움 등은 이 한 딴따로 완전히 해소된다.

두 번째 부류는 늘 편안하게 까베를 받아주고 만족감도 높은 사람들이다. 이런 분들은 성격이 좋은 경우가 대부분이어서 여기저기서 인기가 많아 흐르는 땀을 주체하지 못하지만, 거절은 절대로 하지 않으니 말 까베 상대로도 제격이다. 나는 이 부류의 사람들을 '밀롱가 댄스(두 박자의 빠른 춤)'를 추기 위해서 아껴두는 편이니 어떻게 보면 최애 완소 땅게로라고도 할 수 있다.

그리고 마지막으로 초보를 막 벗어난, 체격 조건이 좋은 사람이랑 추기도 한다. 나도 마른 편이어서인지 리드가 아직 미숙한 경우에는 키가 크든 작든, 마르면 춤추기 힘들지만 몸집이 좋은 경우에는 안정된 아브라소가 주는 즐거움도 크기 때문에 만족감이 높다. 물론 걷기가 안정적이지 않아 오르락내리락하는 것이 심할 때는 아니지만.

어느 날 밀롱가 입구에 들어섰는데 평소에는 도도해서 눈길 한번 주지 않던 땅게로가 갑자기 친절한 미소를 머금으며 바라본다면 그건 십중팔구 밀롱가에 남자가 많아서이다. 솔땅에서 품앗이를 한 적도 있다는, 체격이 좋은 로분은 한 번 춤을 춘 후 다음부터는 철저하게 외면했다. 어떤 밀롱가에서는 내가 잘 아는 평범한 외모의 초보 라와도 까베하면서 여전히 나는 외면

산텔모의 핫한 수요 밀롱가 '마라부(Marabu)'에서

했다. 그러던 어느 날 그 땅게로가 입구에서 활짝 웃으며 인사를 건넸다. 그러고는 신발을 갈아 신고 있는 곳까지 찾아와서 까베를 했다. 아직 상황 파악이 안 된 나는 '이 무슨 일이고!' 하며 기쁨을 감출 수 없었으나 옆에 앉은 사람의 말을 듣고서야 그의 행동이 이해되었다. 오늘은 여자가 아주 부족하다고. 고무된 나는 평소에 기회가 잘 안 돌아왔던 상급자들에게 까베를 하기 시작했고, 결과는 백발백중이었다.

이런 날이 좋은 이유는 노력해서 향상된 실력을, 상급자들에게 어필할 수 있어서이다. 위에서 말한 체격이 좋고 내 까베를 무시하던 로도 이제는 가끔이라도 까베를 받아준다. 아직 100% 성공하지는 못하지만. 로로랜드가 나에게 가장 의미 있었던 날은 내 탱고 인생 최고의 가스라이팅을 했던 레오 님이 춤을 신청한 순간이다. 쉬고 있는데 갑자기 레오 님이 옆에 나타나 "추시죠." 해서 처음에는 기절하는 줄 알았다. 레오 님이 나랑 다시는 춤을 추지 않겠다고 말하고 실제로 밀롱가에서 1년 이상 한 번도 나를 쳐다보려고 하지 않았으니 그럴 만도 했다. '그래, 한 번 추지 뭐.' 했는데 그간 실력이 많이 늘었는지 춤을 추면서 레오 님이 놀라신 것 같았다. 그러고는 그다음부터 아주 가끔이긴 하지만 춤을 추기도 한다.

로가 많은 날은 초보 남자들에게는 가장 불행한 날이다. 한 딴따 춰 보려고 안면이 있는 여자들에게 다가가 부탁도 해보지만 쉽지만은 않다. "이미 약속이 되어있는데 어떡하죠?" 이 한마디면 어깨를 늘어뜨리고 힘없이 돌아선다. 그리고 이런 날은 정말이지 초보 로들이랑 춤을 추고 싶지 않다.

한편 라가 많은 날은 라라랜드라고 한다. 이런 날은 편안하게 마음을 비우고 있어야지 상급자인 로에게 까베를 한다든가 하는 경거망동을 해서는 결코 안 된다. 그들에게는 기회가 되면 실력으로 증명해 보여야지 다른 건 아무 소용이 없다. 이날 초보 남자들은 신이 난다. 평소에는 춤출 기회를 얻기가 쉽지 않았던 상급자인 여자들도 마구 까베를 해대니, 수줍은 표정과 어색한 몸짓으로 까베가 된 라에게 다가간다. 그러니 이런 날이 그들에게는 나처럼 일종의 찬스인 셈이다. '어, 괜찮네.' 하는 느낌을 준다면 완소 땅게로의 길에 한 발짝 다가가는 것이고 이전의 모습에서 하나도 발전이 없으면 밀롱가에서 외면당하게 된다. 나도 라라랜드인 날, 초보라고 생각했던 로 중에 춤 실력이 괜찮은 로가 있어 그 뒤에도 밀롱가에서 만나면 한 딴따씩 췄다. 그러나 강습도 받지 않아서인지 그는 그 단계에서 하나도 발전이 없었다. 아브라소도 불편해서 이제는 쳐다보지도 않는다. 그는 그 상황에 적응이 안 되는지 까베를 보내다가 수시로 내 자리 부근으로 다가오곤 했지만 어쩔 수 없는 것이다.

집단 구성원의 서열을 뜻하는 '페킹 오더pecking order' *라는 영어 관용어가 있다. 닭 등의 가금류들이 모이를 쪼아먹는 순서를 의미하는 말로, 1920년대에 오랫동안 닭을 정밀하게 관찰한 노르웨이 생물학자 '톨레이프 슈엘데루프 에베'가 만든 말이라고 한다. 닭을 풀어놓으면 제일 높은 자리를 차지하는 닭에서부터 낮은 바닥에 이르는 닭까지 일정한 서열이 정해진다는 사실을 발견하고, 그는 그것을 '페킹 오더'라고 명명했다.

처음 탱고를 배울 때 사람들이 말했다. 탱고를 배우는 것이 노후를 위한 가장 현명한 투자라고. 누구와도 어울려 즐겁게 춤출 수 있고 늙어서도 즐길 수 있으니까. 하지만 제대로 탱고를 시작하면서 바로 알았다. 탱고에서

● 우리말로는 '우열순서'라고 한다.

도 엄연한 '페킹 오더'가 존재한다는 것을. 그리고 그 서열 차이가 나는 이유는 미모나 나이가 될 수도 있지만, 편안하고 재미있게 리드하고 팔로잉하는 실력이라는 것도 알게 되었다. 미모나 나이, 타고난 감각은 어쩔 수 없지만 뭔가 길은 있는 것이다. 무슨 일이든 단숨에 올라갈 수 있는 날개는 없다. 탱고는 다른 춤과는 달리 동작이 정교하고 전문적이라 시간과 돈을 들여 계속 연마하며 클리닉을 받지 않으면 안 된다고 한다. 강습이나 쁘락에서 땀을 흘리고 기회가 되면 밀롱가에서 즐기면서 자신을 증명해 보이면 되는 것이다. 그런데 그 증명의 날이 바로 성비가 불균형한 날이다.

우리나라의 탱고 인구는 성비가 거의 반반으로 남자가 귀한 다른 나라 사람들의 부러움을 산다고 한다. 하지만 오미크론이 극성을 부릴 때는 밀롱가가 로로랜드인 경우가 많았다. 그리고 밀롱가가 시작될 때 가면 거의 로로랜드다. 왜냐하면 여자들은 약간이라도 단장을 하고 오느라, 그렇게 빨리 오지 않아서 그렇다고 한다. 이런 시간에는 실력 있는 로에게 자신을 알릴 수 있으니 밀롱가라는 밀림을 정복할 수 있는 절호의 찬스가 되는 소중한 순간이다.

5장

나의 취향,
타인의 취향

밀롱가
'마라부(Marabu)'에서 본
유명 댄서의 공연.
부에노스아이레스에서는
거의 모든 밀롱가가
중간에 공연이 있었다

The answer is dreams, Dreaming on and on. Entering the world of dreaming and never coming out.

정답은 꿈이다. 꿈을 계속 꾸어라. 꿈의 세계에 들어가서 인생이 끝날 때까지 절대 나오지 말아라.

— 무라카미 하루키

직업은 알아서 뭐 하게요

— 질문은 사양합니다

"나 자신에 대하여 말을 한다거나 내가 이러이러한 사람이라는 것을 보인다거나 하는 것은, 내가 지닌 것 중에서 그 무엇인가 가장 귀중한 것을 겉으로 드러내는 일이라는 생각을 늘 해왔다."

부모님 곁을 떠나올 때도 인용한, '장 그르니에'의 『섬』의 몇 구절이다. 그 시절 나는 자신에 대해 솔직하게 말할 바에야 차라리 고독한 삶을 선택하겠다는 낭만적인 결심을 했다. 그러나 타지에서 바쁘고 말 없는 남편과 살다 보니, 선택할 필요도 없이 무한정 주어지는 고립으로 인한 고독이 병이 되어 나를 좀먹었다. 지금의 나는 묻지도 않은 내 이야기를 마구 떠벌리기도 하는 그렇고 그런 사람 중의 하나일 뿐이지만, 아직도 비밀에 대한 취향은 내 삶을 지배하고 있다. 어떻게 보면 이런 취향이 꼭 책의 영향만이라고 할 수도 없다. 글이 내용이 좋아서라기보다, 우연히 생각이 같아서 그 구절을 특히 좋아했을 수도 있기 때문이다. 그렇게 살아야만 안전하다는 무의식 때문에.

아이가 아직 유치원도 다니지 않을 때 신도시인 일산으로 이사하면서 출퇴근이 정말 힘들었다. 다리라고는 하나밖에 없어 7시도 안 되어서 출발해도 출근 시간인 8시 30분에 지각하기 일쑤였다. 하지만 나쁜 점만 있는 것은 아니었다. 직장 주변에 살 때는 아파트 입구에 백화점이 있어, 생필품을 사러 갔다가도 알아보는 학생들 때문에 옷차림 등 여러 가지로 신경이 쓰였다. 그런데 먼 곳으로 이사하니 알아보는 사람들이 전혀 없어 너무나도 자유로웠다. 그래서 살사를 할 때는, 어차피 아는 사람도 없으니 직업을 숨겼다. 취미 동호회라서인지 물어오는 사람도 드물었지만, 간혹 물어보더라도 "놀아요." 하고 한 번만 말하면 더 이상 묻지 않았다. 딱 한 번 들통이 날 뻔한 적이 있긴 했다. 살사 파티에 웬일로 직장이 있는 지역에서 사람들이 몰려왔는데 같은 학교에서 근무했던 여교사와 딱 마주친 것이다. 깜짝 놀라 남들이 눈치채지 못하게 얼른 계단으로 끌고 가서 안절부절못하며 말했다. 내가 교사라는 사실을 여기서는 전혀 모르니 혹시라도 말하지 말아 달라고. 눈이 똥그래진 그녀는 다시는 나타나지 않았음은 물론이다.

춤판에는 은근히 교사가 많다. 살아계시면 여든이 넘었을 친정아버지도 살아생전에 무슨 이야기 끝인지는 몰라도 이렇게 말씀하신 적이 있다. 아마 엄마가 들으라고 자랑스럽게 하신 말씀이었을 수도 있는데, 그 당시에도 이미 춤을 배우던 교사들이 많았던 모양이다.

"나는 테니스가 취미지만, 나 빼놓고는 죄다 춤 배워."

내가 직업을 숨기는 또 다른 이유는 무엇일까. 마음이 약한 증거에 지나지 않는다고 할 수도 있지만, 생각해보면 고정관념이 두려워서였다. 왜냐하면 사람들은 직업을 곧 그 사람의 정체성으로 여기는데 대부분의 사람들은 교사에 대해 그렇게 좋은 감정을 품는 건 아니다. 학창 시절 누구나 한 번쯤은 교사에게 원한 비슷한 감정 같은 걸 품어본 적이 있고, 나도 예외는 아니었다.

학부모의 민원이 잦은 요즘과 달리 옛날에는 이상한 교사들이 더 많았다. 중학교 3학년 때만 기억해 봐도 그렇다. 지금도 꾸물대다가 지각을 잘하는 편인 내가 학창 시절이라고 달랐을 리가 없다. 교문이 보이기 시작하면 지각한 학생들이 잠도 덜 깬 부스스한 얼굴로 엉거주춤 서 있는 모습이점차 다가온다. 그러나 나는 늘 교문을 그냥 통과해 교실로 갔다. 학생부장선생님께서 그냥 들어가라고 했기 때문이다. 학생들의 시선에 머쓱하면 그분은 꼭 한마디 하셨다. "얘는 공부하다가 지각한 거야. 너희들과는 달라."명백한 차별이 아닐 수 없다.

미술 선생님도 잊을 수가 없다. 네모난 얼굴에 까만 뿔테 안경을 끼신 무표정한 남자 선생님이셨는데 시험이 끝난 어느 날 나를 교무실로 부르셨다.그러고는 여러 선생님이 계신 곳에서 큰소리로 갑자기 야단을 쳤다. "시험 점수가 잘못 나오면 말을 해야지. 틀린 걸 맞게 채점해서 점수가 올라갔는데도 왜 가만히 있어." 어이가 없었다. 공부는 잘했지만, 시험이 끝나고 나면나는 점수에는 큰 관심이 없었다. 어차피 성적이 잘 나오나 마나 주변에서그다지 기뻐해주는 사람도 없으니 더 그랬던 것 같다. 채점은 본인이 잘못해놓고, 마치 내가 점수를 속이려고 하는 부도덕한 아이인 양 교무실에서 망신을 준 건데, 말을 안 했지만 아직도 그 선생님을 증오와 경멸에 찬 눈초리로 바라보던 그 시절의 내가 떠오른다.

수학 선생님은 더 이상했다. 칠판에 설명하시며 한가득 필기를 해놓고 우리가 그걸 노트에 옮겨 적을 때 교실을 순회하셨다. 아니, 순회가 아니라 항상 세 번째 줄에 있는 내 자리로 왔다. 옛날이라 책상도 작았을 텐데 필기하는 내내, 키가 자그마하고 눈이 크셨던 중년의 남자 수학 선생님은 내 책상의 절반 이상에 엉덩이를 걸치고 앉아있었다. 그러니 선생님의 엉덩이에 닿을까 봐 어깨와 팔을 오그리고 필기해야 했다. 도형 단원에서는 자를 대고 그리기까지 해야 해서 시간이 오래 걸렸는데 너무 힘들어서인지 아직도 그때 그 선생님 성함도 잊히지 않는다. 늘 그러고 앉아있으니 엉덩이 크기까지 떠오르는데 명백한 성희롱이 아닐 수 없다.

고등학교 3학년 시절의 남자 담임선생님은 최악이었다. 장교 출신인지는 몰라도 한 명만 잘못해도 모두 의자에 올라가 책상에 머리를 박는 일명 원산폭격이라는 체벌을 시켰다. 심지어는 교복 치마를 입고 그대로 올라가 벌을 서기도 했다. 나름의 가치관이 있어서 하신 행동일 수도 있지만 이런 불합리함을 참을 수가 없어 어느 날 무슨 용기가 나서인지, 체벌 도중 선생님께서 교실을 비운 틈을 이용해 가방을 싸서 집으로 와버렸다. 다시는 학교를 안 가겠다는 나의 강경한 행동에 담임선생님께서 사과하고서야 비로소 나는 다시 학교로 돌아갔다.

이렇게 누구나 교사와 사연 많은 시기를 거쳐왔기에, 안정된 수입과 긴 방학, 연금 등의 이유로 자신들의 자녀들은 교사라는 직업을 갖기를 원하지만 정작 주변의 교사들은 좋아하지 않는다. 뭔가 잘난 척하며 가르침을 주려고 할 것 같고, 겉 다르고 속 다르며, 옳고 그름에 대해 시시비비를 따질 것 같은 굳어진 이미지가 분명히 있다고 생각되어 교사인 걸 일부러 밝히고 싶지 않았다.

또 다른 이유는 춤을 추기 전 교사라는 걸 숨겨서 큰 이익을 본 적이 있었기 때문이다. 너무 우울한 나머지 어린 자녀를 내팽개치고 2주 정도 유럽 패키지여행을 처음으로 혼자 다녀왔을 때다. 혼자 온 또 다른 교사분이 있었지만, 그분에게까지 내 직업을 숨겼다. 특별한 이유는 없었다. 그런데 너무 자유로운 것이었다. 패키지여행이라는 게 잘 모르는 사람들끼리 함께하는 여행이지만 10일 이상 지내다 보면 점점 가까워져 사생활도 허물없이 털어놓는 경우가 많았다. 중학생인 딸과 함께 온, 당시 KBS 인기 프로그램이었던 〈쇼, 진품명품〉의 여자 PD님은 걸핏하면 집에서 손 하나 까딱 안 하는 남편 흉을 보았는데 그분이 내린 결론은 늘 하나였다. "욕을 얻어먹어도 몸이 편하니까 그러는 거지."

여행 내내 나랑 한방을 쓴 미혼인 어린 여교사는 교사라는 게 알려져, 틈틈이 자녀 학습지도와 생활 상담을 받느라 여념이 없었다. 전공이 영어라는 입소문까지 나면서 여행 막바지에는 귀국해서 2학기 학교생활을 새롭게 시작하는 자녀를 위한 상담자들에게 늘 둘러싸여 있었다. 로마의 콜로세움을 관람하고 모두 풀밭에 앉아 쉬고 있을 때도 그녀는 선 채로, 아들을 데려온 한 아빠랑 영어 학습에 대해 상담하고 있었다. 하지만 나는 아니었다. 혼자 여행을 온 영혼이 자유로운 아줌마라고 생각해서인지, 여행 정보를 알려주기도 하고 가벼운 담소도 즐겁게 나눴다. 그리고 자유로웠다. 비록 패키지여행이지만 교사라는 걸 숨긴 덕택에 가정과 직장에서의 모든 의무를 벗어던지고 편히 쉴 수 있었다.

마지막 이유는 직업을 솔직히 말하지 않는다고 해서 누구에게 피해를 주는 건 아니기 때문이다. 동호회에서 취미 활동을 하면서 사람을 만나면 좋은 점이 있다. 스스로 털어놓지 않는 한 개인의 사생활을 깊이 물어보지 않는다는 점이다. 간혹 꼬치꼬치 물어보는 사람들도 있었다. 그런 사람들은 배려심이 전혀 없는 무례한 사람들이었고, 그들의 춤도 좋지 않았다. 뒤풀이할 때도 심각한 이야기를 화제로 꺼내는 법이 없다. 혹 그런 이야기를 누군가가 해도 격하게 공감해주고 분노해주기 때문에 다들 기분이 좋아져서 돌아가곤 한다.

태어나면서부터 속해있던, 모든 신상이 탈탈 털리던 세계와는 다른 이런 춤판의 분위기가 너무나 마음에 든 나머지, 나는 대책 없이 낙천적이고 생각이 없어 보이는 사람이 되고 싶었고 점점 그렇게 변해갔다. 그러던 어느 날이었다. 내가 속해있던 탱고 모임에서 약간의 갈등이 있었다. 카페에서 커피를 마시며 그 문제에 관해 이야기를 나누던 중 나도 의견을 말했다. 그랬더니 그 분위기를 주도하고 있던, 기가 셌던 여자분이 한마디 했다.

"아무 생각 없는 줄 알았더니 판단은 할 줄 아네."

기분 나쁠 수도 있는 그 말을 듣고 오히려 기뻤다. '잘 살고 있구나. 나는.' 하고 속으로 파이팅을 외쳤다.

3대가 함께 살며 비교적 넉넉했던 어린 시절, 우리 집은 집안 행사도 많았고 친척의 방문도 잦았다. 그때마다 숙모님들은 시댁 조카지만, 내가 공부를 잘하고 책도 좋아하는 것을 칭찬하고 애정이 담뿍 담긴 눈길을 주었다. 하지만 숙모님들과는 달리 가까이 살고 있었던 아버지의 사촌 형제들의 부인들(오촌 숙모님들)은 그렇지 않았다. 수줍음이 많아 목소리가 모기만 하게 기어들어 가긴 했지만, 인사를 분명히 하는데도 인사를 잘 안 한다고 엄마에게 일러바쳐 자주 혼이 났고, 공부가 좀 떨어지는 둘째 언나나 바로 아래 동생은 마구 칭찬하면서도 실수로라도 나에게는 칭찬 한번 없었다. '정말로 사촌이 땅을 사면 배가 아픈 격'이었다. 엄마가 안 계시면 싸늘한 눈초리를 던지던 분도 계셨다. 어린 나이에도 나는 알았다. 내가 잘하는 것이 있어서 오히려 부당한 대접을 받는다는 것을. 그러니 아무에게도 경쟁 상대가 안 되는 것이 행복해지는 길이라는 것을. 그런데 춤의 세계에는 그것이 가능했다. 교사라는 것을 숨기는 나의 행위도 깊게 들어가 보면 어린 시절의 피해의식이 원인이 된, 일종의 보호색이라고도 할 수 있다. 그리고 지금에야 이해할 수 있다. 엄마가 한 번도 내 편을 들어주거나 칭찬해주지 않았던 것은 그런 친족사회에서 더불어 평화롭게 살아가기 위한 엄마 나름대로의 처신이었다는 것을.

최근에 탱고 강습에서, 또 한 번 과거의 동료를 만났다. 살사에 이어 두 번째인데, 이번에도 너무 놀랐다. 안 본 지도 오래되었기 때문에 처음에는 외면하기로 마음먹었다. 그러나 마음도 불편하고 안심이 안 되어 역시 계단으로 조용히 데려갔다. 저간의 사정을 말하자 그녀는 오히려 나에게 말했다.

"저도 주변 사람들에게 완전히 비밀로 하고 있어요."

우리는 같은 비밀을 간직한 동지인 것이다.

멋짐과 새로움

일반적으로 남자들은 시각에 약하고 여자들은 촉각에 약해서, 그렇게 어필해오면 이성에게 잘 넘어간다는데 나는 여자임에도 시각적인 것에 무척 예민하다. 그래서인지 멋을 낸 남자들을 보면 무한히 감동하고, 같은 여자들도 멋을 낸 사람이 좋다. 화장도 하지 않고 대충 입고 모임에 나타난 사람들을 보면 무례함마저 느낀다. '나는 나를 숨기지 않았어. 그러니 너도 그래 주길 바라.' 하는 무언의 압박감마저 느껴진다.

북유럽 어느 해변에서의 일이다. 시장에서 우엉을 사 장바구니에 넣고 있는데, 왁자지껄한 소리가 들렸다. 일주일에 한 번 열리는 프리마켓이 부근에서 열리고 있었다. 프리마켓의 흰 원피스가 마음에 들었지만 다른 옷도 구경하며 망설이던 중 갑자기 요란한 벨 소리가 울렸다. 무슨 일인가 하고 밖으로 나와 보니, 그곳이 곧 문을 닫는다는 것을 알리는 소리여서 얼른 옷을 산 다음 해변을 조금 걸었다. 길옆 선착장에는 보트뿐 아니라 사람들도 많았다.

그때 누군가가 내게 말을 걸어왔다. 얼굴은 같은 동양인이었으나 한국인이 아닐 수도 있어 영어로 대답했다. 반찬거리를 장만하러 나왔다가 여기까지 오게 되었다고. 알고 보니 그도 한국인이었다. 그는 나를 주변의 카페로 데려가서 아기처럼 포근히 안아주었고, 많은 이야기를 나눴다. 나는 그가 좋았고 수줍게 미소 띤 표정에서 그도 나를 정말 좋아하고 있다는 게 느껴졌다. 그런데 가까이서 보니 얼굴 모습과 표정이 이전에 밀롱가에서 만났던 어떤 분과 비슷했다. 항상 양복을 단정하게 차려입고 멋진 턱수염이 있던 분이다.

그런데 그 순간 갑자기 다리에 심한 쥐가 나서 잠에서 깨고 말았다. 꿈이었던 것이다. '아! 안 돼.' 하고 탄식을 내뿜으며 다시 잠들어 멋진 꿈을 계속 꾸고 싶었으나 현실은 알람까지 잇달아 울려 일어날 수밖에 없었다.

달콤한 꿈속에서와는 달리 현실에서는 결혼을 비롯한 여러 제약으로 남편이 아닌 다른 남자를 만나기가 힘들지만, 탱고는 그렇지 않다. 비록 10분 동안의 짧은 시간이기는 하나 다양한 매력을 가진 이성을 만날 수 있다. 같은 춤이라도 파트너와 한 곡만 추는 살사나 키좀바에 비해 네 곡을 같은 파트너와 추니 상대를 더 잘 알 수 있고 깊은 인상을 심어줄 수 있다.

춤의 세계에서는 춤 잘 추는 게 최고라는 말을 들은 적이 있다. 물론 춤 실력이 뛰어나다면 상대를 배려해주는 마음의 여유도 가질 수 있어 매력적인 이성이 될 수 있다. 하지만 탱고를 잘 추지는 못하더라도 왠지 끌리는 사람이 있다. 내게 그런 느낌을 주는 매력적인 땅게로는 항상 멋지게 자신을 꾸밀 줄 아는 분들이었다. 그런 멋진 분이랑 탱고를 추고 있으면 나 자신이 마치 공주나 왕비가 된 것 같은 느낌이 들었다. 물론 나랑만 춤추는 건 아니지만 춤추는 순간만큼은 나를 위해 멋지게 꾸미고 온 것 같아 마음이 설레고 즐겁다. 숙소와도 가까웠던 부에노스아이레스의 밀롱가 파리아에서 멋진 분이랑 까베가 된 적이 있다. 멕시코에서 왔다는 그는 단정한 슈트에 헤어스타일, 콧수염, 구두까지 빈틈없이 멋을 내었고 아브라소와 리드도 최고였다. 이런 분이라면 아직 리드가 서툴러 발목에서 통증이 느껴져도 참을 수 있다. 사랑하는 왕자의 곁에 있기 위해 마녀의 도움으로 두 다리를 가지게 된 인어 공주가, 걸을 때마다 극심한 통증을 느꼈지만 참아낸 것처럼.

그 꿈을 꾸고 난 며칠 후, 여느 날처럼 차를 운전해서 오뜨라 밀롱가에 거의 도착했을 즈음 얼굴이 익숙한 로가 지나갔다. 밀롱가가 4시간 동안 열리니 그때는 한 시간 정도 지났을 무렵이었다. 내가 가는 밀롱가에 자주 오지만 까베가 거의 안 되는, 나이가 지긋하신 분이다. 그런데 이분은 옷차림이 한결같다. 처음 본 이래로 쥐색 상하의 이외의 옷을 입은 걸 본 적이 없다. 그분이랑 춤춰 본 적이 있는 리아의 말에 의하면 그렇게 못 추는 건 아니라고, 출 만하다고 했다. 처음 화정에 출입할 때 그분이 몇 번이나 내 앞으로 와 춤을 추자고 한 적이 있었다. 친한 사이가 아닌데도 앞에까지 와서 몇 번이나 말로 까베를 했으나 "이번엔 쉬려고 해요." 하고 거절했다. 그때 외적인 것이 어느 정도라도 마음에 들었으면 말 까베에 응했을 수도 있었다. 왜냐하면 나도 초보에서 막 벗어난 지 얼마 안 되었던 시절이었으니까.

그때는 거절하면서도 마음이 꺼림칙했다. 나도 나이가 들어가는 처지에 나이가 들었다고 무시하는 건 아닌가 해서였다. 초급 라가 많은 밀롱가에서는 그분도 춤을 추기는 하지만 보통은 몇 시간 동안 앉아만 있다가 돌아가시는데 요즘은 안타까운 마음도 사라졌다. 어쩌면 사시사철 매번 똑같은 옷을 입고 밀롱가라는, 탱고를 추는 파티가 열리는 장소에 올 수 있는지 그게 오히려 신기할 뿐이다. 그날도 그분은 하염없이 앉아있다가 한 시간 만에 자리를 뜬 것 같았다. 그분이나 나나 탱고가 아니면 젊은 친구들 일색인 홍대 뒷골목에 올 일은 없을 테니까.

여자도 외적인 것이 중요한 건 마찬가지인 것 같다. 타고난 외모는 어쩔 수 없지만 나머지는 멋지게 보이도록 노력해야 하지 않을까. 오직 탱고만 추고 열정이 대단한 라가 있었다. 처음 볼 때부터 그다지 세련된 외모는 아니었지만 정말 열심히 노력한 결과 춤도 예쁘게 춘다. 그리고 이야기를 나눠보면 자신의 춤에 대한 자부심과 자존감도 대단했다.

하지만 밀롱가에서는 아니었다. 밀롱가에서 보면 그녀는 늘 안경을 쓰고 까베를 했다. 눈에 문제가 있어 렌즈를 못 할 수도 있지만 까만 뿔테 안경 때문인지 몹시도 깐깐해 보였다. 그리고 더 문제는 의상이었다. 초록색 치마와 노란 상의를 교복처럼 매번 입고 왔다. 에어컨을 세게 틀어 실내가 냉랭해서인지 항상 담요를 두 장 가져다가 상의에 한 장 감고 다리에 한 장을 덮었다. 까베가 되면 그때야 담요를 벗어 의자에 두고 춤추러 나가는데 불행하게도 그녀가 담요를 벗을 일은 그리 많지 않았다. 나는 4시간이나 이어지는 밀롱가가 지루해서 까베가 될 만한 사람들과 거의 춤을 췄으면 막딴까지 있지 않고 일찍 나오는 편인데, 그녀는 내가 나올 때도 하염없이 까베를 기다리며 앉아있었다. 보통은 따뜻한 카디건이나 예쁜 숄을 어깨에 두르는데 담요도 그녀의 선택이니 어쩔 수 없는 일이다.

이렇게 보면 멋진 매력은 새로움과 관련이 있는 것 같다. 양복 포켓의 코사지를 바꾼다든가 하는, 평소와는 조금만 다른 모습으로 변신해도 신선하고 서프라이즈한 느낌을 받는다. 물론 다른 생각이 있는 사람도 있을 수 있다. 내가 아는 어떤 여자분은 바로 앞에 앉은 긴 생머리의 직장 동료가 짧게

커트하고 파마하고 와도, 본인이 말해줄 때까지 전혀 눈치 채지 못한다고 했다. 책상 위에 정돈된 물건이 흐트러진 건 잘 아는데. 늘 회색 옷만 입으시는 분도 이런 부류의 사람일 수 있다. 남들의 변화도 눈치를 잘 못 채는 사람 말이다. 그러니 사계절 내내 똑같은 옷을 입을 수 있고 밀롱가에 올 수 있는 것이다.

춤을 추는 순간만큼은 누구나 자신이 되고 싶은 게 될 수 있다. 그러니 현실에서 살짝 벗어난 변화도 필요하지 않을까. 어쩌면 탱고를 춘다는 것은 꿈속의 멋진 남자처럼 황홀하게 안아줄, 이것을 꼬라손이라고 하던가, 그 누군가를 찾기 위한 과정으로 오디세우스의 방랑과도 같다. 그 아름답던 순간도 10분이면 끝나고, 또 다른 새로운 곳으로 떠나가야 하니까. 하지만 그 순간들이 하늘의 별처럼 내 인생에 점점이 찍힌다면 삶은 충분히 아름답다. 어쩌면 새롭고 멋진 사람을 만나 인생에 또 하나의 반짝이는 별을 찍기 위해, 오늘도 밀롱가로 발걸음을 향하고 있는지도 모른다.

크루즈 여행 참혹사

— 나의 빨간 구두는 어디에

안데르센의 동화 『빨간 구두』의 주인공 카렌이란 소녀는 빨간 구두를 너무 좋아해 어른들의 말을 듣지 않고 그 구두를 신고 교회까지 갔다가 영원히 춤을 추어야 하는 마법에 걸려 결국 양쪽 발목을 모두 잘라야 하는 벌을 받았다. 하지만 탱고만 잘 출 수 있다면 발의 고통쯤은 참을 수 있기에 나의 빨간 구두는 어디에 있는지 아직도 찾는 중이다.

나는 외모에 대한 집착 때문에 보통 사람들은 도저히 상상할 수 없는, 엄청나게 위험한 일을 겪은 적이 있다. 얼마나 엄청난지 그때 생긴 트라우마가 5년도 더 지난 지금도 남아있을 정도다.

스웨덴에서 탱고 밀롱가를 찾아간 것과 고틀란드섬을 여행한 이야기는 앞에서도 잠깐 언급했었다. 2016년 여름 나는 이미 다녀온 핀란드를 다시 한번 여행한 후 실야라인이라는, 헬싱키에서 출발하는 페리를 타고 스웨덴 스톡홀름으로 가기로 마음먹었다. 왜냐하면 크루즈 타보기도 나의 버킷리스트 중 하나였기 때문이었다. 실야라인은 한 번도 타본 적이 없는 거대한 배로 숙소도 아파트처럼 여러 층으로 되어있고 가운데 중정에는 쇼핑 공간과 댄스홀까지 있다고 했다. 저녁에 타면 아침에 도착하기 때문에 바다 전망인 룸을 예약하고 난생처음 타는 크루즈에 대한 기대감에 가슴이 부풀었다.

남들의 옷차림이나 외모에 관심이 큰 만큼, 나는 거울 속에 비친 내 모습을 늘 꼼꼼히 살피는 편이다. 여행을 앞두고 운동화를 사 보기도 하지만 운동화를 신고 현관 거울 앞에 서면, 작달막하고 왜소한 모습이 싫었다. 그래서 2017년 노르웨이에 트래킹하러 가기 전까지는 운동화를 신거나 가지고 여행을 떠난 적이 단 한 번도 없었다. 대신 운동화만은 못하지만 못지않게 편안한 신발이 있었으니, 7㎝ 통굽 크록스 샌들이 바로 그것이다. 더구나 직장에서 몇 년째 그 신발을 슬리퍼 대용으로 신고 있었으니 내 몸처럼 편안했다. 그 신발을 애용했던 또 다른 이유는 비록 고무 통굽이긴 하나 거울 앞에 서면 운동화와 비교가 안 되게 종아리가 날씬해 보였고 당연히 키도 커 보여 어떤 옷이라도 패셔너블하게 해주었기 때문이다.

핀란드에 머무르는 며칠 동안 〈카모메 식당〉이라는 내가 좋아하는 영화의 배경이 되는, 룩시오 국립공원에 다녀왔다. 물어물어 기차를 타고 버스로 갈아탄 후에도 편도 2㎞나 되는 흙길을 걸어 힘들게 다녀왔지만, 기분이 무척 좋았다. 왜냐하면 2년에 걸쳐 그 영화에 나오는 장소는 빠짐없이 다녀왔기 때문이다. 그리고 매 순간 7㎝ 크록스 신발과 함께했다. 그 신발을 신고 국립공원의 가파른 언덕도 올라가고 산 중턱의 호수도 걸었다. 올록볼록하게 요철이 심한 자갈을 깐 골목길도 그 신발을 신고 걸어 다녔으니 높은 통굽이라고 해서 가지 못할 곳은 없었다.

핀란드는 도자기로도 유명하다. 헬싱키 여행의 시작이자 끝인 에텔레 항구 옆 카우파토리Kauppatori 시장으로 가다 보면 커다란 이탈라 그릇 매장이 있다. 1년 만에 다시 온 헬싱키지만 많은 것이 달라져 있었는데, 도심에서 항구 쪽으로 크고 넓게 뻗은 에스플라나디 거리Esplanadikatu 주변에 있던 유명한 가게들이 높은 임대료 때문인지는 몰라도 많이 사라졌다. 알락달락한 천으로 유명한 마리메꼬, 세계적으로 유명한 핀란드의 디자이너 알바 알토가 디자인한 가구를 볼 수 있는 아르텍ARTEK 매장도 사라지고 없었다. 그 가구점은 경사진 도로 반지하에 있어 특이하고, 고가이긴 하나 군침을 흘릴 만큼 멋진 디자인의 가구가 그득해서 구경하는 재미가 있었는데 아쉬웠다. 그런데 이탈라도 다른 곳으로 이전할 모양인지 지나가는 길에 보니 창문 가득 광고 문구가 붙어있었다. 가게를 이전하게 되어 무려 50%나 세일을 한다는 것이다. 다음 날 일요일, 그릇을 사러 갔으나 가게 문은 굳게 닫혀있었다. 헬싱키에서 유일한 스타벅스 매장까지, 같은 건물에 있는 아카데미아 서점과 함께 일요일에는 영업하지 않으니 어찌 보면 당연한 일이었다.

다음 날 월요일은 실야라인을 타고 스웨덴으로 가야 하는 날이다. 호텔 체크아웃하기 전 얼른 이탈라 매장에 다시 갔다. 그곳에는 중국말을 하는 사람들로 인산인해였는데 정보를 미리 알고 작정하고 온 듯 1인당 어마어마한 물량을 사들였다. 계산하는 곳은 평소처럼 두 곳인데 줄이 줄어들지 않아 조바심하다가 그릇 세트를 겨우 사서 뛰다시피 돌아와 겨우 체크아웃 시간에 맞출 수 있었다. 그러느라 다시 짐을 정리할 시간이 없었다. 그래서 좀 무겁긴 하지만 비닐봉투에 담아 그냥 캐리어에 매달았다. 그릇 세트가 든 상자가 부피가 크긴 했지만, 선물하려고 샀기 때문에 그릇만 따로 빼낼 수도 없는 노릇이었다.

드디어 오후가 되어 호텔에 맡긴 캐리어를 찾아 실야라인 크루즈를 타러 갔다. 예약확인서를 티켓으로 바꾼 후 입장할 때 주변에 한국인 패키지 관광객이 단체로 서 있는 것도 보였다. 짐이 무겁긴 했지만 모든 곳이 길고 긴 에스컬레이터로 연결되어 있어 문제가 되지는 않았다. 에스컬레이터를 한 번 타고 올라간 후 다른 에스컬레이터로 바꿔 탈 때, 캐리어를 뒤로 잡았다. 그런데 어느 순간 캐리어가 균형을 잃고 쓰러졌고, 그 무게에 딸려 가 나도 그대로 뒤로 넘어졌다. 등 뒤로 에스컬레이터가 슥슥 소리를 내며 지나갔다. 이런 사고가 가끔 있는지 다행히 에스컬레이터가 멈추었고, 정장을 입은 어떤 남자가 괜찮냐고 말하며 손을 내밀어 일으켜주었다. 잘생긴 스웨덴 남자였다. 그분은 아래로 내려가 굴러 떨어진 내 모자도 주워주고 멈춰버린 에스컬레이터를 걸어 무거운 캐리어를 위에까지 들어주었다. 또다시 그는 괜찮냐고 물어왔고 나는 미소 지으며 아무 일 없다는 "I am ok." 하고 캐리어를 끌고 씩씩하게 걸어갔다. 그리고 그런 나를 보고 안심한 듯 그분도 자리를 떠나셨다.

이 일을 겪으며 나는 내가 어떤 사람인지를 명확하게 알 수 있게 되었다. 목숨이 위태로울 수 있는 상황에서도 그분이 주워준 모자를 얼른 받아쓰고 가장 먼저 한 일은, 아까 본 한국인 관광객들이 주변에 있나 살펴본 것이다. 다행히 없었다. 나는 그렇게나 주변을 의식하고 남의 시선을 의식하는 사람이었다. 배 안에 있는 숙소에 도착해서도 가장 먼저 한 일은 재킷을 갈아입는 것이었다. 왜냐하면 등에 반짝거리는 무늬가 가득한 청재킷을 입고 있으면 넘어진 사실을 알아볼 사람이 있을지도 모르기 때문이었다.

배에 상주하는 간호사에게 갔더니 간호사는 소독을 하고 약을 바른 후 거울로 뒷모습을 보여줬다. 등에 국수처럼 여러 가닥 붉게 긁힌 자국이 선명하고, 엉덩이 절반과 허벅지에 커다란 피멍이 들어있었다. 팔꿈치로 짚었으니 그곳에도 피멍이 든 건 당연하다. 간호사는 보호자가 없냐고 동정하는 시선으로 물었지만, 나는 아픈 건 두 번째고 김이 샜다. 스웨덴에서 폼나게 다니려던 꿈이 물거품이 되었기 때문이었다. 하지만 다행히도 스웨덴에 도착하고부터는 계속 날씨가 20도 이하로 추워서 긴팔에 기모스타킹까지 신고 다녀 전혀 문제가 없었다. 다행히 얼굴이나 손 등 보이는 곳에는 상처가 없었기 때문이다.

그때는 경황이 없었지만, 여행에서 돌아와 여행기를 쓰면서 사고 원인을 생각해보았다. 큰 사이즈의 트렁크를 처음으로 가져간 것도 사고의 원인이었다. 크기가 크니 이것저것 넣어갔고 쇼핑도 마음 놓고 했기 때문이다. 그래서 헬싱키에서 출발할 즈음에는 거의 차 버렸다. 그러느라 그릇 세트가 든 비닐봉지를 캐리어 바깥에 묶어두었기 때문에 캐리어가 기울어질 때 도자기 무게까지 더해져 통제 불가능한 상태가 되어 함께 뒤로 넘어진 것이다.

그러나 가장 중요한 이유는 신발이었다. 굽이 7㎝인 통굽 크록스 샌들 대신 운동화를 신었더라면 그렇게 쉽게 넘어지지는 않았을 것이다. 힐과는 또 다른 것이, 앞에서 뒤까지 다 높아 경사진 곳에서 이전에도 넘어진 적이 있었다. 그 신발을 신고 경복궁 후문 쪽 건널목에 몰려있는 전경들을 피해 화단을 가로질러 가다가 넘어져, 무릎에 피가 나고 전경들이 몰려와 가방에서 쏟아진 물건들을 주워준 망신스러운 사건이 실제로 있었다. 위험한 줄 알면서도 더 예뻐 보이니까 늘 그 신발을 신고 여행까지 다니다가 드디어 사달이 난 것이다. 다행히 머리를 옆쪽으로 묶은 뒤 모자를 쓰고, 긴팔 재킷과 두꺼운 팬티스타킹까지 신었으니 망정이지 그게 아니었다면 에스컬레이터 사이에 끼어 머리털이 다 빠질 수도 있었던 위험한 상황이었다.

크루즈에서 뒤로 넘어지면서 졸지에 '멋진 스웨덴 남자 보며 즐기기'라는

헬싱키에서 스톡홀름으로 가는 실야라인(Silla Line) 크루즈 객실. 창밖으로 흑해가 보인다

하나의 버킷리스트는 달성되었다. 하지만 그다음 여행부터는 트라우마가 생겼다. 당연히 운동화를 신고 여행했지만 커다란 캐리어와 함께 에스컬레이터를 타기가 힘들어진 것이다. 스웨덴을 다녀온 다음 해 2017년도였다. 나는 여름에 또다시 혼자서 여행했다. 도심에서 기차를 타고 공항에 내리니 비행시간이 임박해 빨리 가야 할 상황이었다. 그런데 에스컬레이터를 탈 수가 없었다. 식은땀이 나며 얼굴이 창백해지고 온몸이 덜덜 떨렸다. 기차에서 내렸던 사람들이 다 올라가고 혼자 남았다. 마음이 다급해진 나는 트렁크에 있는 짐을 꺼냈다. 그러고는 작은 가방이나 스카프를 꺼내 짐을 여러 개로 나눠 쌌다. 드디어 트렁크가 가벼워져 번쩍 들 수 있게 되자 작은 짐들을 에스컬레이터에 먼저 실어 보내고 나도 트렁크와 함께 올라탈 수 있었다. 다음 도착지에서도 그 증상은 마찬가지여서 그때 이후로 공항에서는 반드시 엘리

커다란 캐리어를 가득 채운 물건들

베이터를 이용해야만 한다.

내가 좋아하는 J 쌤은 마당발에 본업이 천사다. 아르헨티나 현지로 탱고 유학을 몇 차례나 다녀와서인지 몰라도 그곳에 아는 사람이 많은 듯하다. 부에노스아이레스 한인 교포 중에는 탱고를 배우러 왔다가 눌러앉은 분도 계시다는데 그런 분들을 통해 꼬밀뽀 Comme il Faut라는 유명한 탱고 신발을 살 수 있도록 연결도 해주신다. 기존에 신었던 신발과는 비교가 안 되게 발바닥이 편해 나는 이 신발의 마니아가 되어버렸다.

탱고를 처음 배울 때 산 구두는 흑장미 색깔이었다. 가늘고 긴 굽이 9㎝라서인지 경상도 말로 꼰들꼰들했다. 평범한 탱고용 신발이었는데도 서 있기가 힘들었다. 살사화와는 2㎝ 차이인데도 느낌이 완전히 달랐다. 그 흑장

밋빛 구두를 몇 년이나 신었는데도 강습만 받아서인지 늘어나지도, 망가지지 않고 멀쩡했다. 하지만 서울로 옮겨와 강습에 쁘락까지 하니 발바닥이 끊어질 듯 아픈 것이었다. 그래도 구두 때문이라고는 생각하지 않고 연습량이 많아져서 그렇거니 하고만 생각했다.

어느 날 알마 님이 치수가 작아서 못 신는다며 신발을 가져왔다. 짙은 보라색 구두는 보기만 해도 탐이 났는데 신어 보니 신기하게도 내 발에 꼭 맞았다. 그래서 생전 처음 꼬밀뽀라는 아르헨티나 구두를 품 안에 넣을 수 있었다. 그런데 그 구두는 이전의 신발이랑 너무 달랐다. 신기하게도 발바닥이 전혀 아프지 않았다. 긴 시간 춤을 추면 발등 부분은 눌러서 약간 쓰렸지만, 발바닥에 통증이 없고 신발이 예쁘니 밀롱가에서 춤출 때도 자신감이 생겼다.

그 보라색 구두 이후 평소의 나답게 정말로 많은 꼬밀뽀 구두를 사들였다. 반찬값을 아껴 구두를 샀다고 해도 틀린 말은 아닐 것이다. 그동안 20켤레 이상의 구두를 사느라 돈은 많이 날렸지만 여러 가지 경험을 통해 탱고 신발에 대한 다양한 지식을 얻게 되었다. 구두가 크면 방법이 없으니 즉시 필요한 사람에게 넘겨야 한다. 한꺼번에 7켤레나 산 적도 있었는데, 디자인은 예뻤지만 커서 춤을 출 수가 없었다. 구두 수선점을 전전하며 깔창, 뒤꿈치 쪽 덧대기 등 별의별 노력을 다 해봤으나 결국 눈물을 머금고 저렴한 가격에 주변 사람들에게 모두 넘겼다. 치수가 약간 작은 것은 수선점에서 늘리는 게 가능해서, 작은 듯 발에 딱 맞게 신을 수 있으니 오히려 더 좋을 수도 있다. 잘 맞는 크기라 해도 신다 보면 금방 커져버리니까. 그리고 외국에서 배송되어 오는 신발은 신어보고 사는 게 아니어서 같은 치수라도 크기가 들쭉날쭉하니, 믿을 수 있는 국내 판매 브랜드가 있으면 신어보고 사는 게 더 좋을 수도 있다.

　이런 과정을 통해 살아남아, 밀롱가에 갈 때마다 신발장에서 나의 간택을 기다리는 최애 구두는 열 켤레 정도다. 금색 가루가 많이 떨어지지만 반짝거리는 금빛 구두, 이 구두는 복잡한 무늬의 탱고복에 어울린다. 금빛과 파랑, 자주색이 배색된 구두도 나의 최애 신발이다. 화사한 기분을 내고 싶을 때 신으면 좋은데 검정만 아니면 어떤 옷이라도 잘 어울린다. 하늘색과 핑크가 배색된 구두는 봄 처녀가 된 듯한 느낌을 준다. 핑크 계열이나 하늘색 탱고복과 맞춰 입으면 기분까지 어려진다. 남에게 넘길 뻔했던 작은 구두도 사랑스럽다. 검은색에 황금색 테두리와 반짝거리는 금빛 굽으로 된 이 구두는 화사하면서도 단정한 느낌을 줘 검은색이나 노란색 탱고복에 신으면 금상첨화다. 약간 작은 듯해서 오히려 몸을 잘 잡아줘 춤도 잘되니 이 신발을 사랑할 수밖에 없다.

겨울 스페인 여행과 스타킹

탱고 영상을 보면 라들의 화려한 드레스에 넋을 잃게 된다. 남자들은 대부분 검정 정장으로 별반 차이가 없어 보이지만 허벅지까지 파인, 여자 댄서들의 출렁이는 섹시한 드레스만 보면 탱고란 라가 주인공이고 남성은 그냥 여성을 아름답게 만들어주는 존재에 불과하다는 생각마저 든다. 그리고 서로 얼굴은 맞대고 추는 춤이다 보니 관객의 시선을 끄는 부분은 주로 등 부분이어서인지 등을 과감하게 드러낸 디자인이 대부분이다. 아무튼 탱고에서는 여성의 의상이 상당히 중요하다. 그래서 밀롱가에 가면 멋진 의상을 뽐내는 라들이 많다.

원래 옷 욕심이라면 나도 누구에게 지는 사람이 아니다. 여유가 생기면 항상 옷에 돈을 쏟아부었다. 그런데 옷에 관한 관심은 어린 시절에도 별반 다르지 않았다. 문구점에서 사거나 아니면 직접 만든 빳빳한 종이 인형에, 옷들을 그리고 잘라서, 참 많이도 입혀보았다. 그 옷들은 주로 서양식 드레스나 공주 옷이었는데 정기 구독했던 어린이 잡지 《어깨동무》에 실린 만화를 보면서 옷을 그리고 색칠하면서, 마치 내가 그 옷들을 입고 있는 듯 환상의 세계에 빠지기도 했다.

어린 시절 종이 인형에만 예쁜 옷을 입혀본 건 아니었다. 그때 어머니께서는 우리 자매들을 양장점에 데려가 옷을 맞춰주시곤 했다. 시부모님을 모시고 살며 딸이 많았던 어머니는 같은 마을에 사는 친족들에게 자존감을 세우기 위해서인지는 몰라도 딸들의 외모 관리에 신경을 썼는데 그 당시 시골에서는 드문 일이었다. 언니는 노란색 원피스, 나는 단풍 무늬 맞춤 원피스에 카바 양말을 신고 학교에 갔다. 머리도 길러서 양 갈래로 땋아주고, 앞머리를 가지런하게 잘라주면서 눈썹의 잔털도 밀어주셨다. 그래서인지 몰라도 지금까지 나는 눈썹을 한 번도 그려본 적이 없을 만큼 눈썹이 진한 편이다. 집으로는 가끔 보따리장수 아줌마가 방문해서 마루에 보따리를 풀어놓으면 별의별 것들이 다 나왔다. 그때마다 나는 마음에 드는 옷을 꼭 잡고서 사달라고 졸라대며 울곤 했다.

이렇게 옷을 좋아하는 나의 특성을 둘째 언니가 모를 리가 없었다. 두 살 차이 나는 언니는 그 당시 집에서 쉬고 있었는데 학창 시절부터 남자들과 어울려 다녀서인지 예쁜 옷들이 많았다. "세상이 아무리 달라져도 변하지 않는 사실은 여자들은 여전히 옷장에 입을 옷이 하나도 없다는 것과 사춘기 딸들은 세상의 모든 일을 혼자서만 다 아는 듯 부모를 무시하는 것이다."라는 말을 들어본 적이 있다. 미팅을 앞두고 나는 늘 옷장에 입을 옷이 하나도 없었다. 아니 옷이랑 가방, 구두가 있긴 하지만 언니 것과 비교해보면 마음에 들지 않았다. 혹시나 하고 말해보면, 그때마다 둘째 언니는 이렇게 말했다.

"빌려줄게."

그 순간, 늘 후회하곤 했다. 저렇게 쿨한 언니를 미워하고 있었다니. 드디어 미팅 날, 외출할 시간이 가까워지면 화장까지 끝낸 후 언니한테 지난번

약속대로 옷을 빌려달라고 말했다. 그런데 언니는 안 된다고 했다. 약속하지 않았느냐는 말에 언니는 언제 약속했냐며 늘 딱 잡아떼었다. 이미 빌려 입기로 했기 때문에 마땅한 옷들을 세탁도 안 해놓은 나는 울기 시작했다. 그러면 그런 나를 보고 언니는 웃었다. 재미있어 죽겠다는 듯이. 그러면서도 끝까지 빌려주지 않았다. 그렇게 나는 대학 입학 후 신입생 시절 설레는 미팅 날, 늘 울다가 퉁퉁 부은 얼굴로 미팅 장소에 나갔다. 이런 식으로 몇 번 속다가 언니가 어릴 때부터 나에게 어떤 사람이었는지를 가끔 잊어버리고 마는 자신을 원망하며 예전처럼 다시는 언니에게 마음을 열지 않게 되었다. 옷 때문에 쌓인 감정으로 언니가 사람으로도 보이지 않았다.

아이가 중학교에 입학하자 집을 가출하는 마음으로 혼자 계획을 세워, 최초로 떠난 스페인과 파리 자유여행 때도 옷을 캐리어에 가득 담아갔다. 굽 높은 통굽 구두에 치마와 스타킹을 신고 코트까지 입고 다니니, 핫스팟에서 만난 한국인 가이드들은 그곳의 관광 정보에 대해 내가 뭔가를 물어보는데도 교포냐고 되물었다. 겨울이라 현지에서는 바지를 입을 생각이었지만 잊어버리고 가져가지 않아, 코트 안에 옷을 껴입어도 스타킹을 신어서인지 몹시 추웠다. 자유여행이란 것이 거의 바깥을 걸어 다녀야 하기 때문이다. 견디다 못해 작정하고 마드리드 쇼핑센터에 가서 드디어 마음에 드는 바지를 발견했다. 구매한 바지를 수선센터에 가져갔더니 우리나라 백화점에서는 한두 시간이면 될 걸, 길이만 줄이는데도 3일 후에 찾으러 오라고 해서 바지를 사는 걸 포기하고 환불받았다. 사실은, 길이가 맞는 게 딱 하나 있어 울며 겨자 먹기로 사긴 했다. 그런데 마음에 안 들어서 한 번 입고는 다시는 입지 않았다. 나는 지금까지도 마음에 꼭 드는 옷이 아니면 아무리 비싸게 산 옷이라도 절대로 밖에 입고 나가지 않는 스타일이다. 그래서 20일이나 되는 긴 여행 동안 치마에 스타킹 차림으로 콧물을 흘리며 추위에 떨었다.

남부 스페인은 가로수가 오렌지 나무인 곳이 많다. 한겨울에도 잘 익은 열매가 주렁주렁 매달려 있을 만큼 따뜻하지만, 그곳 세비야에서조차 밤이 되면 스타킹 차림이어서인지 추웠다. 그러나 가장 추위에 떨었던 곳은 그라나다다. 밤에 플라멩코 공연과 알람브라 궁전의 멋진 야경을 보는 투어를 신청한 후 지정된 장소에서 투어버스를 기다리는데, 스타킹 신은 다리가 꽁꽁 얼어붙을 즈음에야 버스가 왔다. 온몸이 얼어붙었던 나는 따뜻한 동굴에서 열리는 플라멩코 공연을 보며, 함께 버스를 타고 간 일본인 중년 아저씨들처럼 졸았다. 얼었던 몸이 따뜻해지니 졸음을 참기가 어려워서였다. 공연이 끝나고 알람브라 궁전의 야경이 바라보이는 알바신 언덕을 가이드를 따라 걸었는데 야경은 생각도 잘 나지 않고 오돌오돌 떨기만 한 기억밖에 없다. 그렇게 추위에 떨면서도 의상에 신경 써서 다녀온 여행이건만 사진을 옮겨둔 외장하드를 분실해버리는 바람에 모든 기억이 추억과 여행기에만 남아있고 사진 한 장 남아있지 않으니 안타까운 여행이었다.

사진이 한 장도 남아있지 않은 스페인 아렌은 아행을 아수워하며 그린 〈스페인 풍경 1〉(캔버스에 유화)
젊은 시절 아버지 모습을 액자 속에 그려넣었다.

또 공단 원피스로 할게요

— 제가 좀 까다로운 고객인가요?

탱고를 처음 배울 때는 밀롱가에 가지 않아서인지 탱고복에 대한 개념이 전혀 없었다. 처음으로 밀롱가란 곳을 수강생들과 함께 다녀왔을 때도 평상복 그대로 입고 갔고, 탱고복이 눈에 들어오지 않았다. 영화 〈여인의 향기〉를 볼 때도 주인공의 대사와 춤이 낭만적이었지 옷에 대해서는 아무 생각도 없었다. 왜냐하면 외국 여성들은 특별한 자리에 갈 때는 늘 멋진 드레스를 입고 가는 게 일상적이라는 걸 영화나 TV를 통해서 많이 봐왔기 때문에 탱고를 옷과 결부시키지는 않았다.

그런데 서울에서 밀롱가에 본격적으로 다니면서 그제야 멋진 드레스를 입은 라들의 모습이 눈에 들어오기 시작했다. 동네에서 월 1회 열리는 밀롱가에 갈 때, 그곳에서 판매되던 땡처리하는 옷을 몇 개 사서 입고 다녔는데, 서울의 밀롱가에서 다른 라들과 비교해보니 싸게 사서 그런지 디자인이나 옷감이 너무나 이상했다. 그러나 어디에 가야 드레스를 장만할 수 있는지 정보도 부족했고, 소문을 듣고 드레스를 판매하는 곳도 가보았으나 대담한 디자인의 옷들 중에서 어떤 것을 선택해야 내게 어울릴지 고르기가 쉽지 않았다. 왜냐하면 내 성격상 옷이 마음에 안 들면 다시는 입지 않으니 낯선 디자인의 옷 중에서 고른다는 건 수능시험보다 더 어려운 일이었다.

어느 날 나는 맞춤복집에 가보기로 했다. 밀롱가에 자주 가다 보니 탱고 복 두 벌로 버티기에는 한계가 왔기 때문이다. 그래서 공연을 준비하는 사람들과 얼떨결에 함께 옷을 맞춘 적이 있는 곳에 가보기로 했다. 그때 맞춘 옷은 번쩍이는 공연복이어서, 결국 한 번도 입지 못하고 선물로 주고 말았지만, 치수를 재러 오신 분은 정말 상냥하셨다.

한 시간 이상 걸려 찾아간 가게에는 또 다른 분이 계셨는데 풍기는 분위기로 보아 왠지 그분이 대표인 것 같았다. 처음 간 날은 옷을 맞추지는 않았다. 이미 만들어놓은 옷 중에도 마음에 드는 것들이 많아 일곱 개의 드레스를 사는 데 100만 원 정도를 썼다. 비교적 많은 옷을 샀는데도 가게를 떠날 때까지, 대표님은 미소 한번 보이지 않았다. 아침에 뭔가 기분 나쁜 일이 있었던 사람처럼 인상을 쓰고 있어, 내 돈 내고 옷을 사면서도 마음이 조마조마했다.

평소 백화점에서 옷을 살 때와 마찬가지로 집에 와서 다시 입어 보니 가게에서는 미처 생각하지 못했던 것들이 보이기 시작했다. 골반의 폭이 좁은 게 콤플렉스 중 하나인데, 현관의 거울을 보니 하반신이 초라해 보였다. 어떤 옷은 아랫배가 도드라져 보이기도 했다. 결국 7개의 원피스 중 마음에 드는 옷은 반값에 구매한 옷과 분홍색 원피스, 그리고 하늘색 공단 원피스 3개뿐이었다. 그래서 마음에 안 드는 드레스는 고쳐 입기로 했다.

전화 상담을 할 때 수선이 가능하다고 했고 수선비를 내는데도, 자신이 디자인한 옷을 고치는 게 싫은지 대표님은 표정이 안 좋았다. 방문한 김에 비로드 드레스도 새로 맞췄다. 그런데 택배로 받고 보니 수선한 옷은 마음에 드나, 새로 맞춘 옷은 기존의 옷 디자인에서 천만 바뀠는데도 다른 옷처럼 보였다. 그 옷을 입고 거울 앞에 서면 불안한 표정의 왜소한 여인이 서 있 곤 해서 입을 수가 없었다.

그러나 수선한 드레스가 많아 즐거운 마음으로 밀롱가에 다니던 중 또 고민이 생겼다. 코로나 때문인지 사람들이 입고 있는 드레스가 캐주얼하고 짧게 바뀐 느낌이 들어서였다. 그래서 길이가 짧은 드레스를 새로 맞추기로 하고 내 취향에 맞는 영상을 캡처해서 가게에 방문했다. 맞춤집에서도 그렇게 해도 된다고 했기 때문이다. 가게에 가기 전, 그동안 입지 않았던 비로드 드레스를 같은 디자인의 원피스와 비교해 보았더니 똑같은 길이로 만들어달라고 했는데도 많이 길었다. 일단 어깨끈이 훨씬 길었다. 그리고 치마 길이도 길어서 축 처진 느낌이 들었다. 짧은 길이의 드레스를 못마땅하게 생각하는 대표님의 취향이 반영된 것이었다.

동영상을 보여주며 요즘 트렌드인 것 같으니 짧은 원피스를 맞추고 싶다고 했더니 탱고에 어울리지 않는다고 반대했다. 그래도 그냥 해달라고 했다. 어깨끈을 하나는 레이스로 해달라고 했는데 레이스 끈은 세탁하면 망가진다고 브래지어 끈으로 하라고 하셨다. 결국 내가 원하는 대로 다 관철해서인지 불같이 화를 내, 죄인처럼 목이 기어들어 인사를 하고 얼른 가게에서 나왔다. 며칠 후 택배로 도착한 새로 맞춘 공단 원피스 두 개를 입어보고는 깜짝 놀랐다. 너무 작아 옷을 잠글 수가 없었다. 문자메시지로 알렸더니 다행히 수선할 수 있다고 했지만, 죄송하다는 말 한마디 없어 조금은 서운했다. 다행히 수선한 원피스 두 개는 정말 마음에 들어, 여름과 가을 내내 밀롱가에서 열심히 입었다.

크리스마스가 다가오는 12월, 갑자기 분위기에 맞는 드레스를 입고 싶어졌다. 가게에 도착하니, 공단 천 이야기를 전화로 미리 해서인지 탁자 위에 천을 준비해두었다. 진분홍 꽃과 초록색이 섞인 천이었다. 이번에는 신경써서 골라둔 그 천에 대해 너무 솔직하게 느낌을 말한 게 대표님의 심기를 건드린 것 같았다. 골라둔 천은 지난번에도 본 적이 있는데, 하늘거리는 공단 느낌이라기보다는 보자기같이 뻣뻣하고 번들거려서 싫었다.

그래서 그냥 지난번에 만족스러웠던 공단 천으로 결정하고, 천 샘플이 몇 개 안 되니 초록색과 붉은색도 있는지 도매상에 물어봐 주실 수 있느냐고 말씀드렸다. 그 순간 대표님이 고함을 질렀다. "네가 나에게 봉급 주냐고, 개인 디자이너냐!"라고 말하며 화를 냈다. 몇 차례 겪어봐서 알기에 무조건 잘못했다고 말하며 그녀를 달랬다. 왜냐하면 지금까지 봐왔던 중 가장 심하게 화를 냈기 때문이다. 다른 색깔의 천이 있는지 전화로 알아봐 줄 수 있는지 부탁하는 것이 그렇게 무례한 일인가? 그리고 이곳은 맞춤집이니 원하는 디자인을 말할 수도 있지 않은가. 그리고 분명히 원하는 디자인이 있으면 영상을 가져오라고도 먼저 말했었다. 하지만 대표님도 이유가 있을 테니까 무조건 죄송하다고만 했다.

주변의 탱고를 오래 하신 분에게 이 이야기를 했더니 그 대표님이 한때 유명한 땅게라였다고 했다. 말투와는 달리 사람은 좋은 분이라는 이야기에 마음이 조금 놓였다. 하긴 여자들이 옷을 고를 땐 특히 까다로워지니, 무리한 부탁이라고 생각될 때는 화가 나기도 할 것이다. 그리고 탱고복 맞춤집은 서울에서도 그곳이 유일하고 옷도 정말 예쁘게 만들어주니 나에게 꼭 필요한 곳이다. 'TD탱고'에서 처음 만났을 때 원하는 디자인이 있으면 옷을 만들어준다고 해서, 그동안 맘 놓고 이것저것 주문했으니 나는 분명 까다로운 고객이 맞긴 한 것 같다. 대표님을 대할 때면 조심조심 있는 용기를 힘껏 짜내야 해서 요즘은 새 옷을 맞추고 싶어도 가게에 가지 않는다. 대신 기존의 디자인에 천만 바꿔서 전화로 주문하는데 택배가 도착할 날을 기다리는 시간은 늘 달뜨고 행복하기만 하다.

요즘 나날이 늘어가는 옷장의 탱고복을 보다가 문득 어린 시절이 떠올랐다. 이 옷들이 바로, 어린 내가 늘 종이 인형에 입히곤 했던 바로 그 서양식 드레스와 공주 옷이다. 동심에도 그렇게나 아름답게 보이던 바로 그 옷을, 중년이 된 지금 입고 탱고를 추고 있다. 나는 옷으로도 어린 시절의 꿈을 실현한 것이다.

5장 | 나의 취향, 타인의 취향

양복과 구두 그리고 레콜레타 공동묘지

부에노스아이레스 밀롱가를 다니면서 늘 궁금한 게 있었다. 예상했던 것과 달리 현지 밀롱가에서의 여성들의 옷차림이 수수했기 때문이다. 공연하는 분들은 화려하게 입지만 대부분은 평범한 치마에 민소매 티셔츠 차림인 경우가 많았다. 그래서 '아, 고수가 되면 더 이상 옷차림에 연연하지 않게 되는가!' 하는 생각마저 들었다. 현지 사정에 밝은 분에게 여쭈어 보고서야 그 이유를 알 수 있었는데 그건 오직 경제적인 이유였다. 경제 사정이 어려워 아르헨티나에서는 양복을 입고 다니는 사람들은 아주 부유한 사람이라고 했다. 제조업이 발달하지 않아서인지 농산품을 제외한 다른 것들은 너무 비싸서 서민은 양복같이 비싼 옷은 살 엄두를 내지 못한다고 했다.

폰을 소매치기당했을 때 부에노스아이레스에 미리 와있던 지인들은 나의 옷차림 때문이라고 말했다. 현지인처럼 허름한 무채색 계열의 옷을 입고 다녀야 하는데 내 옷이 너무 튀었다는 것이다. 하지만 고급스러운 옷은 애초에 가져갈 수가 없었다. 갑자기 구입한 항공권의 미국 환승 시간이 너무 짧아, 수하물을 무조건 찾았다가 다시 부쳐야 하는 미국 규정상 비행기를 놓칠 수 있어 기내 캐리어만 들고 갔기 때문이다. 최대한 얇고 가벼운 잠바

몇 개 챙겨간 게 다인데 그렇게 말하다니 서운하기도 했지만 그곳 사람들의 옷차림이 얼마나 초라하면 그런 말을 하는지 이해가 가기도 했다.

이구아수Iguazu 폭포를 보러 가면서 놀란 게 있다. 시냇물이 곳곳에 흐르는 비옥한 대초원 팜파스가 가는 내내 이어졌기 때문이다. 뿌리기만 하면 농작물이 자라고 풀어두기만 하면 소들이 자라니 1인당 소고기 소비량도 세계 1위다. 가난해지기가 힘든 나라인 것 같은데 무엇이 문제일까. 바 수르 공연에서 만났던 매혹적인 브라질 부부를 라 보카에서 우연히 다시 만났을 때 그들이 말했다. "이곳이 위험하다고 하니 4시 전에는 꼭 빠져나가야 한다."라고. 우리나라에서 우마차를 끌던 1911년에 이미 부에노스아이레스에는 지하철이 생겼고 1, 2차 세계대전 직후에는 세계 4위의 경제력을 가진 아르헨티나가 어쩌다가 브라질 사람에게도 이런 말을 듣는 지경이 되어버렸을까.

혹자는 하층민의 강력한 지지로 1946년에 대통령이 된 페론과 영부인인 에바 페론을 그 주범으로 꼽기도 한다. 그는 1973년에 또다시 대통령이 되기도 하는데 페론 시절 맛보았던 복지의 혜택을 잊지 못한 국민들과, 표를 의식한 정치권이 경제 추락의 원인이라는 것이다. 1940년대는 아르헨티나가 곡물 수출로 세계 4위의 경제력을 가지고 있고 부채도 없어 그런 정책을 펴는 게 가능했지만 끝없이 추락해 나라가 빚더미에 올라있는데도 국민들은 국가 온정주의 정책을 기대한다는 것이다.

그러나 아르헨티나 국민들은 자궁경부암으로 1952년, 33세 나이로 사망한 에바 페론을 아직도 너무나도 사랑하는 것 같다. 빈민들의 어머니였던 그녀의 무덤은 부자들만 묻힌다는 레콜레타 공동묘지에 있었다. 인터넷에서 많이 찾아봐서 놀라지는 않았지만 무덤 건물들은 마치 로마의 한 마을을 축소해놓은 듯 웅장하고 우아했다. 그녀의 무덤은 쉽게 찾을 수 있었는데 꽃

에바 페론의 가족묘. 그녀를 정말 존경한다고 말하며 어질러진 꽃들을 정리하던 10대 소녀

이 가장 많이 보이는 곳이다. 폰을 분실해 그곳에 다시 사진을 찍으러 갔을 때는 에바 페론(남편 후안 페론이 재혼했기 때문에 그녀의 관은 아버지 이름의 가족묘에 함께 있음)의 가족묘 앞에 한 소녀가 쭈그리고 앉아 여기저기 흐트러진 꽃다발들을 가지런히 정리하고 있었다. 정리를 마치고 자신이 가져온 생화를 꽂은 10대 소녀와 대화를 나누었다. 영어를 조금 할 줄 아는 그녀는 영부인을 얼마나 좋아하는지를 가슴 벅차하면서 이야기했다. 가난한 사람들을 위해서 그녀가 얼마나 애를 썼는지를 이야기하면서, 모든 국민들의 어머니라고 말할 때는 눈물까지 글썽거렸다. 그런 그녀 앞에서 에바 페론을 조금이라도 비판할 수는 없었다. 우리도 세계사 시간에 그녀에 대해 배워서 얼마나 훌륭하신 분인지 알고 있다고 말해줄 수밖에는.

며칠 후 탱고 신발을 사러 갔다. 한 켤레만 가져온 구두를 분실했기 때문이다. 전날 밀롱가에서 신발을 갈아 신고는 그냥 테이블 밑에 두고 와버렸는데 연락해보니 없다고 했다. 서울의 밀롱가에서는 대부분 찾을 수 있는데 내 잘못이니 어쩔 수 없는 일이었다. J 쌤을 통해 서울에서도 수시로 꼬밀뽀 Comme il Faut 신발을 사왔던 나는 이곳 부에노스아이레스에는 그 신발을 파는 곳이 많을 줄 알았다. 그러나 예상과 달리 매장은 부자 동네 레콜레타에 있는 한 곳이 전부였다. 한 켤레가 90달러나 해 여기에서는 보통 사람은 신기 어렵다고 하니 분실한 내 신발이 돌아오지 않는 것이 이해가 되었다. 갈 때 마음과는 달리 두 켤레만 구입했다. 고르는 것이 쉽지 않았기 때문이다. 한꺼번에 진열이 되어있어야 고르기 쉬울 텐데 분실되는 경우가 많은지 치수와 요구 사항을 말하면 일일이 내부에 있는 보관함에서 꺼내왔다.

보르헤스가 도서관장으로 근무했던 국립도서관을 방문했던 일이 떠올랐다. 출간된 보르헤스의 책들이 꽂혀있는 서가를 보고 싶었으나 안 된다고 해서, 그냥 아무 책이나 좋으니 서가의 책들을 보고 싶다고 말했으나 결국 아무것도 보지 못하고 도서관을 나와야만 했다. 스페인어를 전혀 모르고 그렇다고 영어 실력도 좋은 것도 아니지만 거기 있던 학생들과 직원들은 나보다 영어를 더 못해, 결국 불러온 중국인 남학생과 대화해서야 알게 되었다. 서가에는 책이 없고 검색해서 신청하면 대여해준다는 사실을. 사람들은 모두 정말 친절했다. 그냥 포기하고 나오려고 하면 어딘가로 데려가고 또 누군가가 미소를 띠며 도와주려고 다가와 도서관을 빠져나오기도 힘들었다. 그 와중에 책은 6층에 있고 보르헤스 유품을 볼 수 있는 곳은 9층으로 투어 신청자만 볼 수 있다는 것도 알게 됐지만 정작 책은 한 권도 보지 못했다.

여행 중에 도서관은 의도적으로 찾아가는 편이다. 뉴욕 5번가의 공립도서관, 덴마크 코펜하겐과 아이슬란드 레이캬비크 대학 인근의 도서관도 갔다. 스웨덴의 웁살라Uppsala 대학도서관에서는 100년이 훨씬 지난 희귀본을 나 같은 방문객도 얼마든지 꺼내서 읽어볼 수 있었다. 뭐가 문제인지는 모르지만 이곳이 결국 책을 한 권도 못 보고 나온 유일한 도서관이 되고 말았다. 찾아간 구두 가게에서도 진열된 구두를 볼 수 없었으니 뭐가 정상이고 정상이 아닌지 어리둥절할 따름이었다.

아르헨티나 탱고를 하는 사람들에게는 탱고가 발생한 부에노스아이레스가 또 다른 조국 같은 느낌이 든다. 현지에서 탱고를 추는 사람들도 누구나 예쁜 드레스와 꼬밀뽀 신발을 신을 수 있었으면 하고 잠시 기원해본다.

부촌 레콜레타 지역에 한 곳밖에 없는 꼬밀뽀 탱고 구두 매장. 예약 손님만 방문 가능하다

작가 보르헤스가 도서관장으로 일했던 국립도서관

도서관 정원의 보르헤스 동상

5장 | 나의 취향, 타인의 취향

가난하다고 해서 사랑을 모르겠는가

아르헨티나 부에노스아이레스를 여행할 때의 일이다. EZE공항에서 아르헨티나 유심으로 바꾸느라 지칠 대로 지쳐버렸다. 비교적 일찍 도착했고 가게 밖에 줄 선 사람이 3명밖에 안 되었음에도 불구하고 점심시간인 12시가 가까워서야 겨우 공항을 벗어날 수 있었다. 하나밖에 없는 여직원이 중년의 남자 손님이랑 수다를 떨어서이다. 무엇이 그렇게 웃긴지 자지러지게 웃고 차지게 대화를 하느라 거의 한 시간을 소비했다. 기다리다 지쳐서 바로 앞에 줄 선 남자는 가버리고 그제야 힐끔 나를 쳐다보고 미안했던지 가게 안으로 들어와 의자에 앉아서 기다리라고 했다. 그때까지 나는 밖에서 계속 서 있었던 것이다. 30시간 가까이 비행기를 타고 와서. 드디어 내 차례가 되었다. 그런데 그 점원은 나에게는 신경질을 냈다. 한국인은 모두 영어를 알아듣기 힘들게 말한다고 하면서. 어쨌든 점심시간이 임박해서인지 얼른 처리해주고 내가 나가자마자 가게 문을 잠그고 점심을 먹으러 갔다.

아르헨티나의 불안한 치안에 대한 소문을 많이 들었기 때문에 짐은 많지 않았지만 택시로 숙소까지 이동했다. 이곳에 오기 전 기대를 했다. 9월 중순이면 아르헨티나는 봄이니 이국적인 꽃을 많이 볼 수 있겠구나 하고. 그러나 기대와는 달리 눈을 씻고 찾아봐도 꽃이라곤 없었다. 택시 기사님께 물어보았다. 왜 꽃이 보이지 않냐고. 그랬더니 아직 추워서 그렇다고 해서 그런가 보다 했다.

그런데 택시 기사님 말이 틀렸다. 내 숙소가 있는 아바스토 지역과는 달리 부촌인 레콜레타나 팔레르모 지역에는 꽃나무가 많았다. 심지어 부자들의 공동묘지인 레콜레타에는 담장에도 꽃이 곱게 피어있었다. 우리나라 철쭉과 크기와 모양이 똑같은데 나무에 피어있는 그 분홍색 꽃나무는 마치 부촌의 상징과도 같았다. 거대한 아바스트 쇼핑몰이 있어 유동 인구가 많아 안전하고 환승도 편리하다는 정보를 듣고 정한, 지하철 B라인의 카를로스 가르델역 인근이 숙소였던 나는 부에노스아이레스에서 3주간 있는 동안 늘 욕구불만에 가득 차 거리를 오갔다. "아바스토에 살지만 나도 꽃을 좋아한다구요." 신경림 시인의 「가난한 사랑 노래」처럼 가난하다고 해서 사랑을 모르고, 가난하다고 해서 꽃의 아름다움을 모르겠는가.

하지만 나쁜 점만 있는 건 아니었다. 식료품값이 엄청나게 쌌다. 영수증을 찍어둔 폰을 소매치기당해서 정확한 물건값을 알 수는 없지만 5, 6천 원이면 두 명이 먹어도 될 만큼 커다란 스테이크용 쇠고기를 살 수 있었고 야채는 더 쌌다. 천 원 정도면 시금치 한 단과 잘라놓은 큼직한 호박도 살 수 있었다. 그래서 집에서도 안 하던 걸 해보기로 했다. '고춧가루와 참기름으로 아르헨티나에서 살아남기.' 가게나 식당이 없어 점심을 해결하기 힘든 아이슬란드와 달리 아르헨티나에 올 때는 식료품을 가져온 건 많이 없었다. 다만 쇠고기가 너무 싸다고 하니 된장과 고추장 자그마한 것과 고춧가루와 참기름을 가져왔다. 그런데 인천공항 검색에서 된장과 고추장을 빼앗는 것이 아닌가. 자그마한 참기름 병은 화장품과 함께 있어 무사했다. 엄청나게 싼 야채를 보며, 살아남은 참기름과 고춧가루로 뭔가를 만들어보기로 했는데 의외로 재미있었다. 참기름만 있으면 쇠고기와 함께 감잣국을 끓일 수 있고 시금치무침이 가능했다. 고춧가루와 참기름만 있으면 쇠고기 뭇국까지 끓일 수 있었고 엔초비를 다져 마늘과 참기름, 고춧가루를 넣으면 쌈장 대용으로 훌륭했다. 쌀도 사서 냄비 밥도 해 먹었으니 여행 중은 물론 집에 있을 때도 그렇게 요리를 열심히 한 적은 처음이었다.

스타벅스는 비쌌지만 카페 토르토니에서 마신 맛있는 커피는 2천 원 정도에 불과했다. 라 보카에 갈 때마다 들른 카페에서는 빵을 접시가 아니라 커다란 양푼에 담아 계산했는데 여러 개를 담아도 저렴했다. 소의 갈비를 덩어리째 구운, 아르헨티나 전통 요리인 아사도^{Asado}를 파는 식당에도 두 곳 갔다. 아사도는 남미의 대초원 팜파스에서 유목 생활을 하던 목동 가우초들이 즐겨 먹던 소갈비구이로 아르헨티나 대표 요리다. 두 곳 모두 양이 어마어마해서 다 먹고도 절반이나 남을 정도였다. 특히 미켈란젤로 식당은 맛이 좋은데도 가격이 저렴해서인지 줄이 엄청나게 길었는데, 쇠고기를 좋아하는 사람에게는 이곳이 천국과 같은 곳이 될 수도 있겠다는 생각마저 들 정도였다.

유명 인사들이 드나들었던 고풍스럽고 멋진 카페들이 고스란히 남아있는 것도 감동적이었다. 역설적이게도 체코의 프라하처럼 경제적인 어려움으로 인해 재개발이 안 된 이유가 크긴 하지만 우리로서는 부러울 따름이었다. 하지만 아르헨티나의 매력은 스펙터클한 자연이라고 해도 과장은 아닐 것이다. 짧다면 짧을 수도 있는 3주간의 여행 기간 중 탱고에 집중하기 위해

어디에나 꽃과 공원이 많았던 부촌 레콜레타

부에노스아이레스를 떠난 적이 한 번밖에 없지만 그 한 번만으로도 충만할
정도로 놀라웠다.

부에노스아이레스에 도착한 며칠 후 이구아수Iguazu 폭포로 갔다. 비행
기로 가면 금방이지만 식사도 제공한다는 버스를 타 보고 싶어 레티로Retiro
버스터미널로 갔다. 무슨 일인지 버스 회사 이름이 '리오 우루과이Rio Uruguay'
였다. 우루과이는 숙소랑 가까운 지하철역 이름이기도 했는데, 우루과이가
아르헨티나의 도움으로 브라질에서 독립해서 지금도 친한 사이라는 것은 나
중에 알게 되었다. 밥은 주지 않았지만 침대처럼 편안한 버스는 낮 2시에 출
발하여 다리미로 다려놓은 것 같은 똑바른 도로를 일직선으로 달려, 다음
날 아침 7시에 폭포가 있는 푸에르토Puerto마을에 도착했다. 17시간이나 걸

산텔모 거리의 가게 앞에 많이 서 있던 아르헨티나의 상징적인 동물인 소

린 것이다. 버스 안에 화장실이 있어서인지 딱 한 번 휴게소에서 쉬어갔는데, 그 휴게소에서 대기하고 있던 다른 운전기사님이 교대를 했다.

버스정류장에 짐을 맡기고 폭포로 가는 셔틀버스에 올랐다. 입장료 5천 6백 페소를 내고 입장해 조금 걸어가니 이구아수를 이루는 275개 폭포 중 가장 큰 '악마의 목구멍Garganta del diablo'까지 가는 무료 셔틀 기차가 기다리고 있다. 등반을 즐기는 사람들은 걸어서 올라가기도 하는 것 같았다. 기차는 딱 한 번 정차하고는 바로 악마의 목구멍으로 트래킹하는 출발 지점에 도착하는데, 기차에서 내려 걸어가는 동안 폭포는 자신의 모습을 절대 보여주지 않았다. 악마가 자신의 모습을 감추고 있다가 특정한 시간에만 나타나 사람들을 놀라게 하는 것과 비슷하다. 아르헨티나와 브라질 양쪽 모두에서 폭포를 본 사람들이 어디가 더 좋은지 이야기하는 걸 들어본 적이 있는데 아르헨티나 쪽 악마의 목구멍 폭포는 갑자기 나타나, 순간 악마를 만난 듯 공포스러웠다. 일단 한 줄로 떨어지는 기존의 폭포와는 모습이 완전히 달랐다. 디귿 자의 협곡 여러 곳에서 헤아릴 수 없이 많은 폭포가 떨어졌다. 그리고 엄청난 높이와 수량으로 인한 굉음과 물보라로 블랙홀처럼 끝을 가늠할 수 없어, 전망대에서 내려다본 폭포는 보기만 해도 오싹했다. 그래서 악마의 목구멍이라고 하나 보다.

다음 날은 브라질로 향했다. 정말 편리한 것이 왕복 버스표를 사면 당일치기로 브라질을 다녀올 수 있다. 이번에도 버스는 리오 우루과이였다. 숙소가 버스터미널 코앞이어서 전날 표를 미리 사둔 나는 버스가 도착했는지를 문을 열고 내다보곤 했는데, 그때마다 기다리던 사람들과 눈이 마주쳐 민망했다. 국경이 나누어지는 다리를 지나갔다. 절반은 아르헨티나 국기, 나머지는 브라질 국기가 그려져 있다. 버스에서 내려 입국심사소를 통과해야 하는데 나는 통과하지 못했다. 다른 사무실로 이동한 나는 영어가 능숙한 직원에게 심문을 당했는데 코로나 예방접종 확인서를 지참하지 않아서였다. 아르헨티나에 입국할 때 불필요해서 가져오지 않았는데 생각해보니 인천공항에서 그 서류를 요구해서 보여줬기 때문인 것 같았다. 그 직원에게 부에노스아이레스에 있는 숙소를 예약한 것과 항공권까지 보여줬지만 예방접종 주사약 이름까지 물어본 후 뜬금없이 한국 스프를 좋아한다고 말하며 보내줬다. 그리고 밖에서 기다리고 있던 버스 기사님은 왜 그런지 모르지만 나에게 엄지척을 해주었다. 내가 와서 드디어 버스가 출발할 수 있게 되었기 때문인지는 모르지만. 40분 만에 버스는 브라질 쪽 이구아수 폭포에 바로 도착했고 기사님은 내린 곳에서 타면 된다고 말하시고는 떠나셨다.

　　　　5장 | 나의 취향, 타인의 취향

브라질은 가본 적이 없으니 이곳만 가지고 판단하면 안 되지만 아르헨티나랑 완전히 달랐다. 일단 화장실에 휴지가 없는 곳이 없고 깨끗했다. 그리고 현금만 사용하던 아르헨티나와 달리 매표 기계에서 카드로 입장권을 구입했다. 정확한 이유는 모르지만 아르헨티나에서는 카드를 사용하면 엄청난 손해라는데 그래서 그런지 현지인들도 모두 현금을 사용했다. 그런데 브라질은 달랐다.

모든 입장객이 무조건 버스로 일정한 장소까지 이동하는 것도 달랐다. 그 후 산책로를 따라 강 건너편 폭포를 보며 걸어가는데 아르헨티나 쪽에서 발아래로 보이던 폭포들도 전체 모습이 잘 보인다. 한참 걸어가면 높이 솟은 전망대도 있고 폭포 사이를 걸어가면서 조망할 수 있는 산책로도 나온다. 악마의 목구멍처럼 아찔한 높이의 폭포는 보이지 않았지만 아래로 떨어지는 폭포, 위에서 떨어지는 폭포, 멀리서 보이는 폭포, 가까이서 보이는 폭포 등 폭포 맛집이 따로 없었다. 그러니 브라질 쪽 폭포를 더 좋다고 하는 사람들도 있는 것 같다. 이곳에서는 보트 투어까지 했으나 나는 아르헨티나 쪽에서 본 폭포가 훨씬 더 스펙터클해서 좋았다.

이렇게 이구아수 폭포를 두 곳 모두 찾아가 아름다운 자연을 마음껏 즐겼지만 대부분 기억 속에만 있다. 출국을 일주일 앞두고 폰을 부에노스아이레스 지하철에서 소매치기당했기 때문이다. 브라질에서는 다행히 보트 투어를 하고 사진이 담긴 USB를 받았지만, 아르헨티나의 악마의 목구멍 폭포는 자랑하려고 지인에게 보낸 사진 두 장만 달랑 남았다. 그림을 그리려고 세밀한 것까지 완벽하게 촬영을 했는데 말이다. 폭포에서 내려오는 산책로에서 본, 내 손에서 먹이를 채가던 빠쏘라는 새와 원숭이처럼 귀여워 현지인들의 사랑을 듬뿍 받던 나무 위의 모노라는 동물을 다시는 볼 수 없는 것도 아

악마의 목구멍으로 흘러 들어가는 평온한 강물

악마의 목구멍 폭포와 전망대. 영화 〈해피 투게더〉의 두 주인공이 오고 싶어 했던 곳으로 나중에 아휘(양조위)만 다녀감

브라질 이구아수 폭포에서의 보트 투어(최우측 맨 뒤가 필자)

쉽기만 하다.

폰을 소매치기당한 후 나는 이상한 버릇이 생겼다. 기다리던 지하철역에서 열차가 도착하면 꼭 다른 칸으로 재빠르게 이동해서 탑승을 했다. 심지어 기다릴 때도 수시로 위치를 바꾸었다. 주변 사람들 모두가 나를 노리고 있는 것처럼 느껴졌기 때문이다. 007 시리즈 영화의 주인공도 아닌데 말이다. 꽃이라고는 찾아볼 수 없는 아바스토 거리를 걸을 때처럼 그 순간만큼은 부에노스아이레스는 완전히 낯선 이방인의 도시였다.

밀롱가 춤 애증기

— 밀롱가 구걸사

댄스스포츠를 동네 주민들과 배울 때 놀란 게 있었다. 하나의 춤인 줄 알았는데 그 안에 자이브, 룸바, 차차차, 삼바가 있었다. 나중에 알게 되었지만, 왈츠와 콘티넨탈 탱고까지도 댄스스포츠의 일종이었다. 살사를 배울 때도 마찬가지였다. "저는 요즘 살사를 춰요."라고 말하면 살사, 바차타, 차차, 메렝게까지 춘다는 의미도 되는 것이다. 살사 바에서는 이러한 춤을 출 수 있는 음악들이 고루고루 나오니 원하는 음악에만 춤을 출 수도 있다.

아르헨티나 탱고도 마찬가지다. "저는 탱고가 좋아요."라는 말은 탱고, 발스, 밀롱가* 등 모두를 좋아한다는 의미도 된다. 처음 탱고를 배우는 사람들이 헷갈리는 게 밀롱가라는 말이다. 아르헨티나 탱고에서 밀롱가라는 말은 '탱고 춤을 출 수 있는 장소'의 뜻도 있고 '2박자의 빠른 춤(곡) 이름'을 가리키는 말이기도 하기 때문이다. 밀롱가에 가면 곡 구성은 탱고, 발스, 밀롱가다. 보통 탱탱발, 탱탱밀 순서로 음악이 나오니 발스나 밀롱가 딴따를 놓치면 한 시간 이상 기다려야 다시 나온다. 아르헨티나 현지도 다르지 않

● '탱고'는 네 박자의 춤, '발스'는 세 박자의 춤, '밀롱가'는 두 박자의 춤.

아 심지어 탱고가 세 딴따 나온 후에야 밀롱가나 발스가 나오기도 했다. 그러니 밀롱가에 가더라도 발스나 밀롱가는 많아 봤자 3딴따 정도밖에 출 수가 없다.

살사 하면 살사 춤이 메인이듯이 탱고에서도 주류를 이루는 춤은 탱고다. 빠른 곡도 있지만 발스나 밀롱가에 비해 느린 곡도 많고 기본이 되는 춤이기 때문에 모두 탱고부터 시작한다. 어느 정도 익숙해지면 발스 강습을 듣는다. 발스 곡은 빠른 곡이 많지만 애상적이면서도 경쾌하고, 탱고 동작을 100% 활용할 수 있어 누구나 좋아한다. 밀롱가에 가면 발스는 꼭 춘다는 사람들이 대부분인데, 음악만 들어봐도 좋아하지 않을 수가 없다.

하지만 밀롱가 춤에 대해서는 호불호가 갈린다. 탱고와 기본적인 요소는 같지만 4분의 2박자의, 빠르고 유머러스한 밀롱가를 처음 접했을 때 나는 살사처럼 빠른 음악과 춤에 처음부터 매료되었다. 살사를 하면서 빠른 턴에 익숙해서인지 밀롱가 춤이 오히려 더 친근하게 느껴졌다. 그래서인지 밀롱가 춤만의 독특한 스텝을 제대로 익히지 않고 춤을 출 때도 심장이 두근거렸다.

이제 밀롱가 분위기에 많이 익숙해진 지금도 여전히 밀롱가 춤에 푹 빠져 있다. 잘 추기 위해 개인 강습을 따로 받기도 했다. 노력의 결과라고나 할까, 밀롱가 춤이 나만의 특화된 분야라고 말하고 다닐 정도로 어느 정도 자신 있다. 하지만 현실은 밀롱가 춤을 잘 추는 로가 많지 않아서 고민이다. 탱고가 어느 정도 수준에 다다른 분들도 탱고를 대하거나 배우는 자세는 진지한데, 밀롱가 춤은 아예 추지 않는 사람이 많다. 음악이 마음에 들지 않는다고도 하고, 탱고라고 할 수 없다는 등의 이야기를 하기도 하는데, 그런 사람들은 정통 탱고를 추는 분위기와 거리가 멀다며 가요나 팝 등에 맞춰 탱고를 추는 AM 밀롱가도 싫어한다. 로들은 이런저런 핑계로 밀롱가 춤을 추지 않고, 심지어 밀롱가 음악이 나오는 시간을 휴식 시간으로 활용하기 위해 안 춘다는 분도 있다.

사람은 누구나 선택의 자유가 있는 건데 "변화하려고 하지 않는 사람이 최하급의 인간이다."라는 공자님의 말씀까지 들먹이며 남의 취향을 이래라 저래라 비난하는 것은 사실 밀롱가 춤을 함께 즐길 로가 많지 않아서이다. 그래서 출 만한 로를 잡기 위한 여자들끼리의 경쟁이 치열하다. 그런데 나야 말로 밀롱가 춤 성애자이기 때문에 이 경쟁에서 질 수가 없다. 능숙하게 리드하는 로들을 기억해두고 평소에 늘 미소를 날리고 환심을 사 두어서 이제 까베 걱정은 조금 덜었으나 다른 고민이 생겼다. 카톡이나 말로 미리 약속을 해버려 까베가 잘 안되는 것이다. 늘 밀롱가를 추던 로에게 다가가면 "카톡으로, ○○ 라와 밀롱가를 추자고 미리 약속을 했다."라고 하는 것이다.

밀롱가 음악이 시작될 때까지도 까베에 실패하면, 남아있는 로 중에서 적당한 대상을 물색해본다. 그러나 탱고나 발스와는 달리 까베가 어렵다. 그렇다고 대충 아무나 잡고 나갔다가는 곤욕을 치르기 십상이다. 곡이 빠르니 리드 자체가 안 되어 감정만 상한다. 아, 이런 순간이야말로 고정 파트너 있는 사람들이 가장 부러워지는 시간이기도 하다.

그래서 요즘은 밀롱가에 가면 다른 춤은 안중에도 없고 밀롱가 딴따 예약을 위해 머리를 굴리느라 생각이 분주하다. 그리고 적당한 대상을 물색했다면 정중하게 다가가, 해서는 안 되는 말 까베를 한다. "밀롱가 추실 분 정하셨어요?", "아뇨." 하면 성사가 된 거다. 친한 경우에는 치사하게 매달리기도 한다. 이미 출 사람이 있다고 말했는데도 무리한 부탁을 한 적도 있다.

얼른 집에 가야 하니 그분이랑은 다음 딴따에 추고 이번에는 나랑 하자고 졸라서 로가 가서 허락을 맡고 온 경우다.

밀롱가는 함께 출 만한데 탱고가 서툰 경우에는 끼워 팔기도 한다. 탱고를 춰주면서 나중에 밀롱가는 꼭 나와 춰야 한다고 웃으면서 협박과 강요를 한다. 그리고 밀롱가를 잘 추는 친하게 지내는 로가 탱고 음악에 까베를 해와도, 밀롱가를 위해 아껴두기 위해 외면하다가 오해를 받기도 한다. 특별한 일이 없는 한 탱탱발탱탱밀 순으로 음악이 나오는 밀롱가에서는, 시작된 지 한 시간이나 지나서야 밀롱가 곡이 나오기 때문에 그때까지 까베를 계속 외면해서이다. 보통은 친한 사람들끼리 먼저 까베를 하기에 밀롱가를 염두에 둔 내 의중을 그분들이 알 리가 없다. '또 추면 되지!'라고 할지도 모르지만, 그런 건 고정 파트너 사이 아니면 그다지 많이 하지는 않기 때문에 고민이 크다.

이도 저도 안 되면 평소에 범접하기 어려운 로에게 용감하게 다가가 밀롱가 한 딴따를 요청하는 대범함을 보이기도 한다. "아직 신발도 안 갈아 신었다."라며 거절일 수도 있는 말을 하는데도, "다음 곡에 추면 되니까 기다릴게요." 하여 상대방을 당황케 한 적도 있었다. 다음 곡에 추기는 했지만, 그분이 좋게 볼 리가 없다. 품위 있게 까베를 하기는커녕 전혀 출 마음이 없는 사람에게 다가가 지켜보면서, 신발을 갈아 신으라고 독촉하고 있으니 밀롱가 예절을 전혀 모르는 라로 보인 것이다. 그 결과로 다시는 내게 까베 자체를 하지 않게 되는 상황이 생기기도 한다.

키 큰 미르 님이 그런 경우다. 별로 친하진 않지만, 강습도 여러 차례 함께 듣곤 해서 가끔은 춤을 추던 미르 님에게 밀롱가를 추자고 다가가 몇 번 춤을 췄다. 말 까베를 잘 받아주니 대담해져서, 멀리 선풍기 옆에서 땀을 말리고 있는 미르 님에게 다가가 대시했고 그가 거절한 것이다. 이유는 밀롱가 추는 사람이 한 커플밖에 없다는 것이었지만, 다른 커플들이 더 나와도 다음에 추자고 내 청을 받아주지 않았다. 웃으며 돌아왔지만, 자존심이 무척 상해서 다음부터는 그와 아예 춤을 추지 않게 되었다.

이처럼 밀롱가 춤에 집착하고, 밀롱가를 한 딴따밖에 추지 못하거나, 초보랑만 추게 되는 날은 다른 춤은 충분히 즐겼음에도 집으로 돌아오는 발걸음이 무겁고 우울하니 나는 밀롱가 춤 중독임이 틀림없다.

시몬스 침대와 어장

— 흔들리지 않아요

나는 명절 때마다 빠지지 않고 시댁에 간다. 경북 안동의 시골 마을이 시댁이어서, 명절이나 가족의 중요한 행사에 빠지는 것을 인간 말종이나 할 법한 일로 여기는 그곳의 분위기 때문에 아무리 멀어도 빠지는 건 생각도 못 했고 그건 시부모님들이 모두 돌아가신 지금도 마찬가지다. 직장을 다니며 육아까지 해야 했던 나는 수도권이 시댁인 사람들이 부러웠다. 긴 연휴에 명절 전날이나 당일만 잠깐 시댁을 다녀온 후 편하게 쉴 수 있으니까.

하지만 어느 순간부터 명절날 시댁에 가는 게 더 이상 고통스럽지 않아졌다. 고통스럽기는커녕 은근히 기다려지기까지 했다. 그 이유는 시댁에 갔다가 친정에 가서 그동안 못 만났던 여자 형제들과 수다를 떨 수 있기 때문이다. 명절날 오전까지 시댁에서 보내고 밤이 되면 다들 속속 도착하는데 와인까지 마시며 떠는 수다는 그날 밤에 그치지 않고, 다음 날 카페로 자리를 옮겨 계속된다. 코로나 전에는 전신 마사지숍까지도 수다를 위한 정해진 코스였다. 여자 형제들과는 이성에 관한 이야기도 스스럼없이 하곤 하는데, 이야기 끝에는 항상 우리는 죽을 때까지 멋진 남자를 보면 가슴이 두근거려야 한다고 맹세 아닌 맹세를 하곤 했다.

이번 설 때도 마찬가지로 아침을 먹고 친정집 부근의, 늘 가던 카페에 갔다. 수다를 떨던 중 여동생들이 갑자기 "시몬스 침대"라고 외쳤다. 탱고 이야기에 한참 열을 올리고 있는 나에게, 멋진 사람이랑 춤을 추면 흔들리지 않느냐고 질문을 해서 아니라고 대답한 다음에 나온 말이었다. 자신들은 멋진 남자들을 보면 마음이 쉽게 흔들리는데 나는 전혀 흔들리지 않는다고 하니, '흔들리지 않아요. 시몬스 침대'라는 광고 문구에 빗대 놀린 것이다.

그래서 생각해보았다. 춤을 시작한 후 한 남자에게 마음이 흔들린 적이 있는가? 깊이 생각할 것도 없이 그럴 때가 있기는 했다. 그런데 그건 소셜댄스인 살사를 본격적으로 즐길 수 있게 되기 전 이야기다. 살사를 시작하면서 가장 자주 들은 말은 춤을 추는 시간만큼은 상대방을 연인으로 생각하라는 말이었다. 그래서 정말로 연인이라고 감정이입을 하며 즐겁게 춤을 추었는데 감정이입을 안 해도 즐거운 사람들이 점점 늘어났다. 이걸 어장이라고 해도 되는지 모르겠지만, 어장에 물고기가 많으니 굳이 한 남자에게 흔들려 아침 막장 드라마를 찍는 일 따위는 하고 싶지 않았다. 가끔은 나에게 접근해 오는 일도 있었지만, 남편과의 관계가 힘들어서인지 또 다른 관계를 맺고 싶지 않아 우회적으로 거절하며 살사 안에서만 관계를 이어갔다.

살사 때는 공연도 몇 번 했지만 탱고를 추는 지금은 대회 참가나 공연에 관심이 없어서 고정 파트너의 필요성을 느끼지 못하는 나는, 밀롱가에서 상대방을 연인이라고 생각하고 춤을 춘다. 그런데 한 곡만 추는 다른 춤과는 달리 10분이라는 긴 시간 동안 한 파트너와 춤을 추는 탱고는 좋은 느낌이라는 게 훨씬 진하다(힘들고 절대로 추고 싶지 않은 감정의 강도도 강하지만). 밀롱가에 가서 느낌이 좋은 로가 몇 명이라도 있으면 춤을 추기 전부터 사랑에 빠진 듯 아득해지고 마음이 행복해진다. 역설적으로 들리지만 춤을 추면, 어장을 관리하는 바람둥이처럼, 한 남자에게만 집착하거나 흔들리지 않게 된다. 그래서 센스쟁이 여동생들이 이런 심리를 간파하고는 '시몬스 침대'라고 놀려먹은 것이다.

연애는 아니고 짝사랑이지만 대학교 시절 교내 음악 감상실의 DJ에게 푹빠진 적이 있었다. 지금은 이름도 잘 기억나지 않지만, 공대생인 그는 곱상하고 우아한 외모에 늘 노타이의 흰 셔츠에다 감색의 단정한 정장을 갖춰 입고 나타났다. 부끄러운 마음에 얼굴을 빤히 쳐다보지 못해서인지 자세한 이목구비는 구체적으로 떠오르지 않지만, LP판을 갈아 끼우던 우아한 손놀림, 단정하게 떨어지던 슈트의 선은 아직도 생생하게 기억난다.

요일별로 DJ가 달랐는데 그 DJ가 당번인 날은 학생회관 건물을 뻔질나게 드나들었다. 그를 좋아하지 않을 수 없었던 또 다른 이유는 선곡이 너무나 좋았기 때문이었다. 음악감상실로 쓰이는 곳 입구에 세워진 세로로 긴 입간판 칠판에는 하얀 분필로 그날 감상할 곡들이 쓰여 있었는데, 그는 꼭 우리말로 번역해서 원래 제목과 함께 써 두곤 했다. 제목이 너무나 아름다워서 아련한 추억과 함께 지금도 선명하게 떠오르는 곡들도 있는데, 〈사월의 눈동자를 가진 소녀Girl with April in Her Eyes〉, 〈오렌지 향기는 바람에 날리고Gli aranci olezzano〉 등이 그런 곡이다.

대학교 신입생 시절 우리는, 떨어지는 꽃잎 이파리에도 눈동자 한가득 눈물 고이던, 아직 사월의 눈동자를 가진 소녀들이었다. 테이프를 사서 듣고 또 듣고 하다가 급기야는 노래 가사까지 외워버렸지만 사는 데 바빠 잊어버렸다. 그러다가 다시 그 노래가 생각난 것은 2014년 4월 세월호 침몰 후였다. 그때 노래에 나오는 '사월의 눈동자를 가진 소녀'는, 나에게는 영락없이 간절히 구조를 기다리고 있던 선체 안 소년, 소녀들의 모습으로 다가왔다. 수업 시간에 아이들과 함께 그 노래를 들었다. 영어 가사와 한글로 번역된 가사를 화면 가득 띠어 두고서.

옛날에 왕이 있었습니다. / 봄을 위한 왕이라고 불리길 원했지만
그의 땅은 눈으로 덮여 있었고 / 봄은 한 번도 오지 않았습니다.
그는 사악하고 고약한 왕이었습니다. / 그의 겨울 땅에는 아무것도
자라지 못했죠.
어느 날 여행자가 문밖에서 / 약간의 음식과 밤을 지새울 침대를 간청
했습니다.
왕은 신하에게 그녀를 돌려보내라 명령했습니다. / 4월의 눈동자를
가진 소녀를
아, 그녀는 계속 걸어갔습니다. / 겨울밤 내내 거친 바람과 눈이
아, 계속 그녀를 괴롭혔습니다. / 누가 4월의 눈동자를 가진 소녀를
도와주세요.

숲속 나무꾼 집의 불빛이 보일 때까지 / 밤새 그녀는 걷고 또 걸었습니다.
나무꾼이 안으로 데려오자 그녀는 벽난로 옆에서 죽었습니다. / 그는
그녀를 잘 묻어주었고요.
아, 아침이 밝아왔을 때 세상은 흰 눈으로 덮여 있었습니다. / 다시 그
가 무덤으로 갔을 때는
4월의 눈동자를 가진 소녀의 무덤은 / 꽃으로 뒤덮여 있었습니다.

짝사랑했던 DJ 때문인지는 몰라도 이후 나는 영미 팝에 열광했다. 그리고 좋아하는 데 그치지 않고 교사가 된 후에는 국어 교사임에도 불구하고 매주 마지막 수업 시간에 엄선한 팝을 한 곡씩 감상했다. 물론 가사는 항상 빔으로 따로 크게 띄워 두고. 관심이 없거나 음악을 듣는 걸 방해하는 아이들도 있어 화를 내기도 했지만 '원 디렉션One Direction' 같은 신나는 가수의 음악이 나오면 어깨춤도 함께 추면서 참으로 즐겁게 지냈다. 나중에는 학생들에게 소개하기 위해 조금이라도 마음에 드는 팝 음악이 방송에서 흘러나오면 검색해보고 번역된 가사도 꼭 찾아보곤 했다.

이런 음악 취향이 결국 나로 하여금 살사나 키좀바, 탱고에 거부감 없이 접근하게 했다. '춤보다 음악이 먼저다.'가 나의 지론이니까. 실제로 전문 무용수들도 가장 훌륭한 탱고를 추고 있을 때는 더 이상 춤추는 상대방도 보이지 않고 오직 음악만이 그의 귀에 들릴 때라고 한다. 춤이란 결국 음악의 감흥을 몸으로 표현하는 예술 행위이니까. 그렇다면 음악을 많이 들었고 잘 들을 줄 아는 사람이 춤에도 쉽게 다가갈 수밖에 없을 것이다.

수업 시간을 이용한 이런 엉터리 DJ 노릇 덕분에 스승의 날, '퀸을 사랑하는 국어 선생님께'라는 제목의 기특한 편지를 받기도 했으니 나름대로 보람 있었고, 아이들과 벽을 허물고 하나가 될 수 있었던 소중한 순간이었다.

살면서 문득문득 그 시절의 지적이며 우아한 공대생 DJ 오빠를 떠올리며, 그는 누구랑 결혼했을까 하는 뜬금없는 생각을 할 때도 가끔 있었다. 그럴 때마다 늘 왠지 모를 안타까운 마음이 들고, 불순한 생각이 가슴속에 치밀어 오른다.

'잘생기고 멋진 남자를 한 여자가 계속 차지하고 사는 건 너무 불공평해!'

여름은 싫지만, 쿠바는 좋아

나는 겨울이 정말 좋다. 나이가 들어갈수록 겨울이 점점 좋아진다. 영하 10도가 넘는 살을 에는 바람이 불어올 때 거리를 걸어 다니면 두 뺨에 닿는 바람에 기분이 상쾌해질 정도다. 추위야 오리털 패딩이 잘 나오니 나에겐 문제가 되지 않고 발이 시린 것도 상관없다. 어그 부츠가 있지 않은가. 그래서인지 겨울에는 웬만하면 여행을 가지 않는다. 상쾌한 겨울이 좋아서 그 어디에도 가고 싶지 않아서이다. 반면 더위가 시작되는 여름 한낮에 거리를 돌아다니면 몸에 달라붙는 햇빛과 습기에 거의 이성을 잃어버린다. 그러니 더운 곳으로 여행을 떠나는 것은 내 주관적 판단으로는 거의 제정신이 아닌 행동으로 보인다.

만약 직장에 다닐 때 함께 근무한 관리자들을 점수를 매겨 데스노트에 기록해 두었더라면 그 기준은 당연히 에어컨 지수였을 것이다. 발령 초창기에는 학교가 그렇게 덥지는 않았다. 물론 학생 수가 많긴 했지만 지금처럼 지구온난화로 35도가 넘는 경우도 거의 없었고, 건물 대부분이 일자로 말끔하게 빠져 창문을 열어두면 복도와 교실 창문에서 맞바람이 들어와 시원했다. 여름에도 바람에 교실 출입문이 꽝 하고 닫히는 경우도 많아 발로 문을 고정해 두어야 했을 정도다. 그런데 특별실이 많이 생기기 시작하면서 복도가 막히는 경우가 많아졌다. 복도를 사이에 두고 그 실室들이 마주 보니 바람 한 점 들어오지 않는 교실이 많아진 것이다.

관리자들은 그들만의 실에서만 근무하니 한여름 교실에서 수업하는 교사들의 애로 사항을 체감하지 못하는 경우가 많았다. 남자 관리자들은 그나마 바지에 팔이 긴 양복을 입기도 해서 더울 때도 있지만, 여자 관리자들은 그렇지 않았다. 하늘하늘한 얇은 여름옷을 입고 행정 업무만 보니 에어컨을 좋아할 리가 없었다. 수업과 부아를 돋우는 아이들 때문에 몸과 마음이 불타는 고구마처럼 되어 교무실에 들어가 에어컨을 켜려고 하면 춥다고 못마땅하게 쳐다봤다. 어릴 때부터 근검절약이 미덕인 시대를 살아와서인지 더위 정도는 부채로 충분히 커버할 수 있다고 생각하는 분들도 있었다.

온종일 에어컨이 나온 건 교직을 떠나기 전 한두 해에 불과했고, 그 이전에는 에어컨이 있어도 마음대로 켤 수 있는 것도 아니었다. 관리자들 대부분은 날씨가 못 견딜 정도로 더워져야만 에어컨 컨트롤 스위치를 올려주셨고, 에어컨을 켰으니 창문을 닫으라는 방송도 동시에 나왔다. 그리고 종일 작동되는 것도 아니었다. 기온이 올라가는 3, 4교시에 잠시 켰다가 점심시간에는 끄고 5, 6교시에 다시 켰는데 에어컨을 켜는 시간이야말로 나에게는 죽음의 시간이었다. 앞문을 열어두면 그래도 조금이라도 바람이 들어오는데 문을 다 닫아버리니 교실이 시원해질 때까지 온몸에 땀이 비 오듯 흘렀다. 등과 가슴이 땀으로 흥건해지고 짧은 치마를 입었음에도 엉덩이에서 흐르는 땀이 허벅지를 타고 다리까지 흘러내렸다. 선풍기도 학생들 머리 위에서만 돌아가고 교사가 있는 곳까지는 바람이 오지도 않았다.

5교시에 수업이 있는 날은 최악이었다. 에어컨 꺼진 교실에서 급식 지도 후 얼른 밥을 먹고 담임 반 교실 뒷정리까지 하고 나서 수업에 들어가면 문을 닫고 에어컨 바람을 기다리는 아이들이 있었다. 이미 더워진 상태인 나는 머리까지 흠뻑 젖을 정도로 온몸이 땀에 젖었고, 그때야 교실이 조금씩 시원해졌다. 머리를 하나로 묶는 것 이외의 그 어떤 헤어스타일도 지금까지 하지 않는 이유도 그때 그 끔찍했던 더위 때문이라고도 할 수 있다. 고학년인 3학년 교실은 어느 학교나 5층인 경우가 많아, 옥상의 열로 다른 층보다 훨씬 더 무더워 직장을 그만둘 생각까지 했었다. 더위를 지독히도 싫어하던 나에게 직장에서 가장 무서운 적은 중2도 그 무엇도 아닌 더위였다. 그래서 본인이 더위를 싫어해 에어컨을 종일 빵빵하게 틀어주시던 남자 교장 선생님을 만났을 때는 그분이 은인 같았고 다른 학교로 가셨을 때는 진심으로 슬퍼했다.

살사를 처음 배울 때다. 그때 나는 흥이 넘치는 살사 음악에 푹 빠져버렸다. 오죽하면 쿠바 여행이 꿈이 되어버릴 정도로. 하지만 위에서 말한 것처럼 더위를 유난히도 싫어해서인지 계속 미루면서 여름에 시원한 곳만 여행했다. 쿠바는 겨울이 건기이고 기온도 18~26도로 서늘해 여행하기에 가장 적합하다지만, 겨울에 여행을 잘 떠나지 않아서인지 아직도 쿠바에 가보지 못했다. 하지만 살사에 빠져있던 그 시절에는 쿠바와 관련된 모든 것이 좋았다. 일단 우리나라 사람들도 좋아하는 노래 〈관타나메라〉를 작사한 시인 '호세 마르티'가 너무나 좋았다. 의대생이었던 체 게바라가 친구와 함께 오토바이를 타고 남미 곳곳을 여행하는 내용을 담은, 〈모터싸이클 다이어리〉란 영화를 TV에서 본 적이 있는데 그 영화에서 체 게바라가 즐겨 읊조리던 시의 시인이 호세 마르티다. 쿠바인들이 호세 마르티를 얼마나 좋아하면 영화 〈더티 댄싱〉의 쿠바 청년 하비에르도 그의 책을 읽고 있었다. 미국인에게 죽임을 당한 아버지가 읽던 책이라며. 쿠바 하면 체 게바라만 생각했던 나에게, 그의 생애는 신선하게 다가오고, 감동적이었다.

아바나 변두리의 가난한 집에서 태어나 16세에 이미 스페인으로부터의 독립운동을 시작한 그는 6년간의 강제 노동 후 스페인으로 추방되나, 그곳에서 마드리드 대학에 다니며 반년 만에 변호사 자격증을 취득한다. 1892년 39세에 조국의 독립을 위해 다시 돌아온 그는 '쿠바 혁명당'을 결성하여 스페인군을 각지에서 무찔러 평화협정을 체결한다. 그러나 갑자기 개입한 미국으로 인해 쿠바는 다시 미국에 점령당한다. 그는 주변의 만류를 뿌리치고 스스로 전장에 뛰어들었고, 세 발의 총탄을 맞아 말에서 떨어져 전사했다. 중년의 나이에, 변호사라는 직업으로 뉴욕에서 안정되게 살 수 있었음에도 이상을 실현하기 위해 죽음을 두려워하지 않았던 그의 삶은 아주 오랫동안 마음속에 울림을 주었다.

점차 살사 음악이 귀에 익숙해지면서부터는 '부에나 비스타 소셜 클럽'도 알게 되었다. 1960년대 유명 밴드로 활동했지만 해체되다시피 했다가 멤버들이 90세가 다 되어가는 나이인 1990년대에 재결성되어 세계적으로 유명해진 쿠바 아바나의 밴드다. 젊은 가수들에게만 열광하는 우리와는 달리, 쿠바에서는 인생의 깊이를 아는 중년이나 노년의 가수들이, 실제 대중들의 사랑을 받고 있다는 사실도 신선한 충격이었다. 노익장인 '꼼빠이 세군도'가 고요하게 불러주는 노래 〈실렌시오 silencio〉는 삶이 절대 평탄하지 않음을 시적으로 표현했다. 때마침 화가 김병종 교수가 쓴 『화첩기행 4』 남미편을 읽다가 가사가 조금 있어 전문을 찾아보았더니, 삶의 고통을 겪어본 자만이 가질 수 있는 따뜻한 마음이 가사 전체에 흐르고 있었다.

내 정원에는/ 꽃들이 잠들어 있네/ 글라디올러스와 흰 백합

깊은 슬픔에 잠긴 내 영혼/ 꽃들에겐 내 아픔을 숨겨야만 해

인생의 괴로움을/ 꽃들에게 알리고 싶지 않아

만일 꽃들이 내 슬픔을 알게 되면/ 꽃들도 슬퍼 울고 말 테니까

나는 꽃들에게/ 내 슬픔을 알리고 싶지 않아

꽃들이 내 눈물을 보면/ 시들어 죽어버릴 테니까

그들은 세상을 떠났지만 지금도 쿠바에 가면 같은 이름의 재즈 음악 카페에서 그 음악들을 즐길 수 있다고 한다. 비록 지금은 살사를 그만두었지만, 살사를 추던 그 시절을 추억하며 언젠가는 쿠바에서 〈더티 댄싱〉의 주인공들처럼 살사 온원On 1을 추고, '부에나 비스타 소셜 클럽'에서 모히또를 마시며 살사 음악을 감상하는 날이 반드시 올 것이다.

헬스장에서 푸글리에세 음악을 듣다니요?

— 심장이 아파 온다, 〈Desde el Alma〉

오직 탱고만 추게 되면서부터 '아!' 하고 비수에 꽂힌 것처럼 심장을 애절하게 파고드는 음악은 주로 세 박자의 발스 곡이었다. 한번은 밀롱가를 갔다가 평소에 너무나 좋아하던 곡으로만 구성된 발스 딴따를 추고 바로 집으로 돌아온 적이 있다. 슬프도록 아름다운 발스 춤으로 충만해진 기분이 혹시라도 다른 춤으로 망가질까 두려워서였다.

그런 발스 곡 중에서도 최고의 곡은 〈데스데 엘 알마Desde el Alma〉다. 탱고를 추는 사람이라면 누구나 '아, 그 음악!'이라고 할 정도로 모르는 사람이 없다. 너무나 좋아하는 노래가 나오면 춤이 잘될 것 같지만 나는 아니다. 몽환적인 기분에 빠져 오히려 리드에 둔감해져 버린다. 그중의 한 곡이 〈데스데 엘 알마〉다. 도대체 어떤 내용이기에 이다지도 아름다운지 궁금해져 주변 사람들에게 물어봤으나 아는 사람이 없었다. 가끔 탱고를 추기도 하는, 안면이 있는 DJ에게도 물어봤으나 고개를 갸우뚱하며, 솔땅 카페에 들어가 보면 가끔 가사를 해석해서 올려놓는 분도 계시니 찾아보라고만 했다.

강남에서 TD탱고를 운영하고 스페인어에 능숙하신 M 쌤이 홍대에서 아르헨티나 현지 댄서와 함께 수업하게 됐다고 연락이 와서 신청했는데, 오롯

무료인 야외 공연장에서의 수준 높은 탱고 연주회. 푸글리에세가 살아있을 때 그의 악단에서 연주했다는, 중간에 앉은 반도네온 연주자 겸 지휘자

이 이 노래 가사를 물어보기 위해서였다. 그런데 사정이 생겨 두 번 다 못 가는 바람에 고민하다가, 구글에서 번역된 가사를 발견할 수 있었다. 부에노스아이레스에 살던 '로시타 멜로Rosita Melo'라는 14세 소녀가 1911년에 작곡

카페 엔젤리토스에 걸려있는 오스발도 푸글리에세의 젊은 시절 사진(오른쪽 아래)

한 곡으로 제목 〈데스데 엘 알마〉는 '영혼으로부터'라는 뜻이었다. 소녀 감
성이라고 치기에는 너무 심오한 내용이라고 생각했는데, 곡이 발표되고 한
참 뒤에 '호메로 만지Homero Manzi'라는 유명한 시인이 쓴 가사가 곡에 덧붙

여겨 더 인기를 끌게 되었다고 한다.

> 영혼아, 너는 그렇게 아파하면서도 왜 잊으려고 하지 않느냐.
> 왜 너는 네가 잃어버린 것을 위해 울고,
> 네가 과거에 원했던 것들을 찾고,
> 이미 죽어버린 것들을 바라느냐.

이 곡이 유명한 만큼 수많은 밴드가 편곡해서 연주했지만, 오스발도 푸글리에세 악단의 연주가 가장 유명하다. 이 악단에서 연주한 두 가지 버전의 곡을 즐겨 듣곤 하는데, 무겁고 난해한 이 악단의 다른 곡들과 달리 섬세하기 그지없다.

그런데 사실 이렇게 탱고 음악에 관심이 생기고 제목이나 악단을 알게 된 건 얼마 되지 않는다. 왜냐하면 너무나 낯선 음악이 탱고였기 때문이다. 서구의 팝을 늘 들어오던 나는 살사 음악에 대한 거부감은 비교적 적었다. 가끔 노래에 섞여 나오는, 흥을 돋우기 위한 "씨~" 하는 말들이 귀에 거슬리기는 했지만, 그 정도는 괜찮았다. 하지만 대부분의 탱고 음악은 너무 올드했다. 이건 고상한 표현이고 사실 애들 말로 구렸다. 특히 가수가 노래하는 멜로디 부분은 마치 〈군세어라 금순아〉를 듣는 것처럼 신파조로 느껴졌다. 그런 신파조가 싫어서 어릴 때부터 국내 가요도 잘 듣지 않았고 아무리 사람들이 임영웅을 외쳐도 트로트는 절대로 안 들으니, 싫어하는 건 당연했다. 그리고 내가 좋아하지 않으니 남들이 운전하면서 또는 등산하면서 듣는다는 이야기를 들으면 유난을 떤다는 생각마저 들었다. 하지만 아주 사소한 계기로 나는 달라졌다.

우리 단지 내 헬스클럽에서는 음악을 틀지 않는다. 미국에서 오래 살다 오신 한 어르신이 개인의 취향 운운하며 강하게 주장해서 그동안 아무리 건의해도 통하지 않았다. 음악이 없으니 문제는 운동할 때 내는 소리가 매우 거슬린다는 점이다. 특히 남자 회원들이 내는 거친 호흡 소리는 듣기가 거북한 정도가 아니라, 노이로제에 걸릴 지경이었다.

그래서 운동하는 동안만 탱고 음악을 듣기로 했다. 때마침 유선 이어폰이 문제가 생겨 블루투스 이어폰을 새로 사면서, 헬스를 할 때도 자유롭게 음악을 들을 수 있게 되었기 때문이다. 어떻게든 리듬이 파악되는 다른 악단의 연주에 비해 종잡을 수 없고 어려운 푸글리에세 음악을 이참에 정복해보자고 마음먹었다. 푸글리에세란 '오스발도 푸글리에세Osvaldo Pugliese, 1905~1995년'라는 아르헨티나의 피아니스트, 작곡가 겸 지휘자가 이끄는 악단이 연주하는 곡을 지칭하는 말이다.

그분은 이미 돌아가신 지도 오래되었으니 만나볼 길은 없고, 검색해보면 동그란 안경을 낀 몹시도 깐깐하고 철학자처럼 생긴 얼굴을 만나게 되는데, 날카롭고 풍부한 표현이 담긴 그의 음악도 그 인상과 다르지 않다. 탱고를 추는 주변 사람들에게 헬스장에서 푸글리에세를 들을 거라고 하니 모두들 웃었다. 헬스와 푸글리에세가 '가까이하기엔 너무 먼 당신'이어서인데, 푸글리에세는 박자를 파악하기가 난해해 초보들이 가장 꺼리는 음악이니 운동과 어울리지 않아서이다. 실제로 밀롱가에서도 춤을 추지 않고 앉아있는 사람이 많아 어리둥절할 때가 있는데 십중팔구 푸글리에세가 나올 때다. 따로 곡목을 알고 있는 것도 아니어서 유튜브로 들으니 처음에는 푸글리에세 음악이 몇 곡 나오다가 다양한 탱고 음악들이 고루 섞여 나왔다. 이렇게 헬스장에서 탱고 음악을 들으니 생각지 못했던 좋은 점들이 점점 생겨났다.

우선 간지가 난다. 솔직히 어르신들 중에는 블루투스 이어폰을 사용하는 사람들이 거의 없다. 그러니 어르신들이 많은 단지 내 헬스장에서 검정 운동복에 까만 이어폰을 낀, 거울 속 내 모습은 내가 보기에도 너무나 멋지고 사랑스럽다. 그다음 좋은 점은 이제 팀장님에게 가서 불평할 이유가 사라진 것이다. 왜냐하면 바깥에서 나는 소리가 깨끗하게 차단되기 때문이다. 그리고 음악을 듣느라 런지 같은 힘든 동작을 해도 훨씬 덜 고통스러웠다.

그런데 헬스장을 주 4회나 이용하는 나에게, 탱고 음악 듣기의 정말 좋은 점은 따로 있었다. 바로 탱고 감수성이 생긴 것이다. 가사는 알 수 없지만 느린 템포에 단조가 많아 슬프고 애절한 탱고 음악이 더 이상 신파조로 느껴지지 않고, 가슴에 와닿기 시작한 것이다. 원래 좋아했던 곡들은 물론, 싫어했던 노래들까지도 친근하게 느껴지기 시작했다. 러닝머신에서 걸을 때는 물론 물을 마시러 갈 때도 남들 몰래 탱고 스텝을 밟으며 걸어갈 때가 많아졌다. 처음에는 4박자의 리듬만 생각하며 걸었는데, 지금은 가수가 노래 부르는 멜로디 부분에서 어떻게 감정을 살리며 걸어야 할지도 생각하는 단계까지 이르렀다.

"강습도 중요하지만, 탱고는 음악을 많이 들어야 해요."라고 말하던 사람들이 이해되고, 비 오는 멜랑콜리한 날 왜 푸글리에세를 듣고 싶어지는지도 이제 이해가 간다. 그리고 계속 듣다 보니 탱고 음악의 센티멘털한 선율과 흥겨운 리듬이 우리의 정서와도 잘 맞는다는 느낌도 왔다. 음악을 잘 모르고 춤출 때와 지금을 비교해보면 나의 탱고는 완전히 달라졌다. 음악에 감정적으로 몰입을 하니 아브라소를 통한 로의 감정 표현을 더 잘 이해하고 표현할 수 있게 된 것이다. '탱고는 발로 하는 것이 아니라 귀로 하는 예술'이라는 말 그대로 탱고는 정말 춤이 아니라 음악이었다.

탱고 음악인과 말년에 시각장애인이 된 작가 보르헤스가 자주 가던 카페들. 카페 엔
젤리토스(상), 중후한 분위기의 카페 토르토니(중), 카페 라 비엘라(하)

블루투스 이어폰을 산 김에 바깥 소음을 차단하기 위해 헬스장에서 탱고 음악을 듣자고 단순하게 마음먹은 건데, 꼬라손 넘치는 탱고 생활이 비로소 시작된 것 같다. 요즘은 기분 전환을 위해 가끔 발스도 듣는다. 발스 음악은 빠르고 경쾌해 듣기만 해도 기분이 상쾌해진다. 이렇게 음악과, 춤이 함께하니 이제 나의 중년은 우울해지고 싶어도 우울해질 수가 없다.

밀롱가에서 자주 들을 수 있는 대표적인 탱고 악단 맛보기

- **카를로스 디 살리(Carlos Di Sarli)**
느린 음악이 많고 초보자에게 적합

- **오스발도 푸글리에세(Osvaldo Pugliese)**
드라마틱한 음악으로 초보자에게는 어려울 수 있음

- **프란시스코 까나로(Francisco Canaro)**
스펙트럼이 다양함

- **후안 다리엔소(Juan D'Arienzo)**
독특한 스타카토 리듬 등 속도와 비트감이 특징

밀롱가에서 그림 감상도 함께

— 화가 송경화, 화가 밀로 님

다녀본 밀롱가 중에서 가장 넓은 곳은 단연 DT밀롱가다. 천장도 얼마나 높은지 거대한 예식홀 같다. 어떻게 보면 썰렁할 수도 있는 이곳의 넓은 벽은 가끔 화가들의 그림 전시 공간으로 사용되기도 한다. 정말 좋은 아이디어다. 지금은 DT가 너무 크게 확장해서 거의 강당 분위기가 나지만 확장하기 전은 정말 좋았다. 적당히 시원시원한 크기의 홀 곳곳에 붉은 휘장 같은 커튼이 드리워져 있어, 커튼을 젖히며 영화 〈화양연화〉의 장만옥과 양조위가 달려 나올 것만 같았다. 영화 속, 붉은 조명 아래 커튼이 처진 복도 사이를 달리던 그 모습 그대로.

벽에 걸린 대형 유화 작품들도 멋진 분위기에 한몫했다. 처음 DT에 갔을 때는 탱고를 추는 모습을 그린 대형 유화 작품들이 걸려있었다. 선과 점으로 표현된 소용돌이치는 환상적인 분위기에서 사람들이 서로를 포근하게 껴안고 춤을 추고 있었다. 작가가 한때 파트너 수업도 함께 들었던 밀로 님이라는 것은 나중에 알게 되었다.

나는 미술 전공자는 아니지만 10여 년째 유화를 그리고 있다. 어린 시절 누구나 공책 한 모퉁이에 재미로 그려보곤 하는 만화 주인공 그림 말고, 학창 시절 제대로 그림을 배워본 적도 있다. 대학에 다닐 때였다. 반대할 게 뻔하기에 부모님과 상의하지 않고 고향을 떠나 서울로 가기로 한 나는, 마포구에 있는 누구나 아는 명문 미대 대학원 진학을 꿈꾸고 있었다. 만들기를 좋아해서 금속공예나 뭐 그런 걸 대학원에서 전공해야겠다고 막연히 생각하며 우선 그림부터 배워야겠다고 마음먹었다.

지금처럼 인터넷을 이용해 정보를 쉽게 얻을 수 있었던 시대도 아니었기에 어떻게 알고 찾아갔는지는 전혀 기억나지 않지만, 그곳은 대구에서도 꽤 유명한 미대 입시 학원이었다. 다행히 중고등학생이 아닌 성인은 초등학교 교사이신 분이 한 명 더 있어 그곳에서의 생활이 어색하지는 않았다. 방학이어서인지 입시 학원답게 빡센 일정이었는데 오전에는 석고상 데생을 하고, 오후에는 수채화를 그렸다. 집에서 그림을 그리는 요즘도 가끔 들르곤 하는 성인 화실과는 달리 그곳에서는 매일매일 데생을 한 장씩 완성해야 했다. 비너스는 알고 있었지만 아그리파를 비롯한 수많은 석고상을, 어둑어둑하게 부분 조명이 켜진 그곳 데생실에서 처음 보았다.

수채화도 매일 한 장씩, 정해진 시간까지 완성해야 했다. 수채화 그리기가 끝나면 수강생들이 둥글게 둘러앉아 돌아가며 작품에 대한 평을 했다. 성인인 우리 두 사람도 고등학생 입시생들과 함께 똑같이 둘러앉아 작품 평가에 참여했다. 실기를 가르치던 선생님은 중년의 나이에 곱슬머리셨는데 개성 있게 그리는 것이, 좀 못 그려도 홍대 입시에는 유리하다는 등의 이야기도 하셨으니 그곳은 서울의 명문 미대를 목표로 하는 수험생들도 많았던 것 같다.

이렇게 스파르타식으로 매일 그림을 완성해가니 짧은 시간에도 표현력이 많이 좋아졌다. 곳곳에 놓인 검은 천 위의 하얀 석고상들과 사각거리던 연필 소리, 신한 전문가용 수채화 물감을 팔레트에 처음 짤 때의 성스러웠던 기분, 고요한 정적 속에 들리던 물통에 붓을 씻던 소리 등이 지금도 행복한 기억으로 떠오르니, 나는 그림 그리기를 좋아하는 사람임이 분명하다. 그림 그리기에 소질이 있는지는 아직도 잘 모르겠지만.

하지만 나는 미대 대학원에 진학하지 못했다. 수도권에 있는 중학교에 부임하면서 첫 월급을 타서 가장 먼저 한 일이 도심까지 나가서 이젤을 산 것이었지만, 지독한 향수병에 걸리고 말았던 것이다. 향수라는 말에 왜 병이 붙는지 그때 분명히 몰랐지만, 지금은 알 수 있다. 나는 정말 친구가, 고향과 혈육이 그리워 아팠다.

그때 시내에 있는 화방까지 따라와 무거운 이젤을 자취방까지 들어다 주었던, 같은 학교에 함께 부임한 키 크고 잘생긴 남교사가 있었다. 대학을 졸업하고 며칠 뒤인 2월 말 신규 발령자들을 대상으로 교육청에서 잠시 교육받을 때 같은 학교 교사라는 걸 알고 통성명한 사이였고, 그날 길을 잘 모르는 나를 전철역까지 데려다주기도 했었다. 전철역 앞 카페에서 차를 마시다가 나는 갑자기 눈물을 펑펑 쏟았는데, 원해서 고향을 떠나오긴 했지만 낯선 타향에서 살아갈 일이 갑자기 막막해서였던 것 같다. 그때 어찌나 울었는지 부임 날 만나자마자, 그는 내가 안 올 줄 알았다며 반갑게 맞아주었다. 고향이 인천이었던 그 남교사는 명랑하고 애교 많은 성격으로 내 마음을 붙잡기 위해 현관문 밖에서, 집 밖 놀이터에서 참 많이도 오랫동안 기다려줬다. 하지만 그를 뿌리치고, 지금의 남편과 대학을 졸업한 바로 그해인 24세에 결혼했다. 이유는 오직 한 가지였다. 향수병에 걸려 서울말을 쓰는 사람은 전혀 남자로 느껴지지 않았는데, 그는 고향이 비슷한 지역이었기에 남자 같았다.

결혼한 후 여러 가지로 무기력하게 지쳐가던 중 살사를 만나 다시 나로 살아날 수 있었는데, 그때 동호회에서 처음 배운 춤이 '온원On 1'이라는 살사였다. 여자는 왼발이 첫 스텝으로 뒤를 먼저 밟아주어야 했다. 쿠바에서 살사가 발생했으니 당연히 그렇게 추는 것으로 생각했는데, 어느 순간부터 달라졌다. 오른발로 앞을 먼저 밟아주는 것이 첫 스텝이 된 것이다. 사람들은 새로 바뀐 것을 '온투On 2'라고 불렀다. 차츰 살사 바에서 온투를 추는 사람들이 생기더니 점점 대세를 이뤄, 강남까지 가서 강습을 한동안 받고서야 드디어 온투를 즐길 수 있게 되었다. 그리고 이유는 알 수 없지만 온원을 추는 사람들이 점점 줄어들다가 어느 순간 자취를 감추었다.

그림 이야기를 하다가 갑자기 살사 이야기를 하는 것은 살사의 온투가, 그림을 다시 시작하게 된 어떤 계기가 되었기 때문이다. 사람들은 온투를 뉴욕 스타일 살사라고 말했다. 즉 뉴욕이 온투 살사가 생겨난 본고장이라는 뜻이다.

추석 연휴가 어찌어찌하여 매우 길어진 어느 해였다. 이렇게 긴 연휴를 늘 하던 대로 고향에 가서 부모님만 보고 오기에는 아깝다는 생각이 들었다. 교사라 늘 덥거나 추울 때만 여행할 시간이 나서 아쉬웠는데 가을이라 날씨도 너무 좋았다. 이런 좋은 기회는 다시 오지 않을 것 같아 욕을 얻어먹더라도 이번에는 여행을 다녀와야겠다고 굳게 마음먹고 로마로 가는 비행기 표를 검색해보았다. 하지만 사람들이 모두 같은 생각인지 직항은 이미 매진되어 환승해서 가려면 비행시간이 너무 길었다. 그 순간, 한 번 다녀온 곳이긴 하나 온투 살사의 성지인 뉴욕의 살사 바에 가보자는 생각이 갑자기 들었다.

뉴욕행 비행기 표를 끊은 후 어느 날, 아파트 1층 알림판에서 성인 화실

개원을 알리는 쪽지를 우연히 보게 되었다. 다행히 집과 위치도 가까웠다. 그 순간 뉴욕에 가서 스케치라도 하게 그림을 다시 시작해볼까 하는 생각이 문득 머릿속을 스쳤다. 화실에 방문했더니 원장님은 샤갈도 입학을 거절당했다는, 사실주의 화풍으로 유명한 상트페테르부르크의 레핀아카데미에서 석사 학위까지 받은 실력파 화가셨다. 마음먹은 김에 바로 등록하여 줄을 긋는 것부터 시작하여 여행 직전에는 전도연, 송강호, 장만옥 등 내가 좋아하는 배우들 얼굴도 연필 스케치로 완성할 수 있었다.

그림을 다시 그려야겠다고 마음먹은 직접적인 이유는 뉴욕 여행이었지만 읽은 책의 영향도 무시할 수 없다. 아이가 중학생이 된 이후 그동안 혼자서 여기저기 자유여행을 다녔지만, 미술관이나 박물관 관람, 카페나 쇼핑 위주의 여행 방식은 나랑 맞지 않았는지 여행에 회의가 느껴져 떠나고 싶은 마음도 사라졌다. 뉴욕 여행도 마침 가을에 연휴가 길기도 하고, 살사 바를 염두에 두고 결정한 거지 뉴욕이라는 도시에 큰 기대를 한 건 아니었다. 그리고 뉴욕은 이미 한 차례 다녀오기도 했었다. 그림을 다시 배워야겠다고 생각하니 그 무렵에 읽은, 알랭 드 보통의 『여행의 기술』에 나오는 다음과 같은 구절들이 떠오르면서 반드시 다시 그림을 시작해야겠다는 결심이 확고해져서 화실을 찾아간 것이다.

영국의 미술 평론가 러스킨은 어떤 장소의 아름다움을 소유할 수 있는 가장 좋은 방법은 데생이라고 보았다. 그리고 누군가에게 그림(데생)을 가르치는 목적도 화가로 만드는 것이 아니라 세상을 더 행복하게 살아가는 데 도움이 되기 위함이라고 했다. 러스킨은 사진 찍기를 싫어했는데, 보는 것을 대체하여 보조 장치를 사용함으로써

사진이 한 장도 남아있지 않은 스페인 여행을 아쉬워하며 그린 〈스페인 풍경 2〉(캔버스에 유화)

오히려 전보다 세상에 주의를 덜 기울이게 되고 얼른 찍고는 잊어버
린다고 보았다.

이것은 나도 같은 생각이다. 바르셀로나에서 가우디가 살던 집을 방문
했을 때 입장객 중 동양인 여성 한 분이, 들어올 때부터 나갈 때까지 대형 비
디오카메라에서 한 번도 눈을 떼지 않고 찍는 걸 본 적이 있다. 그때 '저분이
본 것은 대체 무엇일까. 영상인가 현실인가. 진정 봤다고 할 수 있을까.' 하
는 생각을 한 적이 있었기 때문이다.

알랭 드 보통은 러스킨의 말처럼 해본다. 창문도 그려보고 떡갈나무도
스케치해보았더니 아이가 웃을 정도로 형편없는 수준이었으나 그가 평생 봐
온 것보다 그것들의 정체성을 제대로 감상하고 기억할 수 있었다고 했다. 즉
그림을 그리게 되면 사물을 세밀한 부분까지 꿰뚫어 보는 능력을 갖출 수 있
다는 것이 러스킨의 말이고, 알랭 드 보통은 그 말이 진실임을 그림을 그려봄
으로써 알게 되어 여행의 의미를 발견할 수 있었다고 했다.

여행의 기억을 사진과 자질구레한 기념품으로만 남기던 이제까지의 여행
과는 달리 뉴욕에서는 작은 수첩을 가지고 다니면서 스케치를 시작했다. 영
화 〈섹스 앤 더 시티Sex And The City〉에서 주인공들이 자주 가는 세렌디피티
카페에서는 주문한 아이스크림도 그리고, 틈틈이 사진 속의 내 모습을 그리
기도 했다. 사진을 찍을 때도 예전과는 마음가짐이 달랐다. 돌아가서 그림
으로 그릴 생각을 하면서 찍으니 대충 보아 넘기는 풍경이 없었다. 살사를
출 수 있는 뉴욕의 바에 가볼 생각으로 여행을 결심한 것이, 부수적으로 몇
십 년 만에 다시 그림을 그리는 동기가 될 줄 어찌 생각했겠는가.

여행에서 돌아와서는 데생 단계를 끝내고 유화를 시작했다. 퇴근 후 시

간을 쪼개 주 2회는 화실에 다니며 여행의 추억을 그림으로 표현했다. 힘든 순간도 많았지만 완성된 작품들은 정말 내가 낳은 자식보다 더 애착이 갔다. 그리고 그 이후에 떠난 여행에서는 이제 더는 지루할 틈이 없었다. 그림 그리는 눈으로 사물을 보니 모든 게 새롭게 느껴졌고, 가끔은 스케치를 하기도 했다. 그러면 지나가던 사람들이 형편없는 내 그림을 보고도 엄지척을 해주었다.

어느 날 DT를 갔더니 그림이 완전히 바뀌어 있었다. 화사한 추상화 대작이 여러 점 있었다. 오랫동안 걸려있던 밀로 작가의 강렬하고 독특한 탱고 추는 사람들 연작이 철거되고 난 뒤 한참 지나서이다. '앗, 이럴 수가!' 입구에 놓여있는 팸플릿을 보고 깜짝 놀랐다. 화가 이름이 '송경화'였기 때문이다. 나랑 동명이인이다.

아직 나는 20호에서 30호 정도의 소품 위주의 유화를 그린다. 일은 그만두었으나, 탱고도 열심히 하고 싶고 어쩌다 글도 쓰게 되어 지금은 대작을 그릴 엄두를 내지 못하고 있다. 하지만 넓고 흰 벽을 볼 때마다 언젠가는 밀로 작가나 송경화 작가처럼 나의 작품으로 하얀 벽을 멋지게 장식하고 싶다는 생각이 문득 들곤 한다.

2022년 9월에도 마스크를 쓴 사람이 없었던 부에노스아이레스의 라 보카 거리

6장

이상한
코로나 나라의
엘리스

역시 마스크를 쓴 사람이 없었던, 중장년층이 많던 밀롱가 '발마세다(Balmaceda)'

Your consistency and persistence
makes perfection.

좋은 결과를 만드는 것은 일관성과 지속성이다.

영국 항공이 사라졌다!

— 여행 노, 하지만 나에겐 탱고가 있다

2020년은 정말 이상한 해였다. '이상한 나라의 엘리스'가 토끼 굴에 빠져 땅속 나라에서 힘든 모험을 하듯 전 세계 사람들이 한꺼번에 코로나라는, 토끼 굴과 같은 구렁텅이에 빠졌다. 많은 사람이 그곳에서 날로 몸이 비대해졌지만, 불행하게도 우리에게는 엘리스처럼 몸을 늘렸다가 줄였다가 마음대로 할 수 있게 해주는 부채도 약도 버섯도 없었다. 그 이상한 나라에서는 모두 마스크라는 걸로 얼굴을 덮고 다니고 주사를 맞지 않은 사람은 주변의 따가운 시선을 받으며 범죄자 취급을 받았고, 아무 곳도 들어갈 수가 없었다.

그해 2월 중순에 대구에서 조카 결혼식이 있어 참석하고 월요일에 출근하니, 사람들의 시선이 이상했다. 내가 간 결혼식장과 가까운 예식장에 신천지 교도인 중년의 여자가 다녀갔는데, 그녀가 전염력이 상상을 초월하는 우한에서 온 폐렴에 걸린 상태로 이곳저곳을 돌아다니는 바람에 대구에 환자가 속출하고 있다는 뉴스 때문이었다. 일요일까지는 그 어떤 언론 보도도 없어서 자유롭게 대구를 쏘다녔는데, 직장 사람들은 마치 그 폐렴이라도 옮아온 것처럼 나를 피했다.

방송에서는 늘 대구의 우한폐렴과 신천지 교도 집단 발병 보도에 많은 시간을 할애했으며, 대구 사람은 배척당했다. 서울에서 약국을 하는, 잘 아는 약사님은 "경상도 사투리를 쓰는 환자가 약국에 오면 제일 무섭다."라며 지역 차별적인 발언도 공공연하게 했다. 자매들에게 전화해보면 신천지 교인들이 집단으로 걸린 거지 우리하고는 상관없다며, 대구를 매도하는 뉴스에 분통을 터뜨리며 자존심이 상해 죽겠다고 말했다. 그곳에서 마스크가 부족하다는 보도도 있어, 사서 보내주겠다는 말에는 "됐다."라며 화를 내기도 했다.

그런데 코로나로 명칭이 바뀐 우한폐렴으로 청천벽력을 맞은 사람은 정작 나였다. 2020년 7월에서 8월 사이에 한 달간 스코틀랜드를 혼자서 여행하기로 여정을 짜고, 2월에는 이미 모든 준비를 끝마친 상태였기 때문이다. 에든버러행 비행기 표를 구매하고, 스코틀랜드 최북단에 있는 오크니섬에 가기 위해 페리까지 모든 비용을 지불했다. 2019년 여름 아이슬란드에 백팩을 가지고 가서 텐트에서 5일간 자며 라우가베구르 트레킹 코스를 혼자서 완주한 것에 고무되어, 스코틀랜드 여행에서는 웨스트 하이랜드 트레일 153㎞를 8일간 걷기로 결심하고 필요한 물품까지 이미 구입을 완료한 상태였다.

일행 없이 혼자서 라우가베구르 구간의 빙하를 건너고 강을 건너면서 가장 큰 문제는 배낭의 무게였다. 태어나서 캠핑이라고는 한 번도 해본 적이 없었던 나는 정보도 부족한 상태에서 너무 부피가 크고 무거운 텐트랑 슬리핑백을 구매했다. 평소에 캠핑을 즐긴다는 주변 사람들에게 물어보기도 했으나 그들도 아이슬란드란 추운 곳에서 캠핑할 때는 어떻게 해야 하는지 어떤 정보도 주지 못했다. 그래서 캠핑용품 할인 매장에 가서 일습을 구매했는데, 사장님도 국내에서 일박한 게 캠핑 경험의 전부였다. 그리고 예행연습으로 가까운 곳에서 일박이라도 해보라는 주변의 충고를 무시하고, 거실에서 텐트 폴대를 한번 끼워본 게 전부인 상태로 여행을 떠났다. 텐트와 슬리핑백으로도 이미 가득 차니 식량이나 필수품들을 넣을 공간이 부족했고, 백팩 무게로 스틱이 아니면 일어서기도 힘들었다.

그래서 스코틀랜드 여행을 위해서는 거금을 들여 초경량 텐트와 가벼운 슬리핑백, 버너까지 종로의 전문점까지 가서 이미 다 장만한 터였다. 배낭 무게로 하루치 식수를 휴대하는 게 불가능했던 아이슬란드 여행에서는 빙하 녹은 물을 그냥 마셔도 문제가 없었다. 하지만 배탈 날 확률이 100%인데 운이 좋았다는, 네팔 트래킹도 다녀오셨다는 가게 대표님 말에 겁이 나서 휴대용 정수기까지 샀다.

전화는 해봤자 받지를 않아 브리티시 에어라인 항공사에 취소를 원한다는 내용의 메일을 보냈다. 그런데 아무리 기다려도 항공사에서 답변을 보내주지 않았다. 렌트카 회사에도 이메일을 보냈다. 트레일 기간을 제외한 나머지 기간은 차로 여행하려고, 이전에 페로제도를 여행할 때 만족도가 높았던 유로카로 예약했는데 다행히도 전액을 돌려받았다.

그러나 차를 싣고 오크니섬으로 가기 위해 비싸게 예약한 페리 회사는 망해버렸는지 끝내 아무 연락이 오지 않았고, 이미 지불한 40만 원 정도를 날렸다. 숙소들은 예약 취소가 가능한 곳들은 돈을 돌려줬다. 다만 가격이 저렴해서 취소 불가로 예약한 곳은 돌려받지 못했다. 숙박 날짜를 변경할 수 있다는데 언제 다시 여행 갈 수 있을지 시절이 하 수상한 마당에 변경은 불가능했다. 영국이 한국인의 입국을 막고 있었으니 더욱더 그러했다.

원래 계획대로라면 여행을 떠날 시점이 되었을 때였다. 폰을 켜면 화면에,

예약한 스코틀랜드 숙소 중 한 곳이 늘 떠 있곤 했다. 나는 그걸 무심히 보았다. 보통 여행 준비를 시작하면 숙소나 항공편 예약서 등을 네이버 메일함 한 곳을 지정해 모아 두곤 해서, 빠짐없이 취소했으니 문제가 될 건 없었다. 그런데 어느 날 갑자기 생각났다. 마지막 8일 정도는 에든버러에서 푹 쉬고 오려고 다소 럭셔리한 숙소를 예약했는데, 그곳에서 구글 메일로 예약확인서를 보내주었다는 것을. 네이버 메일로 다시 보내달라고 주소를 알려주었으나 보내주지 않았고, 한 숙소만 구글 메일이니 그곳을 취소해야 한다는 걸 까맣게 잊은 것이다. 그 사실을 깨달았을 때는 이미 날짜가 지나가 버려 환불받을 방법이 없었다. 날짜가 임박해오니 미리 확인해보라고 폰에 숙소가 계속 떴는데, 무심코 보는 바람에 거금 100만 원 정도를 또 날렸다.

브리티시 에어라인은 메일을 보낸 지 두 달도 더 지나서 드디어 연락이 왔다. 180만 원 정도나 되는 항공료를 돈으로 돌려주지 않고 쿠폰으로 준다는 것이다. 첨부된 쿠폰에는 2022년 4월 30일까지 꼭 사용해야 한다고 쓰여 있었다. 20개월 정도 기간을 유예해준 것 같은데 여름 여행 계획을 세운 나에게는 그 기간에는 한 번의 여름밖에 없었다. 그러나 2021년 여름에도 코로나로 여행을 할 수 없어 또다시 물거품이 되고 말았다. 사용 기한이 점점 다가와서 항공사에 다시 메일을 보냈다. 4월 30일까지 불가능할 것 같으니 연장해줄 수 있느냐는 내용으로. 하지만 이번에도 아무리 기다려도 답은 오지 않았다. 그래서 스코틀랜드 대신 어디 따뜻한 곳이라도 여행해보려고 영국 항공 운항 노선을 검색해보고 경악했다. 그 항공사가 한국에서 철수한 것이다. KLM 네덜란드 항공이나 싱가포르 항공까지 영국으로 운항하고 있는 마당에 영국 국적기가 철수해버린 것이다. 혹시나 해서 메일을 자주 확인해봤지만 결국 답은 오지 않았고 180만 원의 항공료도 또 날렸다.

2017년 노르웨이를 트래킹을 겸해 여행할 때 두 번이나 캐리어가 안 와서 마음고생이 심했던 나는, 스코틀랜드 트래킹 여행에도 또 그런 일이 생길까 봐 처음으로 직항인 비싼 영국 국적기 항공권을 구매했었다. 그리고 여행 날짜를 변경했더니 위약금으로 20만 원 정도가 더 추가되어 결과적으로는 피해 액수가 훨씬 커진 것이다.

2020년 봄, 일을 그만둬 버리기로 마음먹었다. 코로나로 직장을 그만둔 많은 사람처럼 나도 직장을 떠났다. 원래 피부가 민감한 편인 나는 피부 관리를 한 번만 받아도 얼굴 전체에 빨갛게 발진이 돋아 전문 피부과 병원을 찾아가 치료받아야 한다. 목 알레르기도 있어, 아무리 순면이라도 피부에 닿으면 빨갛게 발진이 생겨 한겨울에도 항상 섹시하게(?) 목을 깊게 드러내고 다녀 주변 사람들을 늘 걱정하게 했다. 이런 내가, 마스크를 온종일 쓰고 직장 생활을 하려니 얼굴이 난리가 났다. 빨갛게 발진이 돋아 가렵고 쓰리고, 마스크 먼지가 목으로 날려서인지 원래도 알레르기가 심한 목은 빨간 반점이 오돌오돌 돋아 봐줄 수가 없을 정도였다. 피부과에 가서 먹는 약과 함께 아토피 전용 연고를 처방받아 바르고, 진정 관리도 받았지만 그때뿐이었다. 날씨가 더워지면서 증상은 더욱 심해져 드디어 직장을 그만두기로 결심했다. 직장에 다니면서 가사 노동에 여러 취미 활동으로 늘 시간이 부족했던 나는, 이참에 오랫동안 하던 일은 접었다고 하는 편이 맞을 것이다.

사람들에게 직장을 그만두면 하고 싶은 게 뭐냐고 물으면 대부분 여행을 마음껏 다니겠다고 한다. 나도 예외는 아니었다. 탱고의 고향 부에노스아이레스와 중남미 여행은 날씨가 좋은 가을에 가려고 아껴두기도 했다. 인제 시간은 많아졌으나, 코로나로 여행은 불가능했다. 그런데 그것이 의외로 내 삶에 타격이 약했다. 사진함에는 그려주기를 기다리는 풍경과 사람이 넘쳐 나고, 탱고도 마음껏 할 수 있다는 생각에 오히려 가슴이 부풀어 올랐다. 아이가 사용했던 방 하나를 빼앗아 화실을 만들었다. 출근하지 않으니 매일 조금씩이라도 그림을 그릴 수 있어 그곳에서 2019년에 다녀온 페로제도 여행 5부작도 완성할 수 있었다.

그리고 천만다행인 것은 탱고 강습을 계속 들을 수 있었다는 점이다. 밀롱가나 단체 강습은 중단되었지만, 금요일 밤 소수 정예반 수업은 계속되어 그래도 탱고의 끈을 놓지 않을 수 있었다. 생전 끼어본 적이 없는 마스크 때문인지 등줄기로 땀이 비 오듯 흘렀지만, 팬데믹 시대에 춤을 출 수 있는 곳이 있다는 것만으로도 너무나 즐거웠다. 밀롱가는 열리지 않았지만 가끔이나마 밀롱가가 열리던 스튜디오를 예약해서 수업이 끝난 후 소규모로 춤을 추는 것도 행복했다. 그리고 이 시절 땀을 흘리며 즐겁게 춤출 수 있었던 것은 탱고에만 집중해왔기 때문이었다.

아, 헬스장 너마저

— 탱고도 올 스톱

우리 동네 뒷산인 정발산은 무려 해발 87m다. 산이라고 부르기도 애매한 높이지만 이름값을 하느라 사방으로 산등성이가 뻗어있는데, 곳곳에 등산로가 나 있어 시민이라면 누구나 좋아하는 산이다. 적당히 경사진 산책로를 따라 정상까지 올라갔다가 오르락내리락하며 이어진 산책로를 걸으면, 평지를 걷는 것에 비해 훨씬 운동도 되고 지루하지 않다. 하지만 햇빛과 바람을 유독 싫어하는 나는 산을 오르는 게 쉽지는 않았다. 시력은 좋은데 안구 건조가 심해 젊을 때도 살랑거리는 바람에 눈물을 줄줄 쏟았었다. 호수공원이 바로 앞이고 조금만 걸어도 산이 있는데도 특별한 일이 없으면 헬스장에 가서 운동했다. 그리고 헬스장은 집에서 엘리베이터만 타고 가면 되니, 정말 편리하고 입주자 전용이라 안심이 되는 곳이다.

코로나로 인원 제한이 시작되자 2층 헬스장이 바로 문을 닫았다. 개인이 운영하는 곳은 어디나 문을 여는데 주민의 안전을 위한 결정이라고는 하지만 나 같은 헬스장 마니아는 황당하기 짝이 없었다. 가까운 곳에 적당한 곳이 있으면 다녀보려고 한 곳을 방문해서 문을 열고 들어갔더니 모든 사람이 일시에 쳐다보았다. 남성 전용은 아닌데 거기에는 전부 남자들뿐이었다. 몇 가지 물어보고 기가 죽어 얼른 그곳을 나온 후, 지나가는 길에 봐둔 또 다른 곳을 찾아갔다. 헬스장을 카페처럼 꾸미는 게 최신 트렌드라는데, 카페 같은 그 헬스장은 신비한 푸른빛 간접조명으로 어두컴컴하니, 운동 기구만 없으면 뉴욕의 재즈바 블루노트가 이렇지 않을까 싶었다.

처음에는 운동만 할 수 있는 저렴한 회원권을 끊었다. 그러나 개인 PT를 받는 사람들 사이에서 운동하고 있으니 눈치가 보여 나도 개인 PT로 바꿔 주 2회 트레이너와 함께 운동했다.

운동을 하고 싶은 부분이 특별히 있느냐고 물었을 때 탱고만 염두에 두고 대답했다. 튼튼한 허벅지와 엉덩이, 파인 드레스를 입었을 때 보이는 멋진 등 근육을 기르고 싶다고. 다양한 자세로 여러 가지 기구를 이용하여 런지를 계속하니 효과가 나타나 허벅지와 엉덩이 근육이 점점 자리 잡기 시작했지만, 나는 PT가 불편했다.

담당 남자 트레이너는 예쁘장하고 순진하게 생긴 어린 친구였는데, 지나치게 과묵했다. 한 세트 20개 동작을 하고 나면 꼭 휴식 시간을 가지니, 한 시간에도 몇 십번이나 휴식 시간이 있었다. 휴식 시간이 짧아서인지 어디 가지 않고 그냥 옆에 있었는데, 평소 침묵을 못 견디어 하는 나에게는 그 시간이 고통의 시간이었다. 어색한 분위기를 깨기 위해서는 꼭 내가 먼저 말을 해야 했기 때문이다. 나중에는 헬스장 가기 전에 무슨 이야기를 해야 어색하지 않을지, 할 이야기를 숙제처럼 미리 생각해두곤 했는데 나이 차가 워낙 크기 때문에 적절한 화제를 찾는 것도 쉽지 않았다. 다른 트레이너는 늘 혼자서 수다 삼매경에 빠져있곤 했는데, 나의 트레이너는 애써 준비해간 말에도 늘 "하하." 하고 딱 두 글자로 웃는 게 전부였다.

그러다가 할 이야기도 떨어지고 했던 이야기를 또 할 수도 없어, 3달 정도 PT를 받고는 그만두었다. 사실 한 달만 받으려고 했는데 끝나갈 무렵 트레이너가 친절하게 권해, 할 수 없이 연장하다 보니 그렇게 된 것이다. 3회차에는 절반 정도만 나간 후부터 아예 가지 않았는데 그 이유는 또다시 연장하라고 권하면 거절할 자신이 없어서이다. 남들은 이상하게 생각하겠지만, 평소 딱 잘라 거절을 못 하는 나로서는 이런 방법이 늘 최선이었다.

헬스장을 다니는 대신 나는 산을 이용해서 운동하기로 마음먹었다. 아주 오래전에 아이랑 함께 한 번 가본 게 전부지만, 거기에는 다양한 운동기구가 있었고 또 산을 오르니 당연히 하체 운동은 자연적으로 될 것 같았다. 다행히 사이클용 구글을 끼니 눈물이 나는 건 막을 수 있었다. 높지 않은 산이라 해도 경사길이라 오르기 힘든 곳이 많았지만, 하체 단련에 도움이 될 것 같아 오히려 안심되었다.

옛날과 마찬가지로 산 정상 체력단련장에는 뭐든지 아는 척하고 참견하기 좋아하는, 일명 고인물 아저씨들이 많았고, 그들 사이에는 끈끈한 커뮤니티도 형성되어 있는 것 같았다. 운동하는 틈틈이 정치 이야기도 많이 하시는데 전문적인 정치평론가들 같았다. 그들 사이에 끼여 또 다른 여자분과 어색하게 운동하면서 아저씨들의 호기심 어린 시선을 받기도 했지만, 헬스장에서 트레이너와 운동하는 것보다는 마음이 편했다. 마스크를 끼고 산에 올라 운동하면, 마스크가 땀과 내쉬는 호흡으로 축축해지기 일쑤여서 몇 장의 여분도 꼭 가지고 다녔다.

2층 헬스장이 잠깐 다시 문을 연 적이 있긴 하다. 확진자를 잘 관리해서 숫자가 엄청나게 줄어들었을 때 수영장이랑 모든 곳이 갑자기 문을 열었다. 그땐 화정을 비롯한 모든 밀롱가가 잠시 오픈했던 기간이기도 하다. 그러나 기쁨도 잠시, 모든 게 다시 셧다운되고 또다시 정발산에 올라갈 수밖에 없었다.

이때가 아마 2020년 늦가을이었던 것 같은데 이제는 더 이상 춤을 출 곳이 없었다. 소규모 탱고 강습도 5명 인원 제한에 걸려 없어지고, 밀롱가도 열리지 않으니 어쩔 수 없었다. 20명 인원 제한일 때와는 달리 이제는 나를 불러주는 사람도 없었는데 5명 인원 제한이니 어쩌면 당연했다. 불안감이 엄습했다. 비록 명품 몸매는 아니지만 그동안 알게 모르게 긴 세월 살사와 탱고로 몸의 춤 근육이 섬세하게 자리 잡았을 텐데, 이런 근육들이 다 사라지겠구나 하는 생각에서였다. 또다시 정발산밖에 없었다. 확진자가 점점 많아져 개인이 운영하는 헬스장도 죄 문을 닫았기 때문이다. 산 위의 체력단련장도 사용할 수 없게 겹겹이 테이프가 둘러쳐졌다. 이제 남은 곳이라곤 철봉과 윗몸일으키기를 할 수 있는 곳 정도에 불과했다. 할 수 없이 이어진 산봉우리 몇 개를 걷기 시작했다. 그리고 계단이 있는 곳은 탱고 음악을 흥얼거리며 뒤꿈치를 든 자세로 최소한 5번씩은 왕복했다. 윗몸일으키기를 하는 곳에서는 거꾸로 매달려 다리 들어 올리기를 하고, 엎드려서 상체를 들어 올려 등 근육을 유지하기 위한 운동을 했다. 벤치에 뒷다리를 올려두고 런지도 했다. 운동하면서 탱고를 위한 내 몸을 한시도 생각하지 않은 때가 없었다.

이렇게 나는 2020년에서 2021년으로 넘어갈 때까지 문 닫은 헬스장 대신 부지런히 산에서 운동했다. 영하 10도 이하로 내려가는 추운 날씨에도, 눈이 내리는 날에도 하루도 운동을 거르지 않았다. 요즘은 산 등산로에도 염화칼슘을 뿌린다는 사실을 처음 알았다. 윗몸일으키기를 하는 나무판이 너무 차가워 나중에는 요가 매트를 매고 다녔더니, 어쩌다 동네 주민을 만나면 요가 하러 가냐고 묻곤 했다.

산을 오르내리니 하체 운동은 되는데 아무래도 상체 운동이 부족하다는 생각이 들었다. 문득 호수공원에 있는 야외 헬스장이 생각났다. 주차장 옆이고 접근성이 좋아서인지 늦은 저녁에도 머리가 벗겨지고 확 늙으신 할아버지들도 운동을 많이 해서 자리가 안 나는 곳으로, 산책로 옆이라 안전하다. 그곳을 늦은 시간에 가봐야겠다는 생각이 들었다. 예상대로 밤 11시쯤 가니 헬스장은 한적했다. 큰길로 연결되는 통로라 그 시간에도 사람들이 적당히 왔다 갔다 하고, 배드민턴 치는 사람도 많았다. 그 이후로 산 대신 공원에 가기 시작했는데, 공원을 반 바퀴 뛴 다음 1시간 동안 다양한 운동을 했다. 정발산과 달리 가볍게 운동할 수 있는 기구들뿐이어서인지 테이프로 둘러쳐진 곳은 없어 다행이었다. 비가 웬만큼 많이 오지 않는 한 운동을 쉬지 않았다. 키친타월을 가져가 웬만한 물기쯤은 닦아가면서 운동했다.

점점 날씨가 풀려서 밤에도 선선해질 정도가 되자 재미있는 풍경도 보였다. 식당은 9시에 문을 닫고 편의점에서도 음식을 먹는 것이 불가능해지자, 젊은이들이 호수공원으로 대거 몰려든 것이다. 밤 11시 가까운 늦은 시간에도 공원 어디에나 불빛이 반짝거렸다. 캠핑용 램프와 의자까지 가지고 모여서 술을 마시거나 연인들끼리 사랑을 속삭이는 풍경이 산책로 옆으로 끝없이 펼쳐졌다. 그들이 안쓰럽기도 했으나, 밤늦은 시간에도 공원에 사람이 많으니 안전해서 나는 좋기만 했다.

그 시기에 이렇게 나는 탱고를 다시 출 날을 기다리며 하염없이 몸을 만들었다. 그리고 솔땅에도 가입했다. 기다린 보람이 있어 다시 수업도 재개되고 밀롱가도 열리기 시작했다. 그 무렵 밀롱가에서 친한 로와 만나서 이야기하던 중 그가 말했다.

"춤출 때 잡아보면 몸이 확 불어난 여자분이 정말 많아요."

여자만 체중이 늘어났겠는가. 남자도 똑같겠지 하는 생각을 하며 나는 입가에 회심의 미소를 지었다.

'탱고야, 나는 너를 다시 만나기 위해 피나는 노력을 했어. 칭찬해 줘.'

코로나와 솔땅

— 나만 쉬었다. 다시 탱린이로 돌아가다

밀롱가는 물론이거니와 5인 미만 인원 제한으로 탱고 강습도 11월에 종료되자, 그때부터는 아예 밤에는 서울에 나갈 일이 없어졌다. 문득 그동안 시작만 해두고 지지부진하게 써 오던 여행 수필을 이참에 완성해야겠다는 생각이 들었다. 막상 글을 다시 시작하자 책으로 출간해보고 싶다는 욕심이 생겨 드디어 완성을 눈앞에 두고 있었지만, 여행이나 탱고로 늘 세상과 만나던 나는, 사람들과의 연이 다 끊어진 느낌이 들었다.

해가 바뀐 지도 한참 지난 어느 날, 리아에게 오랜만에 연락해보았다. 그런데 그 탱고 욕심쟁이 리아도 별 뾰족한 방법이 없는 것 같았다. 기대도 안 하고 있었는데 곧 리아에게서 만나자는 연락이 왔다. 솔땅 연습실에서 5명이 쁘락을 하는데 참석할 수 있냐는 것이었다. 뛸 듯이 기쁜 일이었지만 문제가 있었다. 모두 솔땅 회원이고 나만 아닌데 연습실은 비회원은 사용할 수 없다는 규정이 있었기 때문이었다. 리아는 내가 비회원인 걸 다른 사람들에게 비밀로 해달라고 했다. 그리고 리아를 통해 더 중요한 사실을 알게 되었다. 사실은 매주 금, 토요일 비밀 밀롱가가 열리고 있어 알 만한 사람은 다 알고 간다는 것을.

몇 달 만에 다시 탱고를 춰보니 내 몸이 내 몸이 아니었다. 코어는 무너져 비틀거리고 팔로잉하기가 너무 힘들었다. 계속 비틀거렸다. 악의는 없지만 평소에도 솔직한 엔쏘 님은 대놓고 말했다.

"보통 다른 라들은 오초를 할 때 오르락내리락하지 않는데 엠마 님은 너무 무릎을 굽혔다 폈다 해요."

그 말을 듣고 고맙기도 하지만 자존심도 상했다. 5인 인원 제한이 있기 전에 수업이나 강습을 들을 때는 엔쏘 님이 그런 말을 할 처지가 아니었는데, 지금 내 상태가 그만큼 엉망이 되어버린 것이다. 비회원이 연습실을 이용한 것도 들통이 나버렸다. 솔땅에서 총책을 맡고 있는 레오 님이 갑자기 연습실에 들러 나를 본 것이다. 나는 남들이 들을까 봐 레오 님께 작은 목소리로 말했다.

"쁘락을 하러 온 게 아니라 까밀라 님께 내 신발을 양도할 일이 있어 잠시 들렀어요."

사실 나는 쁘락을 하러 온 것이었다. 솔땅 회원이 뭐라고 가입을 안 해서 이런 변명을 늘어놓아야 하는지 자존심이 무척 상했다.

그리고 탱고에 열정이 있는 주변 사람 중 몇 달 동안 쉬기만 한 사람은 나밖에 없다는 것을 이날 쁘락에 참가해보고 처음 알았다. 그들은 강습과 밀롱가가 중단된 상태에서도 솔땅 동기나 친한 사람끼리 인원 제한인 5명에 맞춰 쁘락을 계속한 것이다. 그래서 그들은 그동안 실력이 오히려 향상되어 있었다. 그러면서 비밀 밀롱가도 공공연히 다니는데 나는 모든 사람이 다 쉬는 줄 알고 몇 달간 쁘락이나 밀롱가를 알아볼 생각조차 하지 않은 것이다.

살사나 키좀바도 모두 끊고 오직 탱고만 하기로 마음먹고 피나는 노력으로 여기까지 왔는데 다시 탱고 초보인 탱린이로 돌아온 것이다. 당장은 강습도 금지되고 방법이 없어 할 수 없이 개인 강습을 통해 옛날로 돌아갈 수 있게 되기까지 다시 피나는 노력을 해야 했다.

이 일은 나 혼자만 잘하면 된다는 생각으로 미뤄왔던 솔땅 가입을 결심한 직접적인 계기가 되었다. 특히나 이번의 코로나 상황처럼 위기 상황에서 신속한 정보가 필요할 때, 동호회에 가입한 사람들은 다 아는 것을 나만 모를 수도 있는 것이다. 코로나 전에 솔땅에 가입했더라면 이처럼 우주를 홀로 떠도는 듯한, 그런 막막한 기분에 늘 불안했던 일은 없었으리라. 다행히 나는 '리아'라는 현명하고 빠릿빠릿한 지인이 있었으니 망정이지 아니었으면 끈 떨어진 연처럼, 탱고를 계속할 수 있었을까 하는 생각도 든다.

코로나로 얼마 남은 잃었지만, 탱고를 나만 쉬고 나서야 친구의 중요성을 새삼 깨닫게 되었다. 코로나 전에도 리아와 잘 지내기는 했지만, 그 이후에도 도움이 필요하다는 것을 알아채고 그녀는 나에게 많은 도움을 주었다. 이런 일을 계기로 더욱 가까워졌는데 친구란 어려울 때 비로소 진가가 드러나는 법이다. 리아는 꼭 탱고가 아니어도 정말 누구나 가까이하고 싶은 보석 같은 사람이었다.

마스크는 화장?

— 마스크 벗기가 두렵다

어느 날 리아랑 밀롱가 후일담을 나누던 중, 폰에 있는 사진을 보여주며 나에게 누구인지 맞혀보라고 했다. 어떤 중년 남자인데 아무리 봐도 알 수가 없었다. 결국 리아가 누구인지를 알려주었는데, 나는 "말도 안 돼!" 하고 소리를 질렀다. 그는 화정에 자주 들락거리다가 알게 된 사이다. 물론 밀롱가에서만 보는 사이이긴 하지만 입구에 들어서면 그가 왔는지부터 먼저 확인해보게 되는, 그런 사람 중 하나였다. 과장해서 말하자면 중학교 국어 교과서에 실린 「소나기」란 소설의 "그 뒤로 소녀의 모습은 뵈지 않았다. 매일같이 개울가로 달려와도 뵈지 않았다."라는 구절에 드러난 소녀를 향한 소년의 마음이라고나 할까. 오늘 몇 딴따는 편하게 춤을 출 수 있겠다는 안도감에 반갑게 느껴졌을 수도 있지만, 그가 온 걸 확인하고 나면 괜히 기분이 좋았다.

너무나 순수한 사랑에다가 비유한 것 같기도 하지만, 설레지 않는다고 하면 거짓말이다. 그만큼 춤이 잘 맞는다는 이야기도 되고 칭찬과 흠모 가득한 따뜻한 시선으로 늘 바라봐주어, 내가 소중한 사람이 된 것 같은 행복감도 주었다. 개인적으로 쌍꺼풀진 큰 눈을 가진 남자는 장동건이라도 싫어

하는데, 마스크를 쓰게 되면서 눈만 보이니 큰 눈으로 표현되는 감정 표현에 현혹된 것이다. 그런데 폰으로 본 사진 속 그분은 짙은 쌍꺼풀을 가진, 내가 상상했던 얼굴이랑 전혀 다른 중년 남자의 얼굴을 하고 있었다. "코로나 무서워~!" 하던 다정한 목소리의 귀여운 모습은 그 어디에도 없었다.

정말 오랜만에 피부과 시술을 받으러 다녀왔다. 거의 1년 반 이상 피부 관리 한 번 받은 적이 없는데, 큰맘 먹고 강남에 있는 피부과를 다녀왔다. 그 이유는 리사 님과 마스크 때문이다.

사실 마스크를 쓰고 있으면 이목구비 중 눈만 보이고 마스크 속 얼굴은 알 수가 없다. 그래서 코로나 시기에 밀롱가에서 처음 만난 사람들 사이에는 나중에 마스크를 벗게 되는 시기가 오면 얼굴을 알아볼 수 없는 사람이 대부분일 거라는 말이 파다했다. 밀롱가가 열리는 곳 복도에서 음료를 마시기 위해 잠시 마스크를 내리거나 벗는 사람들도 있는데 짧은 시간이지만, 예상했던 얼굴도 있지만 완전히 다른 얼굴인 경우도 많았다. 마스크 위는 순수하고 낭만적인데 하관이 완전히 하마같이 광대한 경우도 있고, 청순하고 어려 보였는데 마스크를 벗자 노화가 진행되고 있는 홀쭉한 턱을 보고 깜짝 놀란 경우도 있다. 섹시했던 얼굴이 이목구비가 드러나자 코와 입이 큼직한, 탐욕스러운 아줌마로 보이기도 했다. 반면 무섭고 무표정한 얼굴의 로가 실제로는 코와 입이 귀여운 모습이어서 급호감이 생긴 적도 있다. 탈의실 거울 앞에서 마스크 내리고 화장을 자주 하던 어떤 라는 인사할 때마다 내가 자신을 못 알아본다고 서운해하기도 했다. 그런데 마스크를 올리면 단번에 그녀를 알아볼 수 있었다.

그림을 그리다 보니 이런 식으로 주변 사람과 사물을 나도 모르게 너무 유심히 봐서인지 나는 마스크 내리기가 너무 무서워졌다. 남들도 나를 이렇게 유심히 보겠지 하는 자격지심에서였다. 명목은 코로나가 무섭고 방역 지침을 지키기 위해 마스크를 내리지 않는다고 말했지만, 실제로는 마스크 벗은 내 모습을 보여주고 싶지 않아 단 한 번도 마스크를 내리지 않았다.

그래서 코로나 사태 이후에 강습이나 밀롱가에서 처음 만난 사람 중 마스크를 내린 내 얼굴을 본 사람은 아무도 없었다. 물이나 커피를 마실 때도 나는 주도면밀했다. 차에서 마시거나 아니면 개인 탈의실에 들어가서 혼자서 마셨다. 마스크를 벗어야 하는 식사나 뒤풀이, 카페 이용도 아주 친한 경우가 아니면 극도로 자제했기 때문에, 솔땅 기수를 따기 위해 몇 달간 강습이나 쁘락에서 만난 동기 중 그 누구도 마스크 벗은 내 얼굴을 보지 못했다. 심지어 품앗이 선생님인 루카스 님까지도.

이런 나를 솔땅 동기인 리사 님이 예리하게 캐치하고, 어느 날 마스크 벗은 얼굴을 보지 못한 사람은 나 하나뿐이라고 말했다. 복도에서 음료를 마시며 자주 마스크를 내리는 리사 님은 화장을 전혀 하지 않는다고 했는데도 카톡의 프로필 사진보다 훨씬 어려 보였다. 프로필 사진에는 하관이 네모나고 통통한 편인데 마스크를 낀 상태로 가운데만 아래로 내려서인지 양쪽 턱 부분이 가려져서 얼굴도 갸름하니 훨씬 예뻐 보였다.

습기로 축축해진 얼굴을 보여주기 싫다고도 말하고 카톡 프로필 사진을 찾아보면 나오니 그걸 보라고도 말해봤지만, 리사 님은 실제 얼굴과 다를 수도 있다며 얼굴 전체를 보여 달라고 볼 때마다 졸라댔다. 사실 리사 님이 나에게 관심을 보인 건 이번이 처음이었다. 내가 어떤 말을 하든 물타기 대화를 하던 그녀였다. 예를 들어 머리를 숙이는 라 때문에 너무 힘들다고 말하면 "저는 다 똑같아요."라고 대답하고, 춤을 추다 보면 마음에 쏙 드는 로가 있지 않냐고 물어도 "잘 모르겠어요. 똑같아요." 하던 그녀였다.

견디다 못한 나는 어느 날 이렇게 말했다.

"기다려 봐요. 얼굴 상태가 좋을 때 한번 보여줄게요."

사용하던 기초 화장품이 다 떨어져 백화점에 갔던 날, 점원에게 동기가 얼굴을 공개하라고 자꾸 졸라서 고민이라고 지나가는 말로 이야기했더니, 격하게 공감하면서 주름 관리용 샘플 일습을 챙겨줬다. 얼굴을 공개하기 며칠 전부터 꾸준히 바르면 효과를 볼 수 있을 거라며 파이팅하라고 격려도 해줬다. 또 다른 화장품 매장 직원은 아예 일주일 코스로 피부를 관리하는 샘플을 챙겨주었는데, 마치 국가대표로 일본과 결승전을 치르러 나가는 선수를 응원하기 위해 보양식을 챙겨주는 듯한 비장한 모습이었다.

리사 님은 직업이 의사라고 자기소개서에 기재했는데 전공이 뭔지는 잘 모르겠다. 나는 그런 사적인 질문은 궁금해도 잘 하지 않는 편이어서 굳이 물어보지 않았다. 사무엘 님이라고, 주말마다 지방에서 탱고를 즐기기 위해 올라오시는 분과 발표회 때 공연을 했는데 낮술을 마시다가 의기투합하여 커플이 됐다고 하니, 잘 알 수는 없지만 성격도 털털하고 화끈할 것 같았다.

솔땅 기수를 따면서 화요일 정모 밀롱가에 함께 다닐 때 그녀의 춤을 처음 보았다. 동기 중 단연코 눈에 띈 사람은 리사 님이었는데 늘 형광 분홍색 구두에, 허리를 다 드러낸 탑과 짧은 치마를 입고 탱고를 춰서 남들과 의상이 확연히 달랐기 때문이다. 피구라는 봐줄 만하나 무릎을 스치거나 모아야 하는 동작에서 무릎 사이가 상당히 벌어져, 그때마다 아직 초보구나 하는 생각을 했었다. 그녀와 함께 오는 로도 늘 단순한 동작을 슬렁슬렁 추곤 해서 같은 초보 커플인 줄 알았다. 그런데 경력이 4년 차나 된다는 말을 듣고 깜짝 놀랐다. 그런 그녀가 밀롱가 경험이 많고 리드가 좋은 사무엘 님과 공연하고 난 이후에, 의상과 춤이 완전히 달라졌다. 춤도 잘 추게 되고, 늘 가슴만 겨우 가리는 탑을 입었었는데 원피스로 의상도 바뀐 것이다. 〈여인의 향기〉에서 주인공인 알파치노가 춤을 신청해서 함께 탱고를 추는 젊은 여성의 원피스처럼, 등과 어깨가 시원하게 드러난 터틀넥 모양의 원피스를 색상별로 갖춰서 입고 공연 이후에도 늘 사무엘 님과 함께 밀롱가에 왔다. 나도 금요일, 일요일은 늘 리사 님과 같은 밀롱가를 갔기 때문에 얼굴을 보여 달라는 그녀의 압박을 피해 가기가 힘들었다.

얼굴을 보여주려면 밀롱가가 열리는 주말에 피부가 좋아 보이도록, 날짜를 맞추어 집에서 관리할 수도 있지만 내 피부 상태가 화장품으로는 도저히 해결할 수 없을 정도로 엉망이었다. 그래서 그동안 멀리했던 피부과 시술을 받기로 했는데, 그해 11월부터 위드 코로나로 전환될 수 있다는 뉴스 보도도 결심하는 데 한몫했다. 왜냐하면 모든 규제가 풀린다면 함께 식사하거나 차를 마시러 갈 수도 있기에, 어울려 지내려면 더 이상 피할 수 없는 상황이 생길 수도 있기 때문이다.

두 시간이나 걸려 전철을 타고 찾아간 피부과 원장님과 대화를 나누며 이런 이야기를 했더니, 나 같은 사람들이 많은 듯 백화점 직원처럼 공감해 주었다. 그 원장님은 자연스러움을 최고로 치기 때문에 필러 같은 건 좋아하지 않는다. 그래서 병원에 도착할 때랑 뭐 하나 달라지지 않은 얼굴로 병원 문을 나섰고, 하룻밤 자고 나도 평소랑 뭐 하나 달라진 게 없었다. 네일숍 사장님이 알려준, 이마 주름을 끌어올리는 시술에 대해서도 상담해 보았으나 그런 건 성형외과에 가야 하고, 권하지 않는다며 부작용만 말씀하셨다. 끌어올리면 곧 또 다른 주름이 생긴다고.

이러다가 나도 언젠가는 성형외과라는 곳에 가서 이마를 끌어올리는 시술을 받게 될 날이 올지도 모르겠다. 며칠 후 거울에 비친, 뭐 하나 달라지지 않은 내 얼굴을 보면서 간호사가 한 말을 떠올렸다. "일주일 뒤에는 효과가 나타날 거라는." 하지만 슬프게도 그런 일은 일어나지 않았다.

"아, 이제 더 이상 미룰 수가 없다. 내일이면 드디어 리사 님께 내 얼굴을 공개해야 하는구나."

뜻밖의 이별 알마 님

　코로나가 극성을 부리면서 나는 두 가지를 잃었다. 앞에서도 이야기했지만 하나는 직업이고, 또 하나는 사람이다. 결심이 어려워서 그렇지, 오래 다니던 직장을 그만두고 나서는 너무 좋았다. 대낮에 햇살이 잘 드는 거실에도 작은 책상도 하나 들여놓고, 창밖을 내다보면 행복하기까지 했다. 돈이라는 것도 씀씀이를 줄이자 다행히 큰 문제가 되지는 않았다.

　또 하나 잃은 것은 사람이다. 학창 시절이나 지금이나 나는 여러 사람과 두루두루 친하게 지내는 편은 아니다. 아주 어렸을 때부터 중이염을 앓았던 나는 왼쪽 귀의 청력에 이상이 있다. 그래서인지 여럿이 모인 자리는 몹시 불편했다. 특히나 모두 시끄럽게 떠들면 무슨 소린지 알아들을 수도 없는데 좌중에서는 수시로 웃음소리가 터져 나왔다. 나만 소외된 느낌이었다. 침묵이 좋았다. 조용하면 사람들의 말소리도 또박또박 들려 좋았다. 친구랑 단둘이 오순도순 이야기하는 편이 더 좋아서 늘 그렇게 한 명의 친구와 붙어 다녔다. 임신 중에 진주종이라는 종양까지 생겨 제거하고, 고막재생 수술까지 받았으나 오히려 전보다 더 악화하여 20대 중반에 이미 한쪽 귀의 청력이 완전히 상실되어 버렸다.

이런 사실을 다른 사람들에게 일부러 알리고 싶지는 않았다. 직장 생활 초년에는 의사 선생님께서 학교에 직접 방문하여 열린 공간에서 맥박, 시력, 청력 등 교사들의 건강을 간단하게 검진했다. 나는 청력 검사 때마다 늘 긴장했다. 사람들이 알아챌까 봐 안 들려도 들린다고 했다. 시간에 쫓기던 의사 선생님은 왼쪽, 아니면 오른쪽 귀에 대고 소리를 흘려보냈기 때문에, 그냥 들린다고만 하면 들킬 염려는 없었다.

언젠가 한번은 담임 반 여학생들이 심각한 표정을 하고, 단체로 교무실로 찾아온 적이 있다. 이유인즉 내가 자신들의 말을 무시한다는 것이다. 그해에는 아이들이 좀 극성스러웠는데, 뒤에서 말을 걸어도 무시하고 그냥 가는 경우가 많았다고 항의했다. 나는 조용히 말했다.

"이런 말 하기가 좀 그런데 선생님은 한쪽 귀가 잘 안 들려. 일종의 장애인이지."

찾아온 아이들은 어쩔 줄 몰라 하면서 돌아갔고, 그 이후로는 잘 지냈음은 물론이다.

누구나 그렇겠지만 친구가 여럿 있다고 해도 절친은 따로 있다. 탱고에 발을 들여놓으면서부터 나는 알마 님이랑 절친이 되었다. 그런 그녀에게는 내 왼쪽 귀가 아예 안 들린다는 사실도 이야기했음은 물론이다. 알마 님은 미모가 뛰어났다. 중년의 나이지만 탄력 있는 피부와 빛나고 가지런한 치아에 이목구비 어디 하나 안 예쁜 곳이 없어, 그런 그녀를 청춘 시절에 만났다면 나랑 잘 놀아주지도 않았을 것 같았다. 미스코리아 출신들 모임인 녹원회 회원이라고 해도 믿을 만큼 키 크고 늘씬한 그녀였지만, 탱고라는 높은 장벽 앞에서는 나와 마찬가지로 거울녀였고 그런 만큼 더 가까워질 수 있었다. 춤을 잘 췄던 유년 시절 이후 춤이라고는 탱고를 처음으로 배운다는 그녀는 가족들에게 많은 지지를 받고 있었고, 그래서인지 그늘이라곤 없었다. 탱고가 그녀에게 유일한 그늘이었다.

집이 부천이지만, 그녀는 딜란 님이 강습을 오픈한 뒤부터 일산으로 와 함께 강습을 들었고 J 쌤이 서울에 강습을 열면서부터는 처음부터 함께했다. 밥도 먹고 커피도 함께 마시며 지켜본 알마 님은 매사 명쾌한 사람이어서, 우유부단한 편인 나는 그녀가 좋았다. 살사를 처음 배울 때 시원시원한 성격이면서 매사 똑 부러지고, 그러면서도 따뜻했던 보라 님이랑 비슷하다고나 할까. 나랑 똑같이 거울녀였다가 솔땅 기수를 따고부터는 예쁘고 늘씬한 몸매와 사교적인 성격으로 점점 인기가 높아졌음에도 불구하고, 그녀는 소속이 없는 나를 솔땅 파티나 특별한 밀롱가에 꼭 데리고 다녔다. 그리고 자기 동기들이 많음에도 불구하고 그녀는 나를 꼭 챙겼다. 아는 사람 하나 없는 그런 곳에서 그녀가 있어 어색하지 않았고 그런 분위기도 즐길 수 있게 되었다. 그녀도 내가 있어 든든하다고 했고 아무에게나 하기 힘든 이야기도 나에게는 편하게 했다. 적극적인 그녀는 입상은 못 했지만, 파트너를 구해 탱고 대회에 출전하기도 했다.

알마 님이나 나나 그렇게 애써서 이제 겨우 춤을 좀 출 수 있게 되었는데, 코로나의 살인적인 전염성에 관해 언론에서 떠들썩하게 보도하기 시작할 때 그녀는 자취를 감추었다. 사람들은 궁금해하면서 나보고 왜 안 나오는지 물어보라고도 했다. 연락해보니 그녀는 더 이상 탱고를 추지 않기로 결심한 것 같았다. 춤을 추는 장소라는 게 주로 지하가 많고, 특히 탱고는 서로 호흡이 느껴질 만큼 가까운 거리에서 얼굴을 맞대고 춤을 추니, 그 당시 보도대로라면 우린 모두 즉시 코로나에 걸렸어야만 했다. 그리고 많은 사람이 죽었어야 했다. 나의 설득에도 평소 딱 부러지는 성격의 그녀답게 우리를 가리켜 "사람들이 제정신이 아니다."라고만 했다. 그러고는 다시는 알마 님을 보지 못했다.

강습이 끝나면 집 도착 시간까지 서로 알리며 깨알 같은 안부를 전하고, 낯선 밀롱가에서 서로 의지하며 내내 함께하자던 알마 님의 맹세는 코로나에 날아가고, 나는 긴 세월 애써 사귄 소중한 탱고 친구를 잃었다.

나의 동무들은 어디에 있나요?

— 행복한 노년의 취미 생활

점심을 먹은 후 여느 때처럼 졸음이 밀려와서 유튜브를 보며 참아볼까 하다가 한 시간이나 자고 말았다. 일어나자마자 습관적으로 카톡을 들여 다보니 솔땅 동기 방에 어마어마한 톡들이 쌓여있었다. 보통은 아침에 톡방이 한차례 분주하다가 종일 조용한데 무슨 일인가 하고 읽어보니 후안 님 이야기였다. 춤을 엄청나게 잘 추시는 후안 님이랑 춤을 췄다는 한 여자 동기의 자랑으로 대화가 시작되었고, 그다음부터는 찬양 일색이었다. 금요일마다 그분은 DL밀롱가에 나타나시는데 현재 유명한 탱고 강사이신 분의 스승이셨고, 지금도 탱고 관련 일을 많이 하신다고 했다.

멋쟁이 슈트를 입으신 분이라고 에바가 찬양을 보태자 이사벨 님이 이어서 실명까지 알려주었다. 이사벨 님은 완전히 그분의 찐팬인 듯 수줍은 소녀 팬처럼 설레는 글을 올렸다. "솔직히 아직 보잘것없는 저에겐 너무 어려운 분이죠. 하지만 이분에게 배우면 어떤 로도 다 받을 수 있게 된다는 후문입니다."

톡방에 그런 이야기가 오간 몇 주 뒤 나는 밀롱가에서 처음으로 후안 님을 보았다. 후안 님은 금요일에는 주로 DL밀롱가에 간다고 들었는데 웬일인지 나와 같은 곳으로 온 것이다. 나는 그를 대번에 알아보았다. 왜냐하면 후안 님이 계신 곳을 지인들이랑 방문한 적이 있었기 때문이다. 그는 자신이 운영하는 그 가게에서 서빙을 하다가, 틈이 나면 고정 파트너랑 춤을 추곤 했는데, 체구는 작았으나 격정적이었다.

후안 님을 알아본 후 문득 다른 밀롱가에서도 그를 본 것 같다는 생각이 들었다. 줄기차게 까베를 보내왔으나 내가 외면했던 바로 그 로였다. 일단 겉으로 풍기는 분위기가 마음에 들지 않아 외면했는데 그때와 옷차림이 똑같았다. 과감한 무늬의 엉덩이까지 덮이는, 젊은 남자들도 좀처럼 입을 것 같지 않은 길고 헐렁한 셔츠를 입었는데 멋있어 보이기는커녕 이상해서 시선을 피했던 것 같다. 그리고 마스크 위로 드러난 얼굴이 아무래도 너무 나이 들어 보여, 그런 분들은 리드가 세기 때문에 춤을 추고 싶지 않은 마음이 들기도 했다.

그날 늘 한 딴따씩 추는 엔쏘 님이 웬일로 기다려 보라고 하며 까베를 받아주지 않아, 기회를 놓치고 앉아있던 나는 후안 님과 춤을 추게 되었다. 내가 알고 있는 어떤 사실 때문에 그분을 싫어하지만, 춤이 어떤지 궁금한 마음이 들어서 솔직히 기대도 되었다. 뵌 적이 있다고 내가 먼저 말한 후 통성명을 하고 발스를 추기 시작했다. 한마디로 나는 그분의 춤이 주는 느낌이 정말 마음에 들지 않았다. 우리나라 최고의 고수라고 들었는데, 세게 붙잡고 마구 휘두르는 것이었다. 정신없이 그의 팔에 휘둘리느라 음악을 듣거나 느낄 겨를이 없었다. 하지만 남들이 보기에는 격정적으로 춤을 추고 있는 것으로 보였을 수도 있다. 다리가 에세나리오 동작처럼 시원스럽게 마구 날아다녀 공연하는 것처럼 보였을 테니까.

후안 님의 춤은 한마디로 가부장적인 춤이었다. 내가 알고 있는 남자들 대부분은 실력이 늘수록 팔에 힘을 빼고 부드럽게 리드한다. 부드러우면서도 확실한 리드가 있기에, 팔로잉하는 데 전혀 어려움이 없어 연인처럼 또 친구처럼 동등하게 서로 느낌을 주고받으며 즐겁게 춤을 출 수가 있다. 자신이 의도한 대로 움직이지 않고 내가 이상한 피구라를 하면 맞춰주기도 하니, 춤을 잘 추고 있다는 자신감도 느낄 수 있다. 그런데 후안 님과 춤출 때는 동등하게 느낌을 주고받으며 춤추고 있다는 생각이 전혀 들지 않았다. 그는 힘없고 능력 없는 여자를 한 가족의 가장으로서 먹여 살리던, 옛날 남편이나 아버지의 모습이었다. "넌 춤을 몰라도 돼, 내가 모든 동작을 다 해줄 테니 나만 따라오면 돼. 내가 다 해줄게." 하는.

이렇게 힘을 세게 줘서 여자를 리드하는 것은 옛날에 탱고를 배우신 분들의 스타일이라고 들었다. 문득 살사를 할 때가 생각났다. 살사를 추는 남자들도 두 가지 타입이 있었다. 부드럽게 리드하거나 세게 리드하거나. 그런데 세게 리드한다고 또 다 같은 건 아니었다. 타악기처럼 리듬감 있게 리드하여 즐거움을 주는 로가 있고, 말 그대로 세게 휘두르기만 하는 로가 있었다. 세게 휘두르기만 하는 몇몇 로 때문에 나는 고통을 겪었고 어깨를 다치기도 하면서, 좋아하던 살사를 떠나왔다. 더욱이 발스 음악이 살사처럼 빨라서인지 후안 님의 리드가 바로 내가 싫어했던 남자들의 춤 스타일로 느껴졌다. 자리로 돌아오면서 다시는 그와 춤을 추지 않겠다고 속으로 되뇌었다.

그 이후에도 그는 웬일인지 금요일마다 그곳에 나타났지만 나와 비슷한 느낌을 받은 라들이 대부분이어서인지 계속 앉아있기만 했다. 춤을 한 번 춘 이후로 후안 님의 까베의 시선이 느껴질 때가 자주 있었으나 계속 모른 척했는데, 어느 날부턴가 그분은 더는 보이지 않았다.

탱고를 처음 배우기 시작한 초보 시절, 강남의 LT밀롱가로 견학 갔을 때, 완전히 연로하신 분들이 무리 지어 한 곳을 아예 차지하고 앉아계셨다. 그때 그분들을 보면서 이런 궁금증이 들기도 했다. '젊을 때부터 탱고를 배워오신 분들일까? 아니면 은퇴 후 춤을 배우면서 밀롱가에 오신 걸까?' 코로나 이전에는 홍대에도 이런 나이 든 로들이 많았다. 장소가 넓어서 시원시원하게 걸을 수 있는 DT밀롱가에 특히 많았는데, 이런 분들은 상대방을 안기 위한 아브라소를 위해 따로 어깨를 살짝 숙일 필요가 없을 정도로 적당히 어깨도 굽어있었고, 딱 봐도 60대 중후반은 되어 보였다. 까베를 하기 위해 주로 남자만 쳐다봐서 잘 기억은 나지 않지만, 나이 든 여자분들도 꽤 있었던 것 같다.

그런데 코로나로 밀롱가가 오랫동안 닫히고, 다시 문을 열었을 때는 인원 제한으로 예약을 해야 하는 등 춤을 출 수 있는 여건이 나빠지면서 밀롱가에서 그분들이 대부분 사라졌다. 코로나가 노년층에게 더 심각한 위중증을 불러일으킬 수 있다고 하니 겁을 내어 출입을 끊으신 것 같기도 하다. 게다가 밀롱가가 어느 정도 활성화되자 주말 DT밀롱가가 40대만 이용할 수 있게 바뀌어버렸다. 이런저런 이유로 탱고를 추는 노년층들을 밀롱가에서 보기 힘들어졌다.

밀롱가가 이전처럼 완전히 정상적으로 열리게 되자 금요일 DT밀롱가에, 머리가 듬성듬성하여 누가 봐도 노화의 흔적이 역력한 로들이 몇 분 오시기는 했다. 그런데 비슷한 또래의 여자들은 없었다. 나는 그분들과 춤을 추기도 했는데 실력은 뛰어났다. 그런데 아르헨티나 할아버지들과는 달리 모두

수요일과 달리 노년층이 많았던, 토요일 저녁 마라부에서의 밀롱가(Milonga Salon Marabu)

몸이나 팔의 힘이 장난이 아니었다. 몸에 힘이 들어가니 머리에도 힘이 들어가고 그 머리로 도장 찍듯이 내 이마를 찍어 눌러 불편하기가 이루 말할 수가 없었고, 팔에 힘이 들어가 마치 철봉에 매달려 탱고를 추는 듯한 느낌이었다. 그리고 후안 님처럼 세게 휘두르니 무릎 관절에도 무리가 가는 것 같아 한 번 춤을 춘 이후로 다른 밀롱가에서 만나더라도 모르는 척했다. 그렇다고 내가 그분들에게 연민의 감정이 없는 것은 아니다. 다만 그분들의 까베를 받아주는 사람들이 거의 없어, 나에게 집착하는 게 두려워서라고 변명할 수밖에 없다.

코로나 전에는 그분들도 활기차게 까베를 하고 춤을 추었다. 그런데 코

6장 | 이상한 코로나 나라의 엘리스

노년층이 대부분이던 클럽 그리셀(Club Gricel)의 월요 밀롱가

로나로 밀롱가에서 함께 춤을 춰 왔던 라들이 사라져버린 것이다. 연로한 여자분들은 더 겁을 집어먹고 밀롱가에 아예 발길을 끊었으니 함께 출 사람이 없어서 지금은 밀롱가에 가도 연로하신 분들을 보기가 어렵다.

  탱고를 처음 배울 때 들은 말이 있다. "탱고는 걷는 춤이라 나이 들어서도 출 수 있기에, 탱고를 배우는 것이 행복한 노년을 위한 최고의 보험이라는 말을." 아르헨티나를 다녀오신 분들도 하나같이 현지 밀롱가에는 할배, 할매들이 득실거리고 인기도 있다고 말했다. 그곳에서는 허리가 구부정한 할머니도 아브라소를 하는 순간 소녀처럼 포근하게 안겨서 너무 좋다는 말도 들었다. 그런데 그 말이 아직 우리나라에서는 시기상조인 것 같아, 쓸쓸한 생각뿐이다.

2022년 5월 5일 어린이날에 '무학성 카바레' 견학을 가는 BB탱고의 '어른이날' 연례행사가 3년 만에 부활했다. 그곳에 다녀와서 톡방에 올린 사진을 3년 전과 비교해보니 완전히 달라졌다. 카바레에서는 지루박이라는 춤을 추고, 이용하는 연령층이 원래 아주 높다는데, 금년에 다녀온 사진을 보면 내부가 텅 비어있고 거의 우리 식구밖에 없다고 해도 과장이 아니었다. 매년 그 행사에 참여하셨던 분들도 이렇게 사람이 없는 건 처음 보았다고 말했다. 코로나가 행복한 노년의 취미 생활에 직격탄을 날린 것이다.

〈에샤 바일라Ella Baila, 탱고 신동의 추억〉이라는 기록 영화를 최근에 보았다. 아르헨티나의 유명한 탱고 댄서 '바일라'는 춤 중에서 가장 스펙터클Spectacle 한 춤이 탱고라고 말했다. 스펙터클은 쇼를 의미하는 라틴어 스펙타쿨룸 spectaculum에서 온 프랑스어로 탱고가 다른 춤에 비해 굉장히 화려하고 웅장한 춤이어서 그런 말을 한 것이다. 그런 화려하고 웅장한 춤을 일반인이 어느 정도 출 수 있게 되기까지는 많은 노력이 필요하고, 힘든 과정을 거쳐야 하는 것은 어쩌면 당연하다. 그러나 비교적 쉽게 즐길 수 있는 다른 춤에 비해 탱고는 배울수록 더 많은 매력을 느낄 수 있어 포기하지 않을 수 있었다.

돌아보면 예술을 수동적으로 접하던 시기의 내 삶은 늘 우울하고 감정은 불안했다. 예술의전당까지 가서 전시회를 관람하거나 연주를 듣고 돌아오는 길에도 가슴이 뚫리는 시원함보다는 피로감이 엄습했다. 그것은 예술의 수준과는 전혀 상관없었다. 그런데 춤을 추고, 그림을 그리면서 나는 달

라 보카의 관광 코스. 로드리고 이름을 알려준 거리의 탱고 댄서

라졌는데 거기에는 다 이유가 있었다.

어느 날 우연히 천문학자 이명현 님의 EBS 특강을 듣게 되었다. 심리학자도 아닌데 행복에 관한 특강이라니 신기했지만, 그는 과학도답게 행복해지는 방법을 구체적으로 알려주었다. 자신에게 맞는 재미있는 활동을 찾아 규칙적으로 반복할 때 사람은 행복해질 수 있다는 것이다. 그의 말은 요즘 유행하는 '리추얼 라이프Ritual Life', '갓생(God과 인생의 합성어)'과 의미가 비슷했다. 행동 패턴이 습관적으로 자리 잡을 수 있도록 의식적으로 반복하여 심리적인 만족감과 성취감을 얻는 삶의 방식 말이다.

이것은 앞에서 인용한 소설가 김형경의『사람풍경』이라는 수필 내용과도 결국 일맥상통하는 말이다. 그녀는 최소한 1주일에 1회 이상 친밀한 사람을 만나거나 운동을 해야 우울증이 생기지 않는다고 했는데 재미있는 활동을 찾아 규칙적으로 반복할 때 사람은 행복해질 수 있다는 이명현 님의 말과 하나도 다르지 않다.

일회성인 공연이나 연주회 관람과는 달리, 그저 좋아서 살사나 탱고를 규칙적으로 추고 그림도 꾸준히 그리면서부터 심리적 만족감과 행복감이 느껴졌고 그 결과 우울증과 무력감도 사라진 것이다. 그리고 예술이 사람들에게 즐거움을 주는 것이라면, 춤과 그림이 나를 즐겁게 할 때가 많으니, 나는 진짜 예술가가 된 것이다. 나는 태생적으로 수동태인 사람이 아니라 능동태인 사람이었던 것이다.

탱고는 슬픔의 춤이다. 슬픔에서 잉태되었고 고통과 외로움을 달래기 위해서 탄생하였다. 탱고가 발생한 라 보카 지역은 여행객이 바글대는 지역에서 한 발짝만 벗어나면 덧문도 다 망가진 좁은 쪽방들이 다닥다닥 붙어있는, 초기 이민자들이 살았고 지금도 도시 빈민들이 살고 있는 집들이 이어져 있었다. 부에노스아이레스를 여행하면서 나도 왜 그들처럼 탱고 음악과 춤에 점점 더 끌리는지를 생각해보았다. 그러자 누구에게나 생의 한 시기에는 있을 수 있는, 잘 묻어두었던 어두웠던 시기와 감정이 떠올랐다. 물론 슬프고 고통스러운 순간이 많았다. 하지만 결핍에서 생긴 고통이 내 삶의 추진력이 되어 오히려 인생이 풍부해졌다는 사실은 인정할 수밖에 없다. 춤과 그림, 그리고 여행이 바로 그것이다. 삶의 고통과 슬픔이 춤을 만나 위로받고, 춤으로 얻은 에너지로 그림과 여행까지 다시 시작할 수 있게 되었으니 나의 삶은 앞으로도 더욱 풍부하게 계속될 수 있을 것이다.

자민을 비롯한 소중한 나의 탱고 친구들과 탱고 선생님들께도 감사의 말을 전하며, 지금까지 두 권의 책을 내는 과정에서 조언을 아끼지 않은 여동생 경란이와 집의 아이에게도 깊은 감사의 마음을 전한다.

부에노스아이레스의 대표적인 축구팀인 '보카 주니어스'의 홈구장. '초콜릿 상자'를 뜻하는 '라 봄보네라(La Bombonera)'라는 애칭으로 불린다

빈민가인 라 보카 지역의 일상적인 모습. 축구 연습장

치안이 좋지 않아 쇠창살이 있는 창문만 있는 라 보카의 슈퍼. 숙소 주변에도 많았다

극장을 개조해서 만든 엘 아테네오(El Ateneo Grand Splendid) 서점

공연 무대였던 서점 안 카페. 아이스아메리카노도 있다

늘 책을 읽고 있고 있던 거리의 노숙인(상), 독서를 좋아하는 부에노스아이레스 시민들(중·하)

숙소 옆 아바스토 거리의 식당

탱고 가수의 이름을 딴 카를로스 가르델 지하철역

보바리 부인이
탱고를
배웠었다면

ⓒ 송경화

초판 1쇄 발행 2023년 4월 15일

지은이 송경화

편집 이현호

펴낸이 조동욱

펴낸곳 와이겔리

등록 제2003-000094호

주소 03057 서울시 종로구 계동2길 17-13(계동)

전화 (02) 744-8846

팩스 (02) 744-8847

이메일 aurmi@hanmail.net

블로그 http://blog.naver.com/ybooks

인스타그램 @domabaembooks

ISBN 978-89-94140-45-2 03810